U0815039

超好看

34

超好看

34

超禁忌游戏

SUPER TABOO GAME

大结局

宁航一 著

四川文艺出版社

图书在版编目（CIP）数据

超禁忌游戏. 大结局 / 宁航一著. —成都：四川文艺出版社，2017.9
ISBN 978-7-5411-4778-4

Ⅰ. ①超… Ⅱ. ①宁… Ⅲ. ①长篇小说－中国－当代 Ⅳ. ①I247.5

中国版本图书馆CIP数据核字(2017)第203409号

CHAO JIN JI YOU XI. DA JIE JU
超禁忌游戏. 大结局
宁航一 著

策划出品 磨铁图书
责任编辑 谭 黎 奉学勤
责任校对 汪 平

出版发行 四川文艺出版社（成都市槐树街2号）
网 址 www.scwys.com
电 话 028-86259287（发行部） 028-86259303（编辑部）
传 真 028-86259306

邮购地址 成都市槐树街2号四川文艺出版社邮购部 610031
排 版 北京东安嘉文文化发展有限公司
印 刷 三河市冀华印务有限公司
成品尺寸 166mm×235mm 1/16
印 张 17.5 字 数 240千字
版 次 2017年9月第一版 印 次 2017年9月第一次印刷
书 号 ISBN 978-7-5411-4778-4
定 价 35.00元

⊗

目录

CONTENTS

⊗

目录

CONTENTS

楔　子

SUPER TABOO GAME

世界上总有一些人，习惯由父母来安排自己的人生。他们缺乏主见，依赖性强，只要父母在，就像有天罩着，自己可以永远装嫩卖傻。比方家族祭祀的时候，自己只要磕个现成的头，敬香、点火、挪出拜垫，都是父母的事，自己作壁上观即可。类似之事，还有很多。

狄元亮（男23号）就是这种被动型人格的人。从小到大，一切大小事务都由父母张罗打理。个性强的人可能不堪忍受，他却毫不介意，因为听从父母的话，总会省心不少。

到明德外语培训中心补习英语，就是父母的主意。其实狄元亮丝毫没想过要出国留学什么的，因为那样会脱离父母的照顾。但父亲说当今社会，不管从事什么职业，学好了英语总是没错的。狄元亮就听从了安排。多年来，他早已习惯了对父母言听计从。

但是，他做梦都想不到，会在补习班上遇到这样的事情。

正在讲课的英语老师仿佛被附身了一般，变成一个他们完全不认识的人。他说出的话令所有人瞠目结舌：

“世界崩坏之前，上天会给人类一个机会，在人类中选出一个代表，让他（她）拥有超凡的能力，这种能力足以改变全世界的命运。这个人，将不再是一个‘人’，而会成为‘新世纪的神’！我现在要做的，就是选出这个代表——而这个人，将在你们当中产生！”

13班的教室里坐着50个人。每一个人都惊呆了，他们认为英语老师患上了精神分裂症。但他的神情、语态，又给人一种不容置疑的感觉。接下来，英语老师以惊悚的方式，证明这一切不是一场闹剧。等狄元亮回过神来的时候，“旧神”已经发出指令了：

“现在，你们从本子上撕下一张白纸。10秒钟的时间，在这张纸上写下任意一个‘概念’。你写下的这个概念，将成为你的特殊能力。简单地说，你将拥有控制这种事物的能力。10秒钟，没有多余的思考时间，用你们的直觉做出选择。我提醒两点——第一，不要让周围的人看到你写的是什么；第二，如果10秒钟过后，谁没能写下任何概念，就意味着他（她）选择弃权。那么，他（她）会立刻死亡。如果谁不相信，可以用生命来验证一下。”

他顿了一下，见班上的几十个人只是惊骇地望着他，提醒道：“你们还愣着干什么？10秒钟，已经开始计时了！”

全班的人都慌了。虽然难以置信，但谁都不敢用自己的性命来当赌注。大家纷纷拿起了笔，用手挡住纸，在纸上写起来。

狄元亮张口结舌，左顾右盼，发现大家都当真了。他看到杭一挠着头，一副不知所措的样子；雷傲满脸兴奋，转动着眼珠；倪亚楠眉头紧蹙，焦虑不安；季凯瑞托着下巴，暗自思索……

突然，狄元亮注意到两个人——赫连柯和闻佩儿。他们俩坐在同一排，彼此对视了一眼，默默点了一下头，然后用手挡住纸，迅速写下某个概念。

捕捉到这个细节的狄元亮非常吃惊，他心里立即冒出一个猜想——难道赫连柯和闻佩儿两个人，事先就知道会发生“旧神降临”这件事？

他观察众人，心生疑窦，不知不觉浪费了好几秒的时间，反应过来的时候，发现10秒钟的时限，只剩最后的几秒了。

这时，被动型人格的弊端暴露出来了。狄元亮发现自己脑子里一片空白，竟然想不出任何一个“概念”。他平常养成习惯，大事小情都询问父母。此刻父母不在身边，他感到一筹莫展，眼见时间一秒一秒地过去，身边的同学多数都已经写好一个概念了，只有他……

人在这种紧张的情况下，头脑更加空白。狄元亮全身的血液都涌上了头顶，脑子里嗡嗡作响。他看了一眼手表，还有最后两秒钟、一秒钟……

他的脑子里仍然一片虚无。

然而，就在这最后关头，他几乎是下意识地，用笔在白纸上写下了一个字。这个字的笔画很少，刚好在一秒内写完。

无。

写完之后，狄元亮发现浑身都湿透了。他不知道写下的这个“无”字，算不算一个概念。

这时，讲台上的“旧神”宣布时间到了，并展露出一丝捉摸不透的笑意：“人果然是有潜能的。10秒钟的时间非常短，但你们全都按要求完成了。并且跟我希望的那样，50种能力没有重复——现在，在座的各位，是世界上最特殊的50个人。很快，你们就将拥有和纸上所写的概念相对应的特殊能力——你们可以理解为被唤醒了隐藏在潜意识中的超能力。那么接下来是重点，我将告诉你们‘新世纪的神’的选拔方法。”

……

那天晚上，狄元亮回到家，父母像往常一样端上水果点心，关切地询问他一天的学习情况，他们也注意到儿子有些精神恍惚，以为他大概是疲倦了，并未多问。

狄元亮躺在床上，回想这诡异的一天。他并没有感觉到自己拥有了超能力，甚至他都不知道“无”是什么超能力？

特别是，旧神要他们50个人用各自的超能力决出胜负，剩下唯一的一个。狄元亮懊丧不已，他在心中骂自己完全是个白痴，现在冷静下来才发现可以选择的超能力太多了，比如电影中会飞的超人、无敌的金刚狼、超声速的快银……这些能力都强大无比。可他当时紧张得啥都忘了，只写下一个“无”字，这算什么鬼？

不仅是这天晚上，之后很长一段时间，狄元亮都摸索不出这个超能力的运用方法。

但是，13班的超能力者们，纷纷觉醒了。“地震事件”（*参见《超禁忌游戏》第一季）之后，所有人暂停上课，狄元亮心惊胆战地躲在家中，害怕成为猎杀者的目标。

他恐怕是所有超能力者中最迷茫和缺乏自信的一个，他甚至相信遭遇13班的任何一个超能力者，对方都能毫不费力地将他秒杀。他能做的，就是尽可能地低调和回避，苟且偷生。

有一天，狄元亮戴着口罩和帽子出门，在一家商场门口目睹了令人气愤的一幕：一辆给超市配送货物的小货车，不小心刮擦到了一辆价值两百多万的豪车。小货车司机是个中年男人，立即下车道歉。二十多岁的豪车司机当着中年男人五岁女儿的面，掌掴这个父亲，还骂骂咧咧，出言羞辱。中年男人不敢还手，女儿扯着爸爸的衣服号啕大哭。

周围的人都看不下去了，却是敢怒不敢言。狄元亮对这种仗势欺人的公子哥儿非常反感，心中想道，这种人渣就不该生存在这个世界上。

刚刚冒出这个想法，怪异的事情发生了。豪车司机连同他的豪车，倏然消失了！狄元亮大吃一惊，反观在场众人，却像没有经历此事一般。小女孩停止哭泣，拉着爸爸的手上车了。其他路人也四散而去，没有一个人显露出惊诧神情，一个大活人和一辆车在他们面前消失，就像一片树叶飘进下水道一样不值一提。

狄元亮呆呆地站在原地，一分钟后，他才反应过来。难道，这就是我的超能力？让一定范围内的人或事物从这个世界上彻底消失，就像他（它）从来没有来到过这个世界一样。回归于“无”的状态！

狄元亮的后背泛起阵阵凉意，随即，兴奋感和恐惧感一齐袭来，令他身体微微颤抖。他终于知道，自己的超能力该如何运用了。

回家的时候，狄元亮一个人身处电梯之中，看着电梯内1～32楼的楼层按键，突发奇想——假如3楼不存在，会怎么样呢？

产生这个想法之后，他揉了揉眼睛，以为自己眼花了。但是睁大眼睛仔细一瞧，全身的汗毛都竖立起来。

楼层按键中的“3”不见了。狄元亮不知道仅仅是这个按键消失了，还是整个3层都消失了。他赶紧按了25楼，电梯开始上升。他惊愕地发现，2楼之后，数字直接显示的是“4”楼。

狄元亮差点瘫坐在电梯内，他惊恐地意识到，他用超能力把整整一层楼弄没了。至于这栋楼消失到哪里去了，他完全不知道。也许就跟那辆豪车和豪车司机一样，被抛到宇宙的边缘，或者另一个次元。总之，世界上彻底“无”这些事物了。

最关键的一点是——狄元亮意识到——他只能让事物消失，却没办法把它们弄回来。

狄元亮的家在25楼——他在心中庆幸刚才还好没用自家的楼层来做实验。父母好像并没有发现整栋大楼少了一层这件事。狄元亮稍微放心了一点。但是晚上，小区里闹开了锅。3楼的住户回来了，惊诧地发现居然没有自家的楼层了，找到小区物管理论，物管也是匪夷所思，谁都没有遇到过这样的怪事。

这一结果略微有些出乎狄元亮的意料，但他非常聪明，很快就想通了——只要脱离了他的能力范围，或者是他取消了超能力，人们还是会发现这些事物消失了。

狄元亮敏锐地意识到这件事可能会成为一个爆炸性新闻，从而令13班的竞争者们注意到自己。所以他告诉父母，这栋大楼发生了这种离奇的事情，意味着不再安全，他们应该暂时搬到别的地方去住。父母显然也被吓到了，所幸他们在别处还有房产，于是当天晚上，一家人就搬出了这栋大楼。

拥有超能力的同时，狄元亮的本性也慢慢产生了变化。他知道，要想在这场竞争中活下来，就必须摒弃自己的被动型人格。

这时，他想起了两个人——赫连柯和闻佩儿。狄元亮一直对他们俩心存怀疑，猜想他们是不是掌握着某些不为人知的秘密。而他，则是13班唯一注意到了这件事的人。

凑巧的是，之前在补习班的时候，狄元亮询问过闻佩儿的住址，距离他家不算太远。为了验证心中猜想，他打算对闻佩儿暗中展开调查。

狄元亮乔装打扮，来到闻佩儿家附近，经过耐心的蹲守，果然在晚上8点钟的时候，看到闻佩儿从小区内出来。他悄悄在她后面跟踪，完全没被闻佩儿发现。

闻佩儿的行踪极具目的性，显然不是出来闲逛的。狄元亮注意到她随身携带了一个小本子，会不时翻出来看一下，至于上面写的是什么，不得而知。不过她的行为模式相当奇怪，似乎本子上记载的是一些地址，她挨着找到这些地方，停留片刻之后，掏出一支笔，在小本子上记录下来，然后再前往下一个地点。

一开始，狄元亮完全看不懂她在干什么，直到他观察到闻佩儿站在某栋公寓楼下凝神静思，才猛然惊醒——她在使用超能力。

但奇怪的是，闻佩儿的超能力似乎没有对周遭的人和事物造成任何影响，可见她的能力不属于攻击型的。那么，她到底想达到什么目的呢？

当狄元亮跟踪闻佩儿来到砂中路的某个小区门口时，他突然想起了，这是陆晋鹏（男5号）的家。一瞬间，他有点明白了，之前闻佩儿去的每一个地方，肯定都是13班某个人的家。

狄元亮心中一惊，难不成闻佩儿是在用超能力暗杀13班的竞争者们？但是，她根本没有见到对手，况且每次只在住所楼下逗留片刻便离去，要说这样就能杀人，未免有些牵强……而且，她每次在那个小本子上记录的，又是什么呢？

狄元亮的想象力不足以支撑他想出闻佩儿的超能力是什么。但是，他心中却冒出了一个念头——闻佩儿总有一天也会来到他的楼下，对他暗中施展超能力的，这肯定不是什么好事。既然她已经形成了威胁，不如趁现在，神不知鬼不觉地让她从这个世界上消失……

此时街道上人来人往，路灯昏暗，谁都不会注意到穿着一身黑衣黑裤、套着连衣帽的狄元亮。况且他十分了解自己的能力，就算在大庭广众之下让一个人消失，也不会引起任何恐慌和注意。

机不可失。狄元亮从背后悄悄靠近闻佩儿。他估算自己的能力范围大概是半径5米，这是他这个能力最大的缺陷，必须接近对手，才能下手。

闻佩儿此刻正在凝神使用超能力，仿佛在感应着什么。她丝毫没有发现逐渐靠近的“捕猎者”。

狄元亮和闻佩儿的距离已经缩短到5米之内了。他启动超能力“无”。

但是，好几秒钟过去了，狄元亮惊愕地发现，闻佩儿没有像上次那个豪车司机一样消失。但是，他的超能力也并非没有发生作用。因为他对闻佩儿施展超能力的瞬间，闻佩儿倏然睁开了眼睛，露出一种惊诧迷茫的神情。然后，她睁大眼睛，左右四顾。

狄元亮心中大吃一惊，不明白闻佩儿为什么突然感觉到了竞争对手的存在。还好他反应够快，迅速转过身，装成等待公交车的乘客。

这是一条大街，行人众多，闻佩儿没能认出狄元亮。片刻之后，她拨打手机，对电话那头的人说道：“赫连柯，刚才发生了怪事，我突然什么都探测不到了……就像暂时失去了超能力。”

距离闻佩儿不到5米的狄元亮，清楚地听到了这句话。他心中一凛，明白了闻佩儿的超能力跟“探测”有关。并且他非常聪明，立即猜到闻佩儿在探测什么——在这场竞争中，最重要的就是“知己知彼”。十有八九，闻佩儿的能力就是能够探知到其他人的超能力是什么！

电话那头的赫连柯显然心思缜密，大概是做出了要闻佩儿赶紧撤离的指示。闻佩儿说了句“我知道了”，立即挂断电话，然后迅速招了一辆出租车，离开此地。

狄元亮不敢再跟踪下去了。刚才使用超能力失败，让他受到了一定程度的打击。

不。他转念一想，刚才并没有失败。从闻佩儿的反应和说的那句话来推测，他大概知道这是怎么回事了。

他的能力“无”，对普通人而言，可以立刻令某人从这个世界上消失。但是，对超能力者，情形则有所不同。他可以令对手的超能力消失，变成“无超能力”的状态！

换句话说，他的“无”，能让超能力者暂时变回普通人！

狄元亮意识到这一点之后，嘴角不自觉地露出笑意。他今天虽然没能除掉闻佩儿，却意外地摸清了自己超能力的另一种运用。从某种程度来说，他的超能力可能是最强的——因为其他人的超能力可能都存在“相生相克”的弱点，只有他的超能力是万能的。一旦对手变成了普通人，还有什么可怕？

更关键的是，假如他的能力升级，又会怎样？也许在解除了对手的超能力之后，还能进一步让这个人消失？最妙的是，这个超能力可以神不知鬼不觉地除掉对手，恐怕是所有能力中最具隐蔽性的一个了。

狄元亮心中暗笑，当初稀里糊涂、鬼使神差写下的一个“无”字，竟然是最厉害的超能力！这不是天意，又是什么？既然上天都希望我胜出，那我当然得好好想想，赢得这场竞争的方法是什么……

50个超能力者中，最阴险和隐蔽的一个袭击者，就这样悄然产生了。这件事，不仅是守护者同盟，就连旧神，都没有察觉到。

一、问题的关键

SUPER TABOO GAME

如果说，这是一场战斗，那么毫无疑问已经进入了最后阶段。

距离一年期限，只剩最后的一百多天了。

在这关键的时刻，杭一他们掌握到了一条非常重要的线索。“Apophi”是什么？它将在8月14日，也就是“一年期限的最后一天”如何毁灭世界？

这件事情，杭一暂时没有告诉其他人，只有他、辛娜、陆华、赫连柯和侯波五个人知道。

陆华用了三天的时间，在网上和图书馆查找资料，并未收集到太多有用的信息，他对杭一和辛娜说：“我目前只知道，阿波菲斯（Apophi）代表的是埃及神话中的灾难和破坏之神，除此之外，并没有什么特殊的含义。”

“灾难和破坏之神……”辛娜嗫嚅道，“它的形态是什么？”

“神话中，是一条黑暗之蛇。”陆华说，“但是很明显，‘Apophi’是一种象征，它可能是一个人的名字，也可能代表某种事物，或者某起事件。总之是一种不祥的预兆。比如当年诺查丹玛斯最著名的那首预言诗——

‘1999年7月之上，恐怖的大王从天而降。’——人们做出了各种猜测，但是没有一个人敢真正肯定这是什么意思。”

“那么‘恐怖的大王’到底是指什么呢？1999年7月不是早就过了吗？”辛娜感兴趣地问。

陆华耸了下肩膀：“并没有发生什么毁灭世界的大灾难。所以大多数人认为大预言家诺查丹玛斯出错了。但是有一部分学者，同时也是诺查丹玛斯的死忠，认为1999年人类大毁灭没有出现，是因为‘另一件事’改变了这个结果，导致大灾难出现的时间往后推移了十多年。”

“推移十多年？不会就是今年吧？”杭一敏锐地指出。

陆华为之一惊，似乎在说出刚才那番话的时候，他自己都没有注意到这个事实。他蹙起眉头，说道：“难道当年诺查丹玛斯预言的‘恐怖的大王’，指的就是阿波菲斯？”

“如果是这样的话，你可以查一下资料，当初人们对于‘恐怖的大王’做出过怎样的猜测。”杭一提示陆华。

陆华非常肯定地说：“不用查了，这件事我研究过，印象很深刻。主要的猜测有以下三种：第一，外星飞船入侵地球；第二，巨大陨石撞击地球；第三，爆发第三次世界大战。”

杭一思索良久，说道：“我们这样来看，假设裴裴破译的数字密码没有错，那么起码有两点暗示，二是‘Apophi’；一是‘8·14’——分别代表了‘事件’和‘时间’，对吧？”

辛娜和陆华一起点头。

杭一接着说：“那么我们来排除一下，假如是外星飞船入侵地球的话，那么外星人怎么会事先通知地球人呢？这是不合逻辑的；如果是第三次世界大战爆发的话，也不太可能，因为再猛烈的战争，也不可能在‘8月14日’这一天就毁灭整个地球吧？”

“你的意思是，第二种可能性更大？巨大陨石撞击地球？”陆华说。

杭一点头道：“对，这是目前最符合逻辑的解释。只有这一种情况，才有可能一天之内毁灭地球。而外星人拥有比我们先进的科技，之前就预测到了这件事，所以才通过‘数字暗号’的方式来暗示地球人！”

陆华和辛娜都露出不安的神情。片刻后，辛娜说：“可这也是我们的猜测罢了，如何证实这一点呢？”

杭一望着辛娜的眼睛：“你真的没想到吗？”

辛娜愣了片刻，明白了：“问我爸？”

杭一颔首。陆华也频频点头：“对，距离8月14日只有一百多天了，如果真有一颗巨大的陨石或小行星在朝地球飞来，世界各国的天文学家不可能现在都还没观测到。一旦他们得知了这个事实，第一件事就是报告国防部和国安部！”

说到这里，陆华突然“啊”地叫了一声，背后泛起一股凉意：“也许，各国政府早就知道这件事了，想想福溪森林公园的事件吧，当局似乎就在刻意隐瞒什么……”

辛娜和杭一对视在一起，辛娜说：“我们现在就去找我父亲。”

他们三个人走到电梯口，正要前往辛娜父亲所在的楼层，电梯门打开了，辛娜的父亲出现在他们面前。

“爸……你？”

辛娜的父亲走到他们面前，说道：“不用找我了，我来见你们。”

三个年轻人立刻懂了，他们所在的楼层，几乎每一个地方都安装了纳米摄像头。国安局的人监听到了他们刚才的谈话。

“爸，你来见我们，证明我们刚才的推测是对的？”辛娜忧虑地问。

父亲叹息道：“我知道你们早晚会知道这件事情的，你们也有权利知道。因为你们实际上才是跟这件事关系最大的人。”他顿了一下，“把你们的同伴都叫到这个大厅来吧。与其你们去转述一次，不如我当着大家的面把我们掌握的一切情况都告诉你们。”

几分钟后，守护者同盟的其他成员都来到了国安局5楼的会客大厅。辛娜的父亲坐在正前方的皮椅上说道：“我不知道你们是怎么获知跟‘Apophi’有关的信息的，不过想来也不奇怪，你们都是超能力者，总是能办到一些不可思议的事情。”

没有人打岔，所有人都全神贯注地凝视着国安部副部长，知道他接下来说的事情，必然十分重要。

“实际上，如果是在半年前，你们在任何一个国内外的搜索引擎上面，都能轻松地搜到跟‘阿波菲斯’相关的信息。然后了解到，阿波菲斯是科学家去年发现的一颗小型天体，正以非常高的速度接近地球——当然现在网上已经查不到了，因为政府为了避免引起恐慌，已经清除了网络上跟阿波菲斯有关的一切内容。”

“因为小行星马上就要撞击地球了？”雷傲急躁地问。

辛娜的父亲示意雷傲不要着急，他继续说道：“科学家们推算出，这颗小行星跟地球相撞的概率为2.7%左右，在天文学上，这属于非常高的概率。但很多科学家仍抱有乐观的想法，猜想它会像之前很多‘路过’地球的小行星一样，跟地球擦肩而过。

“但是，半年前，NASA（美国国家航空航天局）负责监测这颗小行星的科学家惊骇地发现，地球的好运似乎用完了，事情正朝最糟糕的方向发展——这颗直径12公里的小行星正以每秒100公里以上的速度朝地球飞来，按照其运行轨道，将在今年8月中旬，撞击地球。”

房间内的温度仿佛骤然下降了好几度。辛娜的父亲补充道：“当然，你们已经掌握了比科学家更精确的日期，知道这一天其实就是8月14日。”

“阿波菲斯撞击地球，会引发怎样的后果？”辛娜急切地问。

父亲深吸一口气，说：“NASA估算，阿波菲斯撞击地球产生的能量相当于全球核武库的核弹同时爆炸的几百倍。地球上绝大多数生物将在十几分钟内死去。就算有少部分人能暂时存活下来，也难逃随后诱发的海啸、地震和火山爆发。至于之后气候、生态与环境的剧烈灾变……可能已经不太重要了。简单地说，这是恐龙灭绝之后，地球面临的最大危机。”

在场的十多个人，喉咙仿佛被堵住了一般，发不出任何声音。许久之后，孙雨辰问道：“没有办法阻止吗？”

“没有，很遗憾，没有。”辛娜的父亲悲哀地说，“人类目前的科技能力，是做不到化解这一危机的。”

陆华不甘心地说：“不能用核弹炸毁这颗小行星吗？很多科幻小说和电影中都有这样的剧情。”

辛娜的父亲苦笑道：“你都说了，那是小说或电影。实际上这一方法也并不是没有考虑过，但经过科学家的分析，发现这几乎是不可能的。第一，这颗小行星的质地，也就是组成元素无法确定。假如它由铁或更坚硬的物质组成，那么核弹能起到的作用就微乎其微。

“第二，地球上所有积累起来的核武器只够用来炸毁一个直径9公里的小行星，并且还要准确击中它的中心才行。而阿波菲斯是一颗直径12公里的小行星。

“第三，也是最关键的一点——就算核弹能将小行星炸碎，后果也不见得比直接撞击地球好。因为炸掉的碎片会向地球散落，人们将对它们失去控制，也许人类更深受其害。”

陆华的心凉了，喃喃道：“真的没有任何办法了吗……那我们岂不是，只有等死了？”

宋琪望着陆华：“你好像是全世界最没资格说这句话的人。”

陆华愣了一下，明白了，但随即叹息道：“我不可能永远处于超能力状态，况且如果全世界的人都死了，我一个人活着又有什么意义？”

赵又玲问道：“你的防御壁，能抵挡住这颗小行星吗？”

陆华吓了一跳，迅速摆手道：“我的等级才3级，怎么可能抵挡得住一颗直径12公里的小行星的撞击？除非……”

说到这里，他停了下来，跟所有人的目光碰撞在一起。

辛娜的父亲严峻地说：“你们好像意识到问题的关键所在了。”

二、解散

SUPER TABOO GAME

辛娜骇然道："爸……你的意思是，现在有可能拯救地球的，只有杭一他们这些超能力者了？"

父亲沉吟良久："恐怕不是'这些'，而是'某个'超能力者。"他顿了一下，补充道，"唯一的一个。"

杭一问道："您知道旧神定下的游戏规则，以及'升级'的事？"

辛娜的父亲点头道："当然，国安部早就掌握这些情况了。"

"那你们的态度是什么？"辛娜凝视着父亲的眼睛。

父亲对辛娜说："我知道你这么问的意思。没错，旧神定下的规则十分残酷，正常情况下，没有任何国家和机构会支持和鼓励这样的事情。但这件事情超越了正常范畴，并且关系到整个地球的安危。不管事实多么令人难以接受，从目前的状况来看，只有某种强到逆天的超级力量，才有可能扭转地球的命运。"

超能力者们集体陷入了沉默，他们不约而同地想起了当初旧神说过的话——“世界崩坏之前，上天会给人类一个机会，在人类中选出一个代表，让他（她）拥有超凡的能力，这种能力足以改变全世界的命运。”

当时，他们不知道“世界崩坏”意味着什么，甚至怀疑这只是旧神危言耸听、促使他们互相断杀的一个借口。但此刻，他们清楚地知道，一颗足以毁灭地球的小行星正在飞来，而拯救地球唯一的方法，就是让某个超能力者获得50倍的超强能力。

杭一浑身的精气神仿佛被抽走了，他经历了这么多的事情，从来没有受到过现在这么大的打击。他突然发现，有比小行星撞击地球更恐怖的事情，那就是原来他一直都错了。他号召和组织大家成立的“守护者同盟”，其实和真正的守护背道而驰——没有比这更讽刺的事情了。可他想不通，他错在哪里呢？阻止一场断杀和斗争，希望用和平的方式找到解决办法，真的是他一厢情愿的天真想法吗？

朋友们都看出了杭一遭到的打击和矛盾的心情，特别是辛娜，她难过极了，抓住杭一的手说：“你没有错，你的做法是符合人性的，任何一个有良知的人，都不会希望看到50个超能力者互相断杀。”

听到辛娜的安慰，杭一心中稍微好过了一点，但他仍然很迷茫：“可我们都知道，如果超能力者们力量分散，是不可能阻挡小行星撞击地球的。事到如今，我也想不出除了让某个人‘升级’，还有别的什么办法了。”

大家沉寂了一阵，雷傲突然骂道：“该死的旧神！如果他有能力拯救地球的话，为什么不一开始就让某个人获得超强的能力？干吗用这么残酷的方式来产生‘新世纪的神’？”

孙雨辰想起了真实版《荷马史诗》中讲述的内容，说：“冷静点吧雷傲，你忘了吗？旧神是‘上一次竞争’的获胜者，而这次，他是50个超能力者之一，说明这件事不在旧神的控制范围内。在他之上，还有一个谜一般的‘真正的天神’。”

“不管是谁在左右这件事，用心都是险恶的！”雷傲仍旧愤恨不已，

"拯救或毁灭地球之前，天神还想看一场好戏吗？！"

辛娜的父亲说："其实这件事，你们能不能换一个角度来看待呢？也许'天神'并不是要看什么好戏，而是他也不确定，究竟选择谁，以及何种能力才能拯救地球，才不得已展开这场残酷的竞争。"

雷傲"哼"了一声，说道："你是辛娜的父亲，也是国安部副部长，我不想对你不敬。但我听出来了，你分明就是希望我们按照旧神的规则来办，在剩下的3个月内决出胜负！牺牲49个超能力者，来拯救你们这些普通人吧！"

"雷傲！"孙雨辰喝了一声，示意他说得有些过分了。

辛娜的父亲并未生气，他淡然道："人固有一死，或重于泰山或轻于鸿毛。如果牺牲49个人的生命，能换回全世界几十亿人的生命，以及亿万生灵共同的家园，意义何止'重于泰山'！当然，这只是我个人的看法罢了，我不会对你们进行任何道德绑架，也不会强迫你们怎么去做。我可以代表国安部做一个保证，我们绝对不会强制干涉你们的行为。何去何从，你们自己抉择吧。"

说完这番话，辛娜的父亲走向电梯，离开这层楼了。

超能力者们静默良久，穆修杰苦笑道："他这么一说，如果地球毁灭的话，不是小行星的错，倒是我们这些超能力者觉悟不高所致了。"

侯波托着下巴说："暂且不说这个，我在想一个十分关键的问题——不可能50种超能力中，任意一种都能拯救地球吧。假设最后真的只能剩下一个的话，这个人该是谁呢？"

众人面面相觑，意识到这的确是一个值得探讨的问题。孙雨辰说："起码陆华的'防御'是绝对能起到作用的，假设他升到50级，说不定能制造出一个能完全抵抗小行星撞击的防御壁。"

陆华说："要这么说的话，要是你升到50级，或许能用意念将小行星推开，改变它的运行轨道呢。"

方丽芙提醒众人她也具备成为救世主的可能："如果是我，大概能在小行星靠近地球之前，就用超强激光将它击个粉碎。"

穆修杰"嗯"了一声，然后望着范宁说："要是你升到50级，兴许可以直接操控小行星偏离轨道吧。"

范宁说："好了，别做这些假设了。我们还是商量一下接下来究竟该怎么办吧。"她望向杭一，"你说呢，杭一？"

杭一沉默许久，说道："暂时解散'守护者同盟'吧。"

"杭一！"辛娜急道，"你这是什么意思？不会是想说，同伴们解散之后，就彼此成为敌人，真的互相厮杀吧？大家都是出生入死的伙伴，下得了手吗？"

说到这里，辛娜的眼泪都下来了。陆华他们心里也非常难过。杭一赶紧解释："不，当然不是这个意思。我做出这个决定，是有几个考虑的。第一，我现在确实很矛盾和迷茫，想不出大家聚在一起，能做些什么；第二，这件事情，我们每个人可能都有自己的看法，孰是孰非，真的很难判断，所以不如大家各自思考一下，最好的解决办法到底是什么；第三，假如我们的生命只剩一百多天了，我想大家都想回家陪伴一下自己的父母和亲人吧。"

这句话提醒了众人，每个人都笼罩在一种悲伤的情绪之中。他们都离开父母很久了，今天得知这个消息，对家的思念更是倍增。谁都不知道自己还能活多久，但起码在有限的时间里，多陪伴一下父母和家人，总算能减少一些遗憾吧。宋琪鼻子一酸，哽咽着说："没错，我想我爸妈了。我们今天就回去吧。"

大家都没意见。分别之前，一向大大咧咧的雷傲眼眶竟然红了，对杭一、陆华他们说："这段时间，天天都跟你们在一起，突然要分开，还挺舍不得的。"

其实杭一又何尝不是如此，"守护者同盟"是他组建起来的，此刻的心情没有人比他更复杂和难过。但他强忍悲伤情绪，说道："只是暂时分开罢了。”

雷傲说：“谁知道咱们分开之后会发生什么事呢，说不定这一别，有些人就再也见不到了……”

孙雨辰拍了他脑袋一下：“别说这种不吉利的话！”雷傲挠了挠头。

不过，这句话倒是提醒了杭一，他突然叫住正要离开国安局大门的众人：“大家等一下。”

所有人都回头望着他，杭一说：“有件事情，我犹豫了一下，还是说出来吧。”

“什么事？”宋琪问。

杭一望着陆晋鹏他们四个人说：“陆晋鹏、侯波，还有赵又玲和方丽芙，我知道你们是旧神那边的人。”

其他人大惊，雷傲大叫一声“什么？！”，摆出战斗的姿态。陆华也本能地启动圆形防御壁，把身边的几个人笼罩其中。陆晋鹏等四人一脸的惊惶不安，瞬间成为众矢之的。

“大家别紧张。”杭一说道，“他们要下手的话，早就可以下手了。你们忘了侯波可以令时间暂停吗？”

此刻好些人都在陆华的圆形防御壁之中，倒也不怕侯波突然施展时间暂停。范宁问道：“你们既然是旧神那边的人，肯定知道旧神是谁吧？”

杭一说道：“别问了，他们不知道。国安局的房间内安了微型摄像头和监听器。可以确定他们只是被旧神利用，派来做卧底的，并不知道旧神的真实身份。因为旧神那边负责跟他们联系的，是闻佩儿。”

陆晋鹏等人这才知道他们是怎么暴露的，暗忖太过大意，不过现在后悔也没用了，他问道：“那你想要怎样呢，杭一？”

“不怎么样，我只是把你们的立场告诉同伴们罢了，不然对他们是不公平的。”杭一说，“不管你们当初为何要加入旧神那边，现在已经不重要了。虽然我们的立场不同，但我不会把你们当成敌人。因为你们在关键时刻救了我们——即使这样做可能只是为了赢得我们的信任，但我也会记得，我们曾是并肩作战的伙伴。所以，今天分别之后，我们就各走各的路吧，希望你们好自为之。”

陆晋鹏听得出来，杭一这番话发自肺腑，他胸中也涌出无限感慨，说道：“我当初是受到旧神胁迫，才加入他那边的。现在世界都快毁灭了，我又怕什么要挟？自然不用再听命于闻佩儿了。杭一，谢谢你不计较我们的立场。希望我们后会无期，下次见面的时候，我们或许就是敌人了。”

“你居然敢说这种话！不如我现在就灭了你们！”雷傲做出发射风刃的姿势。方丽芙立即举起右手食指瞄准他，剑拔弩张。

“雷傲！”杭一喝了一声，“让他们走！”

雷傲缓缓放下手，方丽芙亦然。他们四个人交换了一下眼色，匆匆离去了。

宋琪长叹一口气，百感交集：“陆晋鹏说的那句话，真是让人难过。不过，这也许就是我们50个人的宿命吧。”

杭一闭上眼睛，他心中也是隐隐作痛。宿命，他一直试图跟宿命抗争。到最后，却还是躲不过宿命吗？

杭一是最后一个离开的。辛娜跟他紧紧拥抱，对他说：“保护好自己。”

“这是我想对你说的。”杭一笑道。

“我不是超能力者，谁会找我下手？你才是，千万别大意。”

“我知道。”杭一在辛娜的脸颊上吻了一下，“我爱你。”

“我也爱你。”辛娜也吻了他，这次是嘴唇。

三、大危机

SUPER TABOO GAME

杭一回到家后，并未对父母提及世界末日的事，一家人久别重逢，自然十分欢喜。母亲做了一桌好菜，杭一还陪父亲喝了两杯，其乐融融。

其实杭一是有些心酸的，他不知道这样幸福温馨的场景还能持续多久，或者还能有几次。但他不能在父母面前表现出悲观情绪，反而是说着各种笑话和趣闻。他希望尽可能晚地让父母知道世界末日即将来临的事实，也用不着刻意去做什么。平静地迎来即将发生的一切，也许就是最好的选择。

可是，平静的日子只持续了三天，在第四天的时候被打破了。

早上9点，杭一还没起床，就接到了陆华的电话。他本能地感觉到可能出什么状况了。

“你看到我刚才微信上转发给你的文章了吗？”陆华急促地问。

“没有，我还没起床呢，什么文章？”

“这篇文章在一夜之间刷爆了朋友圈，几乎每个人都在转发和谈论！”

杭一从床上坐了起来：“说的是什么？”

“就是世界末日的事！发布者是一个自由媒体人，他把美国某家新闻媒体发布的推文截了图，这篇推文明确指出，有一颗叫Apophi的小行星，会在今年8月14日撞击地球，后果是地球毁灭——总之跟辛娜的父亲告诉我们的完全一样！”

“美国的新闻媒体？是官方机构吗？”

“这我就不知道了，反正不是ABC、CNN之类的大公司，而是一家不太出名的小媒体。但是发布这个消息之后，这家媒体获得的关注度可想而知。我猜可能是他们从相关机构获取了内部消息。”

杭一不想探究这件事是怎么泄露出来的，因为这是迟早的事。他关心的是官方和民众的态度，赶紧问道：“这事既然都传到中国来了，现在大家是什么反应？”

陆华说：“你看看微信上这篇文章的转发量和评论就知道了，大多数人希望官方能辟谣，但目前中国的主流媒体并未对此事做出回应。”

“好的，我知道了，我马上看一下。”

杭一挂了电话，立刻打开微信，查看陆华转发的文章，果然跟他说的一样。至于下面的评论，大概有上万条，他没工夫细看了。

杭一走出卧室，客厅里爸妈正捧着手机在谈论此事。看到儿子走出来，爸爸立刻问道：“杭一，你看到微信上的这篇文章了吗？”

杭一点头：“陆华刚才转发给我了。”

“这是真的，还是造谣？”

杭一迟疑了，不知道该怎么回答。爸妈似乎从他为难的眼神中读懂了什么，他们没有追问，放下手机，做别的事情去了。

整个上午，网络上都在谈论这个话题。很多人还是倾向于相信这只是一个哗众取宠的假消息，他们等待着官方新闻平台尽快辟谣，宣布这只是一场闹剧。但是，让人们不安的是，这篇文章发布已经好几个小时了，国内竟然没有一家主流媒体或门户网站正面回应此事。显然这很不正常。

杭一走进卧室，拨打辛娜的电话，询问国安部对此事的态度。辛娜说她没有去问父亲，但是那天她爸爸既然把此事告诉了杭一他们，并且也没有叮嘱他们不能外传，可见当局也知道，随着地球毁灭之日的临近，已经无法再对民众隐瞒此事了。毕竟人们也有知道他们命运的权利，选择怎样度过人生中最后一段时光，而不是在3个月后不明不白地灰飞烟灭。

杭一默默地放下电话，他大概知道这件事会呈现怎样的发展趋势了。

果不其然，北京时间晚上9点左右，NASA和美国国防部的负责人，向全球联合发布了关于Apophi即将在8月14日撞击地球的消息。整个发布会只持续了5分钟，且没有回答任何记者提问。对于小行星撞击地球可能引发的后果，负责人回答得相当含糊，只说“具体后果难以估计，希望民众们做好最坏的打算”。另一句关键的话跟辛娜父亲说的如出一辙——“以地球目前的科技，没有任何办法能够阻挡这颗小行星撞击地球。”

这个消息一出，地球在小行星撞击之前爆炸了——各种舆论的爆炸，导致人类陷入有史以来最大的恐慌之中。

虽然NASA没有明说撞击的后果是什么，但人们不是傻瓜，谁都能听出地球即将毁灭的弦外之音。

各国政府和主流媒体并没有放弃他们的职能，他们用委婉的方式对人们进行积极的价值观引导——即便末日将近，人类也应该保持尊严和理性，安排好最后3个月的时光，做好自己的本职工作，尽量跟亲人和爱人度过，体现崇高的“人类精神”。

这种价值导向，对多数人来说是有意义的。但也有一些人——普遍是受教育程度偏低或社会底层的人——找到了发泄的缺口和为所欲为的理由。各国均出现了不同程度的骚乱和犯罪，好在军队和警察还在履行职责，尚未形成大规模暴乱，一切还在控制之中。

一段时间之后，暴乱者似乎也疲倦了，激进行为转化为消极倦怠。糟糕的是，这种情况像瘟疫一样蔓延，影响了很多之前还比较理性的人。随着时间一天一天的减少，大量的人停止了工作——生命还剩下最后几十天的时候，工作还有什么意义呢？坚持在岗位上的人越来越少。很多人回到老家，陪伴父母家人；还有一些人打算把辛辛苦苦积攒下来的财富拿出来，在人生最后的日子好好享乐一番，也算是不枉此生。

可惜的是，每个人都抱有这样的念头，导致地球在毁灭之前，就提前陷入了瘫痪状态。银行、医院、学校、商场、餐厅……纷纷停业或倒闭。最为严重的就是服务行业——没有人愿意在人生最后阶段还为别人提供服务。人类自私的本性暴露无遗。讽刺的是，这一状况的严重程度，足以在小行星撞击地球之前，就提前毁灭人类。

最直接的影响就是，拿着钱买不到东西。因为百分之九十几的商铺和超市都关门了。这一局面导致的可怕结果是——很多家庭陷入无法采购食物的危机之中。简单地说，就是饭都没的吃了。

杭一是从母亲那里了解到事情的严重性的。母亲打开空空如也的冰箱和橱柜，忧心忡忡地说："这顿吃了，我们家就一点儿食物都没有了。"

"超市和餐馆全都关门了吗？"父亲问。

"就连小商店都关门了。如今没有任何人对经营和赚钱感兴趣。在世界末日面前，金钱只是一堆没有意义的废纸。"母亲感叹道。

"但超市和商店里，其实是有食物的，对吧？"父亲说，"只是全都关了门，不对外营业了。这样下去迟早会出大事的。"

没错，会出大事的。杭一也意识到这一点了。打砸抢是迟早的事，人在肚子都填不饱的情况下，什么事情都做得出来。

"郊外的农村，应该有蔬菜和牲畜吧？"杭一说。

"没错，可那也是农民的私有财物，他们不卖的话，难道去偷、去硬抢吗？"

"早晚有人会这么做的。"杭一说。

"对，但不是我们。"母亲对杭一说，"我们得有尊严地活到最后一刻，不能做出那样的事。”

杭一对母亲说：“妈，我不用做这样的事，自然会想到办法，不让你们挨饿的。”

父亲望着杭一，说道：“其实……杭一，我一直想问你一个问题。”

杭一扭头望着爸爸。

“你到底有什么超能力？”父亲问。

杭一沉吟一下，说道：“记得你一直都反对我玩游戏，恐怕我的回答会让你失望了，因为我的超能力正好是这个。”

“游戏？”

杭一点头：“我能让游戏中的事物实体化，还能进入游戏中的世界，等等。”

“游戏世界有食物吗？”爸爸吃的最后一顿，是一碗没滋没味的素面——家里的盐都快用光了。

杭一笑了。他明白爸爸的意思，更高兴的是，爸爸不再排斥他最喜欢的“游戏”，转为接受和期待了。其实，以杭一之前的等级，是做不到用虚拟世界里的食物来填饱肚子的，不然当初被困在异空间，他早就用这招化解危机了。可现在今非昔比，杭一的等级已经有8级了，能办到很多之前不可想象的、神奇的事情。他对爸爸说：“当然，各种美食。你们想体验一下吗？”

爸爸说：“我记得游戏里总是打打杀杀的，有危险吗？”

杭一哈哈大笑道：“爸，你对游戏太缺乏了解了。游戏有很多种类型，你说的打打杀杀的是动作游戏，还有很多休闲益智类的游戏，一点儿危险都没有。”

杭一把笔记本电脑拿到客厅，下载了一款叫作“疯狂美食家”的游戏，进入游戏界面之后，他启动超能力，一瞬间，家里就变成了充满地中海风情的希腊餐厅，各种叫不出名字的异域美食呈现在眼前。爸妈第一次见识杭一的超能力，惊呆了，妈妈接连惊呼："啊……啊，这就是游戏中的世界？怎么看上去跟真的一样？"

"我说了，可以让游戏中的事物实体化呀。"杭一对父母说，"这里是游戏的世界，并且是在我的操控中，所以你们敞开肚子吃吧，不用付一分钱。"

"可是，这是游戏中的虚拟食物，真的可以吃吗？"爸爸还是有些担心。

杭一用实际行动回答了爸爸的问题，他拈起一块炸墨鱼圈，送到嘴里："嗯，太香了！"

爸爸和妈妈对视一眼，他们像在自助餐厅挑选食物一样，拿了烤猪肉串、什锦海鲜饭、卷饼和乡村沙拉，试探着吃了一口之后，便大快朵颐起来，边吃边赞美这些异国美食。

酒足饭饱之后，妈妈问道："我们现在是在游戏世界里吧，回到现实世界之后，会不会又恢复之前饿肚子的状态呢？"

"不会，我的能力可以保留'游戏结果'。在游戏里经历过的事，回到现实也会变成事实。"杭一一边说，一边解除了超能力。周围的场景又变成他们家的客厅。果然，他们每个人的肚子都是饱饱的了。

"超能力真是太神奇了。"爸爸感叹道，同时又叹息一声，"可惜其他人家里，就没这么幸运了。"

这句话提醒了杭一。他不知道伙伴们的家里，是否出现了同样的食物危机，他们又是怎么解决这个问题的呢？

四、非法入内

SUPER TABOO GAME

市中心一家大型超市的门口，聚集了上千人。他们捶打着紧闭的超市大门，要求老板开门营业。但里面没有任何回应，天知道老板和员工都跑哪儿去了。人们饿坏了，菜市场早就空空如也，餐厅也都关门了，他们只有寄希望于有大量食物储备的超市。

意识到超市里根本没人之后，饥饿而愤怒的人们狂躁起来，有人提议砸开超市的铁卷闸门，抢夺食物。人们一呼百应，几个大汉开始猛踹卷闸门，有些人甚至找来了钢管和扳手，准备砸烂铁门。可惜这种大型铁卷闸门非常坚固，不是这么容易被破坏的。这些人累得气喘吁吁，砸得声音震天响，也只是将铁门凿出几个凹槽而已。

这时，人们身后传来一声冷笑：“哼，笨蛋，你们这样能砸得开？”

人们倏然回头，骇然看到几米高的空中，悬浮着一个穿着打扮潮味十足的年轻人，有人立刻就认出了他是谁，叫道：“雷傲！上过电视的超能力者雷傲！”

雷傲双手交叉抱在胸前，趾高气扬地说：“既然认出本大爷了，还不闪开？”

人们呼啦一声，全都站开了，远离超市大门。雷傲使尽全力，劈出一道凌厉的风刃，像一把巨型钢刀砍在了铁门的上方，铁卷闸门被齐斩斩地切断，轰然塌下，露出里面的玻璃门。铁门都劈开了，玻璃门更不在话下。雷傲几道风刃挥出，玻璃门尽数破裂。

人们欢呼雀跃，准备进超市哄抢。不料背后传来警笛声，四个持枪的警察跳出警车，手枪首先就对准了空中的雷傲，喝道：“举起手来，不准使用超能力！”

雷傲是第二次被警察用枪指着了——上一次是在新西兰的奥克兰市（*参见《超禁忌游戏》第四季），差点被射杀了。此刻又被警察举枪瞄准，他愤然道：“我只不过用风刃劈开了这家超市的大门，又没有伤人，你们就用枪指着我，未免太小题大做了吧？”

警察估计刚才也目睹了雷傲的厉害，出于对他的忌惮，才掏出手枪的。其中一个警察说：“你随意破坏私人财物，是犯罪！”

“随意破坏？你看不出来这些人都是因为没东西吃了，才聚集到超市来的吗？难道你要眼睁睁看着他们都饿死？这就不是犯罪？”

人群中有人开始附和：

“对呀，又不是我们想硬抢的！”

“我们愿意花钱买食物，可是超市不开门营业呀！”

“家里小孩一天没吃饭了，你要我们怎么办？！”

“支持超能力者！”

警察一时词穷，却又不愿屈服于民众，只能冲雷傲吼道：“你先从空中下来，跟我们走一趟！”

雷傲双手抱胸，冷言道：“我要是不下来，你能把我怎么样？”

警察喝道：“我数三声，你从空中降下来，不然的话……”

“不然你要怎样？”雷傲被激怒了，“当真开枪射我？那你们试试看呀，看是你们的子弹快，还是我的风刃快！”

这句话颇具威胁性，气氛一下紧张了，变得剑拔弩张。周围的人群也紧张起来，他们才见识了雷傲的风刃的威力，连铁门都能一刀切断，这要是挥到人身上，可不是闹着玩的。但是，他们现在视雷傲为英雄，也不愿警察伤了他，一时不知如何是好，只能傻傻地观望。

就在双方僵持不下的时候，怪事发生了，只见四个警察的双手仿佛不受控制般地一齐抬到头顶正上方，集体扣动扳机，发出“砰砰砰砰”的连续枪响。民众们被枪声吓得大叫，雷傲也呆住了，不知道这些警察为何突然朝头顶上方连续鸣枪。

过了一阵，四把手枪的子弹全都射完了。警察们骇然放下手，面面相觑，看起来他们也不清楚刚才自己做了什么。就在所有人都莫名其妙的时候，一个高个子、短发、英气勃勃的女生从斜后方走向雷傲，说道：“你怎么像小孩一样耍脾气？老跟警察过不去干吗？”

雷傲眼睛一亮，叫道：“范宁！哈哈，我说怎么回事呢，原来是你操控他们变成提线木偶了。”

范宁说：“你闹够了吧，还不下来？”

雷傲倒是挺听这个“大姐大”的话，乖乖地降落到地面上来了。范宁转身对警察说：“四位警官，不好意思，给你们添麻烦了，我这就把他领走。”说完不由分说地拉住雷傲的手，像牵个小弟弟一样把他拖走了。警察没想到又冒出来一个超能力者，并且还能操控他们的行为，自然不敢上前阻拦。正好范宁也给了他们一个台阶下，便就此作罢了。

雷傲问：“大姐，你要带我到哪儿去呀？”

范宁说：“你闲得无聊是怎么着？跟这些普通人瞎混什么呀，我带你去个好地方，保管你乐意。”

雷傲有些不好意思地说：“我还真不是想跟他们瞎混，我是饿了，才到超市来找东西吃。你现在带我去再好玩的地方我都没兴趣，除非是餐馆。”

范宁笑道：“我就是带你去吃好吃的，走吧！”

五、天价午餐

SUPER TABOO GAME

杭一打电话给辛娜，辛娜告诉他，有国安部的安排，他们一家人暂时不存在缺乏食物的问题。杭一放心了，又打给陆华，陆华的回答有些出乎他的意料：“我们这几天都是在外面餐馆吃的。”

杭一好奇地说：“现在还有在营业的餐馆吗？”

陆华说：“很少，不过这家在营业，而且味道很棒。杭一，你要过来一起吃吗？”

杭一心里嘀咕，这都什么时候了，他居然还有心思关心饭菜的味道，顿时觉得有些哭笑不得，说了句“我就算了”，挂了电话。

就这样又过了几天，一个上午，陆华打来电话，一开始支支吾吾，杭一也不知道他到底想说什么，后来终于切入正题了：“杭一，韩枫留下的那张银行卡，在你手里对吧？”

“是啊。”

“能不能取一些钱给我用？”

杭一感到奇怪："现在银行都快倒闭了，你拿钱来做什么？"

"吃饭不得花钱吗？"

"吃饭花得了多少钱呀？"杭一越发纳闷了，"你爸妈都是大学教授，家境不也挺殷实的吗？"

"主要是那家餐馆……太贵了。哎呀你别问这么多了，到底能不能取钱给我吧？"

"你要多少？"

陆华试探着说："先拿……一百万？"

"一百万？！"杭一叫了出来，"你们吃的什么呀？顿顿燕窝鱼翅？还'先拿'，你想拿几次？"

电话那头沉寂了一刻，陆华小声说："不止我一个人，范宁、雷傲、孙雨辰都在这儿呢，我们这几天顿顿都在这里吃，得花不少钱呢……"

"就算是好几个人，也吃不了这么多钱呀！"杭一觉得这事有些蹊跷，他问，"这家店在哪儿？"

陆华告诉杭一地址，临了还不忘补一句："记得带钱来呀。"

杭一立即出门，现在大街上几乎连出租车都打不到了，不过以他的超能力，随便变出个游戏中的交通工具，是易如反掌的事。10分钟后，他就来到了陆华所说的那家餐厅。

眼前的景象令人震惊。餐厅只是一家十分普通的小饭馆，谈不上任何风格的普通装修，只能容纳大约10张餐桌，招牌烂俗得让人过目就忘——"张氏饭店"。可就是这样一家平淡无奇的小餐馆，此刻却聚集了几百个人等候在门前，一看便知，全是排位等着吃饭的客人。餐馆里面当然座无虚席，外面还立着一块醒目的牌子——"每桌用餐时间不得超过半个小时"。

杭一从没见过这阵势，不过想来也不难理解。世界末日的阴影笼罩之下，人人自危，惶惶不可终日，还有多少人有心做生意？餐厅饭店大多关闭了，难得这儿还有一家在营业的，如此稀缺资源自然人人趋之若鹜，门庭若市也就不奇怪了。

杭一在几百个人里面费劲地找到陆华等人，果然，孙雨辰、雷傲和范宁也在这里。他们为了掩饰自己的身份，用套头衫、墨镜和棒球帽等服饰进行了装扮。等见到昔日的伙伴们，杭一备感亲切，但是想到他们这些超能力者，居然乔装打扮跟普通人一起排在这里等着吃饭，他又觉得有些滑稽，说道："别在这儿排位了，我带你们到游戏世界的餐厅吃饭，比这儿强。"

没想到几个人一起摇头，孙雨辰小声说："我们还真不是因为缺乏食物才来这儿排队的，咱们都是超能力者，弄点吃的又有何难？"

杭一问："那你们干吗来凑热闹？"

孙雨辰咽了口唾沫，露出无限神往的表情："这儿的菜，实在是太好吃了。"

杭一啼笑皆非："就因为这原因？现在什么时候了，你们还想着吃！再说了，咱们在异世界什么极品美味没吃过，我不相信这家餐馆能好吃到哪儿去。"

雷傲说："杭一老大，你是没吃过，才会这么说。等会儿你尝一下，保管颠覆你的世界观。"

杭一半信半疑地望着他们，陆华等人脸上却没有丝毫开玩笑的成分，只有对接下来这顿午饭的期待和向往。

杭一觉得这事有点不寻常，怀疑这家餐馆是否隐藏着什么不为人知的秘密。雷傲倒也罢了，陆华和范宁都是心思缜密的人，可看他们的样子，分明有点儿玩物丧志的意思。什么饭菜能好吃到这种程度？杭一倒真是好奇了。为了一探究竟，他也加入了排位的队伍。好在陆华他们一早就在这儿候着了，再等几桌就能轮到他们。

又等了几十分钟，终于轮到杭一他们了。突然队伍后边一个大汉急了，将排位等候用的塑料凳猛地一踹，怒道："我他妈等了3个小时了！还有多久？干脆我们跟这几个小子拼一桌吃得了！"

“嘿，叫谁‘小子’呢？”范宁虽然打扮和性格都有些中性化，可是大庭广众之下被人称为“小子”，还是点燃了她心中的怒火。杭一感觉不妙，赶紧按着她的手说：“别出手啊，你一出手所有人都知道我们是超能力者了，这顿饭也别想吃了。”

最后那句话果然有效，范宁忍了下来，没有作声。那彪形大汉脸上和身上都是文身，一脸的横肉，一看就不是什么善茬儿。他还有一个同伴，也是摔跤运动员的身材。两人朝杭一他们几个人走了过来，毫不客气地说道：“怎么样，拼个桌？”

雷傲比这两个人足足矮了一个头，但说话的底气一点不弱：“拼不拼桌，那也得我们愿意吧？有你们这么说话的吗？”

彪形大汉明显打算来硬的，喝道：“老子饿了3个小时了，你要我怎么说话？我再问一句，拼个桌，行不行？！”

雷傲也是火暴脾气，哪受得了这份气，当即吼了回去：“不行！”

两个壮汉大怒，鼓起铜铃般的双眼，看样子准备使用武力了。真要打起来，杭一他们自然不会吃亏，但是暴露了超能力者的身份，必然引起一片骚乱，这顿饭也就别想吃了。

一触即发之际，饭店里走出一个中年男人，可能是饭店的老板。他看见彪形大汉扬起了拳头，立即制止道：“住手！”

中年老板身材瘦弱，但他走到两个大汉面前，用铿锵有力的声音说道：“来这儿吃饭，是你情我愿的事。谁也没强迫您排位等候。您要是不愿等，可以去别家吃，不能逼着别的客人拼桌。这不合规矩。”

杭一心中暗暗佩服这饭店老板。他们是超能力者，自然不惧怕这两个粗人。但饭店老板只是一个普通人，也能做到不畏强暴，着实不易。不过这两个大汉号称等了3个小时，自然不会因为老板这一番话就善罢甘休。若他们真要来硬的，这老板又该如何应对？杭一倒是真想知道。

果不其然，这两个壮汉哪是听人讲道理的主，耍无赖道：“我们不管，总之要不拼桌，要不你安排我们先吃，不然我俩饿昏在你饭店门口，你们也别想做生意了！”

老板脸色一沉，说道：“既然如此，那二位跟我到后院来吧。我给二位单独安排就是。”

两个大汉听了大喜，跟着老板朝饭店后面的小院走去了。其他等候的客人自然有些微词。但毕竟不是每个人都能来这一出的，也只好作罢。

不管怎么说，这出风波总算是被老板平息了，雷傲懒得管那两个粗人，对伙伴们说：“走，吃饭了！”

五个人走到一张刚收拾出来的空桌子旁坐下。服务员立刻递上菜单。范宁他们是这里的常客了，根本不看菜单，直接说道：“糖醋里脊、青椒鸡、鱼香茄子。”又询问陆华他们的意见，“再来个水煮牛肉和紫菜汤？”

“嗯嗯。”孙雨辰他们连连点头，一副垂涎欲滴的样子。

服务员记下之后，转身交代厨房做菜了。

杭一啼笑皆非地望着他们几个，说道：“不是……我当这儿有什么极品特色菜呢，结果就这些呀？这不都是家常菜吗，哪家饭馆没有呀？”

“你别看是家常菜，味道真是绝了，一会儿尝了就知道了。”陆华再次询问最重要的问题，“你带钱了吗，杭一？”

“带了卡。”杭一嗤之以鼻地说，“不过就你们点这几道菜，能花多少钱呀。”

孙雨辰把菜单推到杭一面前：“你看看价格再说吧。”

杭一随便看了下第一页，吓得差点跳了起来：“一道卤拼，要2600元？！”

接着，他找到了范宁点的那几道菜的价格：“糖醋里脊，3200元；青椒鸡，3600元；水煮牛肉，3800元；鱼香茄子，2800元；连紫菜汤都要1200元？这什么黑店呀！”

陆华叹息道：“你说人家是黑店，可别人也是明码标价的，嫌贵你别吃呀。”

杭一不敢相信陆华居然还为这家饭店说话：“疯了吧你们？这么贵的菜也吃！这跟抢钱有什么区别？”

范宁示意杭一小声一点，就像害怕他得罪了饭店老板，人家不给他们饭吃了似的：“说实话，价格是贵得离谱，但怎么说呢，也算是物有所值吧。”

“一道紫菜汤卖你1200元，还物有所值？吃了能上天是怎么着？”

“你尝了就知道了。”范宁满脸的期待。

杭一不再言语。他心中的古怪感觉越发强烈了。不一会儿，第一道菜端了上来，是一道卖相极为普通的鱼香茄子。看上去跟一般餐馆做的没有任何不同，区别只在于食客对它的喜爱和期盼程度。只见陆华等人迫不及待地拿起筷子，开始大快朵颐，一边吃一边露出无比满足的表情，仿佛吃上一口，整个灵魂都得到升华了。

如果不是对陆华他们几个人如此了解，杭一肯定会认为这是一帮“托儿”。他们脸上洋溢着迷幻而幸福的表情，这哪里像是在吃饭，简直像在吸毒。杭一心中虽然疑惑，却也忍不住拿起筷子，非得亲自验证一下不可。

夹了一块茄子送入口中，杭一被这突如其来的美味惊到了。他一生中从没吃过这么好吃的食物。这味道是茄子吗？似乎是什么已经不重要了，重要的是它带给了自己难以置信的满足和幸福感，这种感觉能让人暂时忘却身边的一切烦恼，全身心地投入到对美食的享受之中。

后面几道菜陆续端了上来，每道菜都惊为天人。吃饭的过程中杭一他们没有任何交流，集体沉浸在美食所营造出来的幻境之中。

买单的时候，他们才回到现实，服务员告知他们这顿饭的价格是13000元。

杭一掏出卡，爽快地刷卡结账。他现在好像一点儿都不觉得贵了。

五个人心满意足地走出饭店，回味着这顿美妙的午餐。刚走出几步，雷傲驻足道：“咱们别走了，留在这里继续排位，等着吃晚饭吧。”

杭一心头一震，心想这不是跟吸毒上瘾了一样吗？可不知道为什么，刚才的美味又使他无法抗拒这个提议。

这时，孙雨辰突然看到街边躺着两个人，他指给杭一他们看：“咦，这不是刚才那两个大汉吗？”

几个人一起望过去，果然，之前被饭店老板请到后院去吃独食的那两个彪形大汉，此刻居然四仰八叉地躺在大街上，两人的肚子撑得像怀孕6个月的孕妇，显得痛苦万分。几个人快步走了过去。

陆华上前问道：“你们怎么了，需要去医院吗？”

“肚子，我的肚子……快胀破了，好难受……”刚才耀武扬威的那个大汉，此刻眼泪都快流出来了。之前那副穷凶极恶的模样不复存在，倒让人有些同情了。

范宁哼了一声：“谁叫你们吃这么多？”

另一个大汉痛苦地说：“我们没吃多少……就撑得不行了，哎哟……”

杭一等人愣了几秒，好像突然意识到了什么。他们对视了一下，陆华说：“这事好像有点不对劲。”

“这两个不照规矩来的人，显然是被这家饭馆老板给收拾了。”范宁也惊醒过来了，“一般人是办不到这一点的，难道这家饭店老板跟我们一样，是超能力者？”

“可那老板明显是个中年大叔呀。”雷傲说。

“谁说超能力者一定是老板呢，就不能是厨师吗？”杭一说。

“如果真是13班的超能力者，这人的能力显然跟‘食物’有关。但他的目的是什么，用美食控制人们吗？”陆华猜测。

“你才发现自己被控制了吗？这几天你们干了什么？全想着来这家饭店吃饭了吧！”杭一点醒他们。

“别说了，我们这就去饭店的厨房一探究竟，这家伙现在应该还在厨房里！”雷傲说。

“等一下，我们并不完全了解他的能力，也不知道他的立场是什么，这样贸然闯进去，会不会有危险？”孙雨辰提醒道，“别忘了，我们在他眼中，可都是竞争对手。”

“怕什么？我们五个人，难道还打不过他一个？先进去看看这家伙是谁再说！”雷傲带头朝饭店走去，杭一他们紧跟其后。

六、头条新闻

SUPER TABOO GAME

几个人再次走进饭店。服务员见刚才吃完饭的几个客人又回来了，问道：“几位有什么事吗？”

“对，我要见一下你们这儿的厨师。”雷傲说。

“大厨正在烧菜，现在不方便见客，你们有什么事？”

“有什么事我跟你说得着吗？”雷傲不客气地把这个男服务生推开，朝厨房走去。

服务员急了，快步上前挡在他们面前：“你们不能硬闯呀！”

雷傲回过头，冲范宁使了个眼色。范宁心领神会，启动超能力，伸出几个指头，像操纵提线木偶一样控制了这个服务员。只见这个服务员乖乖地让开了，站在一旁张口结舌，说不出一个字来，就像舌头粘住了下颚一样，一张脸涨得通红。

几个人快步走向厨房，饭店老板——之前那个瘦弱的中年男人挡在厨房门口，问道：“你们要干什么？”

陆华抢在雷傲之前用相对客气一点的语气说：“没什么，老板，我们只是想见一下厨师罢了。”

“我就是厨师，你们有什么跟我说。”

范宁摇头道：“不，你不是。”她正要再次操控这个老板让开，厨房里传出一个年轻的声音：“爸，让我来应付他们。”

几个人一齐望过去，看到一个穿着厨师服的胖子向他们走过来。几人同时一怔，认出了这个人。他们果然没有猜错，这家饭店的厨师，正是13班的超能力者——张贝（男4号）。

张贝一张娃娃脸，白胖白胖的，以前在明德补习的时候，大家只知道他爱吃，现在才知道他家原来是开餐馆的，而且他还是大厨。此刻张贝见到杭一等人，有些诧异地说：“杭一、陆华、范宁……是你们呀。”

范宁说：“别装了，我们在你家吃了好多天饭了，你还不知道是我们？”

张贝说：“我还真不知道，我都在厨房里烧菜，没瞧见你们。”

范宁摆了下手：“你实话告诉我们，你是不是用超能力改变了食物的味道，让我们全都吃上瘾了？”

张贝倒也老实，挠着头，笑着说：“嘿嘿，被你们猜到了……”

他这样憨憨地一笑，杭一他们倒是松了口气。看来这家伙倒是没有什么敌意。况且他的能力既然是控制“食物”，想来也构不成什么威胁。雷傲讥讽地说：“张贝，你小子行啊，挺会趁火打劫的，一盘普普通通的家常菜，卖得比鱼翅燕窝还贵。这几天就我们几个人贡献给你的，都有十多万了吧！”

张贝红着脸，不好意思地抓着脑袋承认道：“让你们见笑了，我就是趁着这难得的机会，发点小财罢了……”

他这副腼腆的样子，加上什么都老老实实承认的态度，倒也让人生不起气来。范宁啼笑皆非地说：“你的心倒是挺大的，这都什么时候了，还想着赚钱？不过你这价格也未免太黑了吧？”

“啊……这也不能完全怪我，毕竟如今这情况，各种食材都很难弄……”

张贝说到这里，站在旁边的饭店老板——他老爸——悄悄用手肘碰了他一下。张贝立时住嘴，脸上掠过一丝不安的神情，似乎意识到自己失言了。

这个小细节被杭一看在了眼里，引起了警觉，问道：“对了，现在市场都没人卖菜了，你们的食材是从哪儿进的呢？照你们这么火爆的生意，每天至少得准备上千斤原材料吧？”

张贝张着嘴没说话，他爸在一旁说道：“我们自然有进货的渠道，这个你们用不着管吧。”

“对对，我们能找到一些愿意提供蔬菜肉类的农场……”张贝跟着说。但是，他这句话还没说完，就被孙雨辰冷冷地打断了：“不对，你没有说实话，你心里想的是，‘千万不能让他们知道，我们用的食材是什么’！”

此话一出，所有人都大吃一惊。张贝下意识地向后退了一步，骇然道：“孙雨辰，你……会读心术？”

“刚才忘跟你介绍了。”孙雨辰逼问道，“现在你告诉我，你们到底用什么东西来做的菜？”

这时，外面等着吃饭的客人催促起来：“里面干什么呢？别站着聊天呀，我们等好久了！”

张贝趁机说：“你们看，客人们都在催了。你们就别问这些了，好吗？我还要去烧菜呢。”

“不行！你今天不告诉我们，你到底给我们吃了什么，你就别想做生意！”雷傲也看出来这里面有问题了，恶狠狠地说。

张贝和他父亲窘迫到了极点，张贝埋着头说：“你们要是觉得不放心，下次可以不来这儿吃了。但是，别为难我，好吗？”

“为难你？”范宁呵斥道，“我们也是客人，而且连续吃好几天了，难道我们没权利知道自己吃进肚子的到底是什么东西吗？你这样欲盖弥彰，肯定有问题！”

张贝的头埋得更低了：“求你们，别逼我……”

范宁懒得跟他说了，一把将张贝和他父亲推开，大步朝厨房最里端的食物存放区走去。厨房里的另外四个工作人员想要上前阻拦，范宁伸出两只手，分别控制了两个人的行动。另外两个人，被孙雨辰用意念轻松地推到一旁去了。

就在范宁和孙雨辰准备打开某个食品箱的时候，突然，他们俩一起捂住肚子，嘴里“哎哟、哎哟”地叫唤起来。

杭一、陆华和雷傲大惊失色，猜想肯定是张贝用超能力向他们俩出手了。陆华立刻启动圆形防御壁，把他们三个人全都笼罩在内。

但是——陆华的防御壁第一次失效了——他们三人在圆形防御壁内，同时感到腹痛难忍，仿佛一把锥子在搅动着他们的肠胃，钻心地疼。豆大的汗珠从他们的额头上冒出来，更糟糕的是，腹痛裹挟着强烈的便意，汹涌而至。仅仅几秒之间，他们就浑身颤抖、绵软无力，陆华的防御壁也随之消失了。杭一和雷傲根本使不出自己的超能力，孙雨辰和范宁亦然。

“我说了别逼我的，”张贝无奈地说，“我的超能力‘食物’，除了控制食物的味道之外，还能控制食物的品质、状态和属性——包括你们吃进肚子里的食物，只要我让它们腐败变质，你们就会立刻食物中毒，或者强烈腹泻。这种难受的滋味，谁都不想体会。”

杭一痛苦地蹲了下去，浑身已经被冷汗浸透了。他意识到自己轻敌了，张贝的超能力“食物”竟然如此厉害。特别是，杭一第一次见到陆华的防御壁被破，心中的震撼难以言喻。防御壁只能抵抗外来的攻击，但变质的食物在陆华自己的肚子里，无法抵御。更可怕的是，腹痛导致的全身无力，令他们无法使用超能力。此时，任何一个普通人都能将他们轻易解决，局面真是不利到了极点。

张贝说：“人要生存，就必须吃东西。我的这个超能力看似不起眼，实际上却很强。你们都领教了吧？”他顿了一下，说，“如果你们答应我，离开这里之后，不再追究此事，我就解除超能力。你们能办到吗？”

这种情况下，除了服软之外，别无他法了。有些时候，受伤或死亡都没有当众出丑可怕，特别是大便失控……发生这种事情简直比死了还难受。杭一、陆华他们都打算妥协了，偏偏雷傲嘴硬，一张脸都因痛苦而扭曲变形了，还张口骂道：“张贝，你小子……记住！这个奇耻大辱，只要你今天整不死我，我就绝对饶不了你！”

雷傲之前在电视上展露过自己的超能力，张贝自然知道他的厉害，眼下受到威胁，他眼中露出杀意：“既然你都这么说了，那就怪不得我了。你以为食物中毒是闹着玩的吗？以为我要不了你的命？”

杭一听他这么一说，心中一惊，立刻强忍着腹痛说道：“别……张贝，你要是下了杀手，就是我们所有人的敌人了，你会后悔的！”

张贝迟疑了。就在此时，外面的客人耗尽了耐心，一起冲进厨房，集体抗议：“你们这里面到底在搞什么？这么久还不上菜！”

杭一看到这群饥肠辘辘的人，突然急中生智，冲他们喊道：“这是家黑店！我们全都食物中毒了，这个厨师打算杀了我们！”

客人们大惊，眼前的景象确实如此——五个人痛苦地捂住肚子，汗如雨下、脸色苍白，一看就是食物中毒的症状。张贝对这一状况也无从辩解，张口结舌地愣在原地。客人们愤怒了，连同外面等候的人一起涌进了厨房，要找这家黑店的老板算账，有些人甚至要当场检查食材。

形势骤然逆转，张贝始料不及。情急之下，他只有解除了超能力。

杭一等人的腹痛和便意立即止住了。他们看到了张贝眼神中求饶的意味，打算暂时不为难他。杭一对愤怒的客人们说道：“我们的肚子不痛了，也许是有点误会，大家先离开厨房吧。”

人们不知道他们唱的哪一出，骂骂咧咧地走开了。张贝满头大汗地说道：“杭一、雷傲……我错了……我把食材的真相告诉你们，好吗？”

“算你识时务。”杭一说。

张贝带着他们来到厨房最里面的食物存放区，这里看不到任何肉类和蔬菜，只有一个个用于存放食物的保鲜箱。张贝说：“光让你们看，你们也不会明白的，干脆我直接操作一次吧。”

说着，他拿起一个有七八升容量的空桶，接满自来水，然后从旁边的冰箱里拿出一系列的东西，一边往自来水里添加，一边进行说明：“鸡蛋一个、猪油一勺、豆浆一杯、米汤一杯、糖一勺、复合维生素药片……”

这一股脑儿的东西加进自来水之后，张贝用一把大勺子进行搅拌，成了一桶油腻腻的乳黄色液体，看上去有些恶心。杭一等人不由得皱起了眉头。

“这是什么鬼东西？”范宁问。

没等张贝解释，陆华已经明白了，说道：“他刚才加的这些东西，分别富含了蛋白质、碳水化合物、脂肪、维生素和矿物质，当然还有水——这些东西是食物的基本组成部分。如果我没猜错的话……”

“没错，不愧是陆华，一看就明白。”张贝竟然有些扬扬得意地说，“我刚才告诉你们了，我的能力可以改变食物的状态和属性，以及它们内在的组成部分。比如这桶液体，严格地说已经具备食物的基本成分了，我只需要使用超能力对它进行改变，增加某些成分所占的比例，就像这样……”

说着，他伸出一只手，放到这桶水的上方，启动超能力。神奇的事情发生了，这桶液体迅速变成了固态，呈现出肉类的形态和色泽。张贝把整整一桶圆柱状的“肉”倒在案板上，说道：“这是猪肉，其他像牛肉、羊肉、鱼肉，或者豆制品、蔬菜，都可以用类似的方法做出来。”

陆华的胃翻腾起来，他捂住嘴说：“噢……这东西比黑作坊卖的合成肉还要恶心。”

雷傲更是怒不可遏，狠狠敲了张贝的脑袋一下：“就这鬼东西，成本不超过五块钱吧？卖我们好几千元一份儿？真够黑的呀你！”

张贝摸着脑袋，委屈地说：“虽说成本是低了点，但不能跟黑作坊比，好歹我这个是健康的……再说了，味道你们不是也很喜欢吗？”

“呸！我要早知道是这个，打死我都不吃！再说你以为我不知道？你用超能力改变了食物的味道，就算是洗锅水都能让我们喝出海鲜汤的味儿！对了，刚才害我差点拉裤子里，我还没找你算账呢！”雷傲越说越气，忍不住又要挥拳打下去。范宁和孙雨辰扑哧一声笑了出来。张贝抱着脑袋躲避，口中接连求饶：“我错了，错了……别打我！”

杭一啼笑皆非，阻止了雷傲，然后望着张贝，问道：“世界末日的事，你知道吧？”

“嗯。”张贝点头。

杭一说：“那我就不明白了，这种情况下，你还乐此不疲地利用超能力赚钱，意义何在？”

张贝眨了眨他那双狡黠的小眼睛，说道：“你们知道‘物极必反’的道理吧？比如一些食物，虽然富含丰富的营养，但也不能过多食用，否则必然对身体不利。那现在的状况，又何尝不是如此呢？目前人心惶惶，所有人都认为金钱无用，但我觉得未必如此。天底下的事情总是物极必反，说不定到了某个时刻，金钱恰恰会成为最重要的事物呢？”

这番话让众人皆是一愣。他们本以为张贝只是一个贪财好吃之徒，没想到从他嘴里说出的这番话，竟颇有几分哲理。

就在大家发愣的时候，杭一的电话响了，他摸出手机一看，是辛娜打来的，马上接通电话：“喂，辛娜吗？”

“杭一，你现在在哪儿？”

杭一一听辛娜说话的语气，就猜到可能发生什么事了，他说：“我跟陆华、孙雨辰、雷傲和范宁在外面，怎么了？”

“你们没看新闻吗？刚才某门户网站发布的头条新闻，现在几乎成了所有网站的头条，你马上用手机看一下吧。”

“什么新闻？”杭一迫不及待地问。

“你看了就知道了。具体的见面说吧，你们现在在哪儿？我过来找你们。”

杭一想了想，说：“我们旁边有一个滨湖公园，在正大门碰头好吗？”

“OK，我现在就出发。”

杭一挂了电话，跟伙伴们说：“辛娜叫我马上看刚刚发布的头条新闻，我猜肯定跟我们有关。”

“走吧，先离开这里。”孙雨辰说。

大家没空搭理张贝了。杭一对他说了一句“你好自为之吧”，跟伙伴们一起离开了张氏饭店。

张贝站在原地发了一会儿愣，掏出裤包里的手机，点开新闻APP，看到头条新闻的标题后，张大了嘴。

这个标题是：超能力者拯救地球？50个人只能活一个！

七、最深的罪孽

SUPER TABOO GAME

十多分钟后，杭一等人跟辛娜在滨湖公园门口会合了。自然，刚才他们已经看过头条新闻的内容了。现在，他们需要找一个安静的地方商议此事。

滨湖公园是琮州市区的一个老公园，平时有很多人在这里散步、喝茶、锻炼，现在有这份闲情逸致的人显然不多了，公园里只有寥寥几人，倒为他们提供了一个宁静的场所。杭一他们走到一排长椅旁坐下，陆华烦闷地说："现在好了，人们不但知道50个超能力者的事，连这场竞争也知道了。"

辛娜说："新闻里说，提供这个消息的，正是50个超能力者之一，只是出于某种原因，这个人拒绝提供姓名。"

"不管是谁，这个人为什么要这样做？唯恐天下不乱吗？"孙雨辰说。

"动机无从揣测了，也没必要去揣测。关键是，这条新闻的总点击量在一个小时内突破了5亿，这还只是中国。我猜用不着半天，全世界的人就都知道这件事了。"辛娜说。

陆华将这条新闻反复看了三四遍，皱着眉头说道："这则新闻带有很明显的舆论导向，重点指出了——超能力者可能是拯救地球的唯一希望，并且只有唯一胜出的那个人，才拥有扭转一切的强大力量。这种说法，分明就是鼓励超能力者们互相断杀！”

“显然效果已经达到了，看看下面这些评论。”孙雨辰把手机屏幕伸到同伴们眼前。

最新的评论是：

超能力者们既然一年前就知道这件事，为什么现在还不决出胜负？

用49个人的命换全球几十亿人的命，难道不值得吗？超能力者们，请以大局为重！

当年革命先驱们为了国家和民族的尊严，甘愿抛头颅洒热血。如今超能力者面临的是全世界的危机，还有哪种牺牲比这个更伟大、更有意义呢？

为了地球，我们共同的家园，求你们站出来，好吗？

超能力者们如果不决出胜负，最后的结果不一样是全灭吗？既然如此，何不舍小我，取大义？

超能力的哥哥姐姐们（语病），我才10岁，我爱我的爸爸妈妈，我们都不想死，求你救救我们好吗？

是男人的话，就战斗呀！别当缩头乌龟！

人固有一死，或重于泰山，或轻于鸿毛。好好考虑一下吧，超能力者们！

……

如果这不是孙雨辰的手机，雷傲真想立刻将手机摔个粉碎，他大骂道：“这些浑蛋，只会说冠冕堂皇的话！站着说话不腰疼！这简直是道德绑架！”

然而，除了雷傲之外，其他几个人却集体陷入了沉默。过了半晌，陆华忧伤地说："道德绑架也好，冠冕堂皇也好，又怎么样？他们说的也有几分道理，不是吗？如果我们不决出个胜负，拉着全世界几十亿人陪葬……世界上还有比这更深的罪孽吗？"

雷傲猛地抓住陆华的肩膀，吼道："你说的什么混账话！闹了半天，我们最终还是得互相厮杀吗？那好，我现在就站在你们面前，你们杀了我呀！"说着，眼泪都下来了。陆华呆住了，也溢出了眼泪。

"如果最后的结果是这样，那我们之前付出的所有努力，是为了什么呢？"孙雨辰无比悲哀地说。

这句话像刀子一样戳进了杭一的心窝。是啊，成立守护者同盟，跟残酷的游戏规则对抗，前往俄罗斯探寻旧神的秘密……这一切，都是为了什么呢？

最可怕的是——杭一实在不愿这样想，却又不得不这样想——难道我们从一开始，就错了吗？其实旧神才是对的，因为只有遵照这个残酷的游戏规则，才能拯救地球和人类……

杭一突然觉得，天底下没有比这更讽刺的事情了。

这时，刷新了评论的辛娜"啊"的叫了一声，说道："你们快看这条评论！"

除了杭一之外，另外几个人的头都凑了过去。

这条最新的评论是：

50个超能力者只要最后剩下一个，就肯定能继承50倍的能力。也就是说，并不需要超能力者互相厮杀，只要让他们最后只活下来一个人就行了，不是吗？

陆华他们后背冒起一股凉意。这句话背后隐藏的含义，令他们不寒而栗。关键是他们知道事实的确如此。并非必须死于超能力者之手，等级才会被继承。死去的超能力者的等级，会继承到某个距离他（她）最近，或者是他（她）想要继承的人身上。

沉寂许久之后，范宁骇然道："这么说，如果我们不决出个胜负的话，全世界的人都会以我们为敌，想要杀了我们？！"

"怕什么，这些普通人是我们的对手吗？"雷傲不以为然地说。

"别说这种天真的话了，要是全世界的人都联合起来对付我们，我们再强也敌不过。普通人虽然没有超能力，但是也有武器、计谋和手段！"

雷傲缄口不语了。

辛娜发现杭一许久都没有说话了，问道："杭一，你是怎么想的呢？"

杭一从长椅上站起来，说道："走吧，回家吧。"

大家都望向他。辛娜难过地说："别这样，杭一，你不能放弃呀。"

"我有点累了，辛娜。"杭一淡然道，"而且，我也真的不知道该怎么办。与其去思考这么多对策，不如顺其自然吧。"

说着，他一个人步履缓慢地朝公园大门走去。那背影看上去不像一个21岁的年轻人，倒像是一个历经沧桑的老人。

八、合作

SUPER TABOO GAME

晚上8点，闻佩儿（女17号）回到自己居住的单身公寓。她从皮包里掏出钥匙，正要开门，一个坚硬的管状物默默地顶在了她的脊背上。一个温和而突兀的声音提醒道：“别动，也别喊。”

闻佩儿心中一惊，暗忖自己大意了，竟然让人悄无声息地从背后靠近。而顶在她背上的东西，除了消声手枪的枪管，她想不出还有别的什么可能。

不过闻佩儿绝非善类，她用并非假装出来的冷静腔调说道：“如果我是你，就不会打劫一个超能力者。”

身后那人笑了一下：“如果我是你，也不会对拿枪顶着自己后背的人这么说话。要是你的超能力能无视手枪的威胁，我就不会用这招对付你了，不是吗，闻佩儿小姐？”

这一次，闻佩儿的心脏被重击了一下。来者不善。这个人不但知道她的名字，甚至清楚她的超能力是什么。这家伙显然是有备而来，并非普通的抢劫犯。他是谁，13班的某个人吗？闻佩儿听不出他的声音。

“你是谁，要干什么？”闻佩儿问。

“放心，只要你乖乖地配合，我绝对不会伤害你。”那人说，“我也是奉命行事，有人想见你。”

闻佩儿知道自己没有选择的余地。心思缜密的她立刻意识到，这个想见她的人，必然是13班的某个超能力者。而这个人的目的并不是要她的命，而是想要利用她的能力（否则这杀手直接开枪就行了）。这不奇怪，她的能力对旧神来说都极为重要，对其他人来说亦然。只是她感到奇怪，这个人是怎么知道她的能力的？

“我跟你走。”闻佩儿配合地说。她要弄清楚这是怎么回事。

两人乘坐电梯来到负一楼的地下停车场，一辆黑色宾利轿车等候在此。那人示意闻佩儿先上车，然后，他坐到了闻佩儿的旁边。前面开车的是一个身穿黑色西服的男人。汽车发动后，坐在后排的那个人收起了手枪，他一点儿都不担心闻佩儿的超能力，显然是因为他很清楚，这个超能力没有攻击性。以体能和力量来说，一个女生怎么都不是男人的对手。

闻佩儿对这两个绑架她的西服男一点儿兴趣都没有，几乎没去瞧他们，她关心的是幕后主使。有一点是可以肯定的，这个人非常有钱，从这辆价格不低于五百万的宾利慕尚就可见一斑。况且能雇得起这种职业杀手的，自然是顶级富豪。

想到这里，闻佩儿似乎有点猜到绑架她的人的身份了。

40分钟后，轿车驶入一幢88层高的大楼的地下停车场。闻佩儿注意到，这是世界著名企业SVR公司的产业，整栋大楼的建造风格和装修程度都折射出金钱的光芒。能控制这里的人……她心里更加确定了。

电梯上升到81层。两个西服男把闻佩儿带到一间大房子的门口，其中一个轻轻敲了敲门。里面的人说道：“进来。”

这是一个大得离谱的会客厅，巨大的圆弧形落地窗代替了四周的墙壁。窗外是色彩缤纷的城市夜景。房间正中间是一圈足可以坐下20个人的豪华真皮沙发。一个身穿白色衬衫的年轻男人坐在沙发正中间，跷着二郎腿，两根手指轻轻托着一杯红酒。他见到闻佩儿后，站起来微笑道：“不好意思，用这种方式把你请到这里来。主要是普通邀请的话，怕你不来，别介意。”说完这番话，他冲两个手下挥了挥手，示意他们可以出去了。

闻佩儿缓缓地朝这个人走过去，有几分诧异地说道：“怎么会是你，巩新宇？”

巩新宇（男22号，能力“概率”）说：“听你这口气，好像之前做出了某种猜测，结果不是？”

“没错，本来我以为会见到的人，是贺静怡。”闻佩儿直言不讳地说。

巩新宇哈哈大笑，随即竖起大拇指：“厉害，不愧是闻佩儿，一下就接触到事情的核心了。”

闻佩儿走到巩新宇对面的沙发旁坐下，双腿交叠，冷言道：“别废话了，说吧，‘请’我来这儿干吗？”

处于被对手控制的被动状态，还能保持这份从容和气场，巩新宇心里有几分佩服。他说：“好，那我就不绕弯子，开门见山吧。今天我是代表SVR集团董事会主席贺静怡女士，来跟你商谈合作事宜的。”

闻佩儿冷笑一声，刻薄地说道：“别装腔作势了，什么董事会主席，不就是当初咱们班靠打杂来换取免费上课机会的穷姑娘吗？要不是获得了‘金钱’这个超能力，她现在没准儿还在明德打扫卫生呢。她是怎么摇身一变变成世界顶级富豪的，我不感兴趣。哦，对了，你的能力是‘概率’——‘金钱’和‘概率’合作，我猜这里面的故事都可以写成一本畅销书了，对吗？”

“纠正一下，不是世界顶级富豪，是世界首富。”巩新宇说。

“那又怎么样？超能力者跟普通人竞争，有意思吗？”

“没意思，但结果却是有意义的。你就不想知道我们为什么要掌握如此多的金钱和财富吗？”

闻佩儿歪着头望着他。

巩新宇从沙发上站起来，踱步到窗前，望着窗外璀璨的夜色说道：“当初旧神让我们每个人在10秒钟内凭直觉选择一个概念作为超能力，我猜谁都无法在这么短的时间内做出思考——何种能力才是最强能力呢？贺静怡和我当然也没想这么多，只是凭着本能和自身的需求去选择罢了。

“但是现在，我们清楚地意识到，贺静怡选择的‘金钱’，就是50种超能力中最强的能力。因为金钱是唯一能控制世界上绝大多数人的事物，而全世界人类所产生的能量，是所有超能力都无法比拟的。”

闻佩儿沉吟一刻，说道：“如果是往昔，我承认你说的这番话有几分道理。但现在，世界末日即将来临。金钱对人类来说已经失去了意义。还想用金钱来控制人类，恐怕是你们的一厢情愿了。难道你很有钱，就能逃离地球，避开这场末日浩劫吗？”

巩新宇转过身，凝视闻佩儿的眼睛：“谁说不能呢？”

闻佩儿眯着眼睛，说道：“你肯定是在开玩笑。”

巩新宇摇着头，笑道：“无意冒犯——但不得不说，金钱确实能打开一个人的格局。普通人除了行为受限，连想象力都会受到限制。”

闻佩儿问：“你们打算怎么做？”

巩新宇说：“这个你很快就知道了，如果你选择跟我们合作的话。”

闻佩儿讥讽地说道：“你们不是已经用金钱掌控一切了吗，又何必要利用我的能力？”

“因为你是目前为止，唯一一个知道13班所有人的超能力分别是什么的人。”巩新宇说，“金钱的力量固然强大，但也不是万能的。最起码没法像你的能力‘探测’那样，能轻松获知所有人的超能力，以及与之相关的一切情况。”

“说到这个，我倒是想问问，你们是怎么知道我的能力是‘探测’的？”闻佩儿定睛望着巩新宇。这件事，她深信除了旧神和赫连柯之外，不会有任何人知道。

巩新宇笑着说："你猜呢？"

"够了，少给我打哑谜！"

巩新宇笑嘻嘻地拍了两下手，手下打开门走进来。巩新宇对他说："请新任副总来一下。"

不一会儿，一个身穿灰色修身西服，身材挺拔、面容俊朗的年轻人出现在门口。看到这个人的时候，一向矜持的闻佩儿无法保持冷静了，她倏地站起来，惊呼道："赫连柯？"

赫连柯走到闻佩儿面前，对她说："没错，是我。"

闻佩儿惊讶得难以言喻："你怎么……变成他们一伙的了？"

"我会跟你解释的。"

"可是，这岂不是……"闻佩儿瞄了巩新宇一眼，又望向赫连柯，"背叛了他？"

"不用避讳，我知道你们是旧神那边的人。"巩新宇明说道，"而且这根本不是背叛，你们跟我们合作所获得的好处，对旧神也是大有裨益的。"

闻佩儿疑惑地望着赫连柯，赫连柯对她轻轻点了下头。闻佩儿说："那他们知道旧神是……"

赫连柯赶快做了一个手势，阻止她继续说下去："不，这是合作条件之一，他们不能跟我们打听这个，更不能强迫我们说出来。"

"对，所以我刚才就说了，这根本不算背叛。"巩新宇说，"这样你放心了吧？"

闻佩儿沉吟良久，对赫连柯说："你知道，我永远都是跟你站在一边的。"她转向巩新宇，"说吧，你们到底要我做什么？"

"别急，明天你就知道我们的计划了。到时候自然知道我们想要你做什么。"巩新宇走到玻璃茶几旁，往三个高脚玻璃杯里注入红酒，端起其中两杯递给赫连柯和闻佩儿，自己再端起另外一杯，"庆祝我们达成战略合作意向。相信我，本来贺静怡也想今天飞过来亲自跟你们谈的，但她为了明天即将发布的重要新闻，还在美国做一些准备。处理完那边的事情，她就会来跟我们见面。现在，我们三个人，先干一杯吧。”

闻佩儿略微迟疑了一下，然后跟赫连柯和巩新宇碰了一下杯，饮下杯中酒。

九、竞猜游戏

SUPER TABOO GAME

5月22日（距离世界末日还有84天），纽约时间晚上8点，美国SVR公司曼哈顿总部，发布了一则震惊全世界的消息：

4个月前，SVR公司就通过内部渠道获悉了小行星Apophi即将撞击地球的事实，从而启动了紧急预案——方舟计划。

整个计划的内容是：在蒙古国的乌鲁盖地区（东戈壁），建造一座地下面积约28平方公里的地下避难所。

这个全世界最大的避难所位于地下50米的防护掩体内，由固化环氧树脂混凝土建造，有着12英尺厚的墙体，能够有力抵挡小行星撞击地球所造成的攻击，保证身处避难所的人安然无恙。

地下避难所共三层：第一层是公共活动区域，配备了许多生活和娱乐设施，包括剧院、运动中心、教室、图书馆以及医院等；第二层是被划分为若干个类似酒店单间的小型公寓；第三层是食物储备区，备有足够15年食用的冷冻以及脱水食品。另外，避难所内的花园可以种70多种不同的蔬菜，人们还可以在其中的农场里饲养牲畜，以保证持续的食物供给。避难所内配备的净水系统可以循环利用人们的生活冗余物资，而其中的灯光将尽可能地模拟阳光，甚至通过安装在窗户上的显示屏自主选择窗外的景色。

电力、通风和空气质量问题，方舟计划的科学团队也解决得十分完美。避难所内配有核能和生化空气过滤器，修建了小型核电站作为能源储备。

数万名工人轮流工作、不分昼夜，终于在4个月时间内修建完成了这座史无前例的地下避难所。该避难所最多可容纳一万人在此生活至少50年，直到小行星造成的冲击和影响完全消散，人们再返回地面，重建家园。

简单地说，全球70多亿人，只有这一万个人能在这场浩劫中存活下来。

这则爆炸性新闻是在CNN上播出的，所有人看到这里的时候，都屏住了呼吸，几乎在思考同一个问题——这一万个人该是哪些人呢?

SVR公司的发言人立刻做出了解答:

该项目是由SVR公司斥巨资建造，并不属于政府行为，所以全世界的人理论上都有资格入住其中。条件只有一个——购买方舟的“船票”。

每张“船票”的售价是：10亿美元。

可能是考虑到怕部分观众看到这里心塞而死，发言人立刻解释道，定这个价格不是漫天要价，而是该项目实在花费太大，几乎消耗了SVR公司90%的财力，所以他们认为这个定价是合理的。

另外，发言人暗示，各国政府其实很早就知道小行星会撞击地球的事实，首脑们说不定早就在某些秘密地点建造了类似的地下避难所。但是到目前为止，从没有任何国家发布过类似的官方信息来看，就算真的有这些地下避难所存在，首脑们也是不打算跟民众共享的。换言之，要想活命，就只有依靠SVR公司提供的这个“方舟计划”了。

之后，CNN的女主持人又问了SVR公司发言人一些细节上的问题，但是估计50%的观众已经听不下去了，还有一半的观众选择关闭了电视机。

还有什么必要去了解细节呢？值得关注吗？仅仅那张10亿美元的天价船

票，已如当头一棒，把绝大多数人打蒙了。

普通民众，在不到3个月的时间内，上哪儿去赚10亿美元？别说3个月了，对一般人而言，三辈子都赚不了这么多。

本来以为SVR公司发布的这个消息，是给人以希望，结果反而是让大多数人坠入绝望的深渊。

人性就是这样，如果大家一起死，倒也没什么好抱怨的。偏偏是那么一小部分人——而且是可恨的有钱人——又可以活下来，这无异于给人双重打击。

这则消息引爆全球之后，SVR公司几乎遭到了全世界所有人的咒骂，包括那些出得起10亿美元的富豪。因为他们也面临艰难的选择，他们有妻子、儿女、父母、兄弟姐妹……没法拿出几十亿甚至上百亿为每一个人都买张船票。毕竟资产上百亿美元的富豪，全球都为数不多。那么对于普通富豪而言，要他们抛弃自己所爱的人，独自“上船”，是一件残酷而不道德的事。苟且偷生，和死了又有什么两样呢？

当然，很多人提出，既然SVR公司能建造出这样一所巨型地下避难所，那么各国政府和其他财团也能够建造类似的“方舟”，并不一定非得依赖可恶的SVR公司。但很快，人们意识到，这是不可能的，问题并不是出在资金上面，而在于时间。

SVR公司抢占了先机，在4个月前就开始没日没夜地修建地下避难所。然而对于其他机构来说，现在距离世界末日还有不到3个月，怎么算时间都太紧了。而且还有一个十分重要的问题：SVR公司建造“方舟”的时候，人们并不知道世界末日即将来临这件事。可以想象，SVR公司这个项目的负责人，肯定也没有跟工人们透露实情，所以能调动数万名工人建造该项目。

但现在不一样了，末日浩劫的阴影下人人自危。这种时候，谁还会为这些富豪卖命？工人们不是傻瓜，新的方舟修好了，却没他们的份，这种事鬼才干！

人们认清种种现实之后，得出一个可悲的结论——说到底，这个世界还是有钱人的天下。阿拉伯油王们，这个时候可以愉快地收拾行李，携妻带子，踏上人生的另一段旅程了。而绝大多数的人，就等死好了，谁叫你们是10亿美元都出不起的穷鬼呢？

不！这个该死的、不公平的世界！与其如此，不如玉石俱焚！大家共同毁灭好了！

有这种想法的人，可能不在少数。

地球还没迎来真正的末日，就危在旦夕了。愤怒、极端、失控的人们的怒火，即将燃烧整个世界。

然而，就在人们爆发之前——准确地说，在SVR公司发布这则消息的3个小时后，剧情出现了神一般的逆转。

SVR集团旗下的一家子公司——显然是SVR公司早就预料到这一结果而提前安排好的——推出了一个“竞猜游戏”，该项目负责人声称，只要具有运气和判断力，任何人都能在短时间内通过这一游戏获得几十亿美元以上的巨额资产。简单地说，SVR公司正是考虑到了普通人不可能拥有10亿美元这一事实，才为全世界绝大多数的人着想，推出了这个竞猜游戏。这样一来，“方舟计划”就不仅是有钱人的福音了，而是给全世界的人提供了生存下来的机会。

这则消息，无异于一剂镇静剂，暂时稳住了准备爆发的人们。只要有生的希望，任何人都不愿错过机会。同时人们十分好奇，SVR公司想要他们竞猜什么？短时间内拥有几十亿美元，这真的不是痴人说梦？

对于竞猜游戏的规则和内容，这家子公司卖了个关子。负责人说，具体形式，将在一个小时之后，发布在他们的官方网站上，请大家少安毋躁。

全世界都焦灼地等待着。几十亿人寝食难安。

十、金钱至上

SUPER TABOO GAME

SVR公司及其子公司发布消息之后，辛娜立刻打电话给杭一、陆华和孙雨辰。她号召大家紧急集合，共商此事。

半个小时后，陆华和孙雨辰就来到辛娜指定的地点。这是市区南边的一套多层电梯房，位于22楼，是辛娜家的房产，之前租给一家公司作为办公地点。现在这种情况下，自然没人继续租房开公司了，辛娜正好以此作为聚集地，召集大家前来。

不一会儿，杭一也到了。他走进门说："雷傲刚才给我打了电话，问我在哪儿，他也要过来。"

辛娜点头道："让他来吧，我们一起商量。"

话音刚落，一个人降落到阳台上，正是雷傲。孙雨辰问："你就这么飞过来的？"

"现在还有什么必要藏着掖着吗？谁不知道我们是超能力者？"雷傲说。

五个人坐在沙发上，陆华看了下手表，说道：“还有20分钟，SVR公司的官方网站上就要发布‘竞猜游戏’的相关内容了。”

“你们有没有觉得，这个SVR公司已经掌控了全局，他们现在的影响力，已经超过了美国总统或者联合国秘书长了。任何一举一动，都能牵动全世界几十亿人的心，这种事情是史无前例的。”陆华说。

“关系到所有人的生死，没法不去关注它。”孙雨辰说，“你们觉得这家公司打算让人们猜什么？”

雷傲望着孙雨辰：“你是真的不知道，还是非得让我们说出来？猜什么你还想不到吗？现在所有人最关心的是什么，难道是欧洲杯吗？”

孙雨辰表情严肃地说：“让人们猜50个超能力者，最后获胜的是谁？”

雷傲耸了下肩膀：“我想不出来别的可能性了。”

杭一说：“但是，SVR公司怎么能保证我们一定会配合它玩这个竞猜游戏呢？只要我们当中有一个人躲起来，就无法产生最终的结果。人们不是傻瓜，他们也会意识到这一点的。”

“杭一，我觉得，你最好别小瞧这家SVR公司。”辛娜说道，“实际上，我紧急召集你们来这里，是有重要的事情要告诉你们。”

几个男生一齐望向辛娜，他们差点儿忘了辛娜的父亲是国安部副部长，他显然收集到了一些重要信息。杭一赶紧问道：“什么事？”

辛娜说：“SVR公司浮出水面后，国安部的人立刻调查了这家公司内部的一些情况，结果发现，几个月前，SVR公司召开了一次全体董事会，一个中国人从别的董事手中高价收购了他们所占的股权，以29.6%的占股比例，成为SVR集团绝对的大股东，从而理所当然地当选为新的董事会主席，控制了整个SVR集团。你们知道这个人是谁吗？”

“谁？”杭一茫然地问道。

“贺静怡。”

“什么，贺静怡？！”四个人一齐叫了出来，惊愕得无以复加。

“对，就是她。”

“天哪……她以前边打工边在明德补习，应该是我们班最穷的吧？”陆华难以接受。

“现在是世界首富。”辛娜叹息道，“人越是缺什么，就越是会去追求什么。她选择的超能力，当然是为此服务的。没猜错的话，应该是可以控制‘金钱’吧。”

“可是从她的所作所为来看，已经不仅是获得金钱这么简单了。如果仅仅是为了满足生活需求——哪怕是穷奢极欲的生活，也用不着成为世界首富，更用不着远渡重洋，到美国去收购SVR公司的股权，成为董事长，再利用什么‘方舟计划’来兴风作浪。”陆华说。

“从她获得超能力到现在，已经过去9个月了。没人知道贺静怡究竟经历了什么，为什么要这样做。”杭一说。

“也许马上就能知道了。”孙雨辰看着表说，“SVR公司的官网在一分钟后就会发布‘竞猜游戏’的内容，我们或许能以此猜到贺静怡的目的。”

辛娜赶紧打开电脑，在浏览器上输入SVR公司官网的地址，但系统提示无法进入页面，可能同一时间登录该网站的人太多，导致服务器瘫痪了。

刷新了20多分钟，他们仍然无法登录该网站，十分窝火。这时陆华突然反应过来：“用不着在SVR公司的官网上看了，国内肯定已经有人挤进去过，获悉了内容，现在国内的各大门户网站，应该都有翻译过的中文版了！”

辛娜立刻停止刷新，点开国内某知名门户网站，果不其然，关于SVR公司刚才发布的“竞猜游戏”的详细介绍，几乎占据了整个网页，大致内容如下：

根据SVR公司的调查统计，50个超能力者，目前存活的还有24个，分别是：

彭羽（男2号）

张贝（男4号）

陆晋鹏（男5号）

赫连柯（男6号）

陆华（男9号）

杭一（男12号）

雷傲（男15号）

孙雨辰（男19号）

巩新宇（男22号）

狄元亮（男23号）

侯波（男33号）

罗素（男34号）

元泰（男36号）

穆修杰（男43号）

温笛（女3号）

闻佩儿（女17号）

范宁（女20号）

于蓓蓓（女29号）

宋琪（女35号）

倪亚楠（女38号）

贺静怡（女41号）

董曼妮（女46号）

赵又玲（女47号）

方丽芙（女48号）

以上24人，由电脑随机分成8组，每组3个人。

现在公布的，是第一组的名单：

张贝、罗素、孙雨辰

为帮助大家做出判断，我们将公布各个超能力者的能力属性，分为以下6个方面：

强度：该超能力者目前的等级；

对抗性：该超能力是否适合战斗；

保护性：该超能力是否适合保护自己；

隐蔽性：发动该超能力是否容易被察觉；

范围：该超能力的运用范围；

体力消耗：该超能力消耗体力的程度。

各项数值，由强至弱，用S、A、B、C、D、E6个等级进行表示。

第一组的3个人能力数值如下：

张贝

强度：E

对抗性：C

保护性：D

隐蔽性：C

范围：C

体力消耗（等级越低，证明越耗费体力）：A

综合评价：D

罗素

强度：E

对抗性：A

保护性：A

隐蔽性：S

范围：D

体能消耗：A

综合评价：A

孙雨辰

强度：S

对抗性：A

保护性：A

隐蔽性：A

范围：B

体能消耗：B

综合评价：S

接下来以第一组为例来说明竞猜游戏的规则：

72小时（三天）内，本组的三个超能力者，可能出现的六种情况以及赔率如下：

1.72小时后，3个人全活，赔率1：15

2.3个人全死，赔率1：55

3.3个人中活下来两个，赔率1：35

4.张贝1人存活，赔率1：300

5.罗素1人存活，赔率1：105

6.孙雨辰1人存活，赔率1：90

全世界的人都可以在SVR官网上投注，金额不限，每一轮的时间为72小时（3天），SVR公司将全程关注每组超能力者的状况，于每轮结束后的1个小时内向全球公布竞猜结果，并由SVR公司对买对相应结果的人按赔率进行统一支付。猜错结果的，不论金额多少，一律不予退还，请投注之前考虑清楚。本公司给出的超能力者各项数值，仅供参考。

特别说明的是，每一轮竞猜，只有在公布该组名单后的5个小时内，才能进行投注。超过5个小时，或者结果在5个小时内就已经产生，投注失效。

以上就是“竞猜游戏”的大致内容。

虽然之前已有心理准备，但杭一等人看完后，仍然被震惊得许久说不出话来。特别是孙雨辰，当他在网站上看到自己的名字后，就像头部被人猛击了一下，脑子里嗡嗡作响。

大家都望向孙雨辰，一时之间竟然不知该说什么好。孙雨辰强作镇定地笑了一下，说道：“居然第一组就有我。”

“等一下，你认可这种荒唐的事情吗？”雷傲问孙雨辰，“我们凭什么要按照贺静怡制定的规则来玩？她以为她是谁呀？当了世界首富，就让全世界陪她一起嗨？我才不奉陪呢！”

孙雨辰叹息一声，说道：“雷傲，我能理解你的心情。但是你冷静下来想一下，这件事情完全是一个蓄谋已久的阴谋。贺静怡显然不是一个人，她有一个团队。这个团队非常高明，或者说是阴险。他们这一招，目的就是要把绝大多数超能力者都逼上死路。”

雷傲是一根筋的个性，似乎还没有意识到问题的关键所在：“我们为什么要接招？这他妈的什么竞猜游戏，根本就不合法好吗？！”

陆华说：“你还没明白吗，雷傲？首先，SVR公司的总部是在美国，不受我们这儿的法律限制；其次，这个竞猜游戏表面上没有怂恿超能力者之间互相战斗，但是从他们制定的赔率来看，最后的结果，必然是让超能力者们走上彼此断杀的道路！”

陆华指着电脑屏幕上的赔率说道：“你看，这个赔率的险恶用心简直昭然若揭。如果买前3种情况的话，赔率都不高。但是如果买3个超能力者中任意一个人存活，赔率则高得惊人。特别是张贝的赔率，竟然达到了1:300！

“你们想过这意味着什么吗？假如一个人花一百万买张贝赢，而结果确实如此的话，一个星期之内，一百万就会变成3亿！而这只是8组中的第一组罢了！即便这次赌输了，后面还有至少7次机会。现在你们明白了吧，为什么SVR公司之前会声称，只要你拥有判断力或者好运气，就算是普通人，也能在短短时间赢得几十亿美元！”

“话是没错，但实际上，按照这个赔率来看的话，会花重金买张贝赢的人，除了一些带着赌徒心态去铤而走险的人之外，又会有多少呢？好比世界杯赌球一样，冷门球队虽然赔率高，但是买的人也会相当少呀。”辛娜说。

陆华深吸一口气，神色严峻地说：“这就是这个‘竞猜游戏’最阴险，也是最危险的部分了。世界杯赌球的话，下注的人很难操控两支球队比赛的结果。但这个游戏不同，超能力者之间的对决，并不是在一个公开、公正的赛场进行的，身边的每个人都有可能改变或影响这个结果，希望通过操纵‘赌局’，让结果朝自己想要的方向发展。比如说，假如我花一百万买张贝赢，那我是不是很希望孙雨辰和罗素两个人都死去呢？如果我是一个邪恶的人，会不会想方设法刺杀他们两个人呢？”

这番话说得在场的人背后发冷，特别是孙雨辰，脸色都有些发白了。

陆华对雷傲说：“你现在明白了吧？这场‘小组赛’，甚至包括之后可能出现的‘四分之一决赛’，以及半决赛、决赛等，根本由不得我们参不参加。各种因素的推动之下，我们必然会成为很多人眼中的敌人，甚至众矢之的。一场难以避免的大混战，即将开始了。”

雷傲攥紧了拳头，咬牙切齿地说道：“这不就是旧神希望的吗？贺静怡不会就是旧神吧？”

这个问题没人回答得了。沉寂片刻，辛娜说道：“可我不懂，如果旧神……我是说贺静怡，她的目的是希望超能力者们互相厮杀，为什么‘3个人全死’这一选项的赔率并不高呢？”

陆华说：“那是因为，这一选项无法引发3个‘参赛选手’之间的内部矛盾。如果大家不分重点，只希望超能力者全都死去，反而会导致该组超能力者团结起来，一致对外——那不是跟贺静怡的目的背道而驰了吗？”

辛娜感叹道：“设计这个竞猜游戏的人，真是太阴险了。”

陆华：“我刚才就说了，这可能是一个高智商团队集体商议出来的结果，‘参赛选手’和人们的各种心理，他们都考虑到了。”

“可不管怎么说，具备胆色、财力和运气，最后真的赢得10亿美元以上的人，毕竟是少数吧？全世界的人真的会趋之若鹜地参加这个‘竞猜游戏’吗？”

“他们肯定会的。”沉默许久的杭一说道，“因为这是活下来的唯一希望。除了放手一搏，或者说是一赌，还有别的什么选择呢？况且现在除了这件事之外，似乎也没有别的什么值得花钱的地方了吧。”

“没错，客观上来说，SVR公司此举，毕竟暂时缓解了全世界的悲观绝望气氛，即便只是一丝渺茫的希望，人们还是会尽力去抓住这根救命稻草。世界各国会因此而暂时避免暴乱，所以当局也会睁一只眼闭一只眼吧。”辛娜说。

“这个世界，最后还是变成了金钱至上的世界。”雷傲愤愤地说。

“难道之前不是吗？”杭一苦笑道。

十一、集结

SUPER TABOO GAME

现在最不安的，就是孙雨辰了。因为全世界都知道，他是第一轮“小组赛”中的一个，并且是三个人中赔率最低的，反过来说，也就是胜算最大的一个。SVR公司对他的综合评价竟然是最高等级“S”。

按照常理来说，买他胜出的人，应该是最多的。因为赔率虽然不高，风险却是最低。距离公布小组名单，已经过去接近一个小时了，孙雨辰难以想象全世界现在押在他身上的钱是多么惊人的一个天文数字，他更不敢去细想，多少人希望他活，又有多少人希望他死。不论何种情况，都令他无比惶恐。

孙雨辰问伙伴们：“我现在该怎么办？”

“别慌，”杭一看出孙雨辰心神已经有些乱了，“这组的三个人中，你是等级最高的，也是最强的。怎么着也轮不到你来担心。”

“这算是安慰吗？”孙雨辰苦笑道，“可是刚才陆华说了，这个游戏根本就不是公正公开的，谁知道他们两个——张贝和罗素，现在在打什么鬼主意？”

“他们两个，此刻说不定也是这样想的。”雷傲说，“而且他们应该更担心你才对。你的等级可是‘S’。”

孙雨辰并未宽心，忧心忡忡地说道：“张贝还好说，我们跟他交过手，知道他的能力是‘食物’。他这个能力固然不可小觑，但料想他不可能知道我们此刻在这里，也不敢上门来挑战我们这么多人。关键是罗素，以前在明德补习的时候，我对他的人品全无了解，更不可能猜到他的超能力是什么。万一是一个很‘阴’的能力……”

雷傲想了想，说：“我对罗素也不太了解，好像唯一的印象就是，他很喜欢看漫画。”

“对，”陆华也想起来了，“以前下课的时候，他都会摸出一两本漫画书来看。”

孙雨辰烦躁地说：“这有什么用？通过这个能推测出他的超能力吗？”

“这可未必，”杭一说，“每个人选择的超能力，可能都跟他本人的一些特质，或者是兴趣爱好有一定的关系。比如我，不就选了‘游戏’这个能力吗？”

“我觉得，与其在这里瞎猜他们的超能力，不如找到他们的联系方式，尝试跟他们沟通一下，看看他们对于此事，到底是怎样的态度。”辛娜提议。

“对了，国安局不是早就调查到了我们50个人的住址吗？也许可以通过这个找到罗素。”杭一说。

辛娜说：“这个倒是容易查到，但是现在这种情况下，他们会待在家中吗？”

这时，杭一的手机响了起来，他掏出电话一看，是宋琪打来的。杭一接起电话：“喂，宋琪吗？”

“对，是我。杭一，你们看了SVR公司官网上发布的‘竞猜游戏’

了吧？”

“是的。”

“你现在是不是跟陆华他们在一起？我很想来找你们，跟你们在一起，我感觉安心一些。”

杭一开的是免提，宋琪说的话，另外几个人都听到了，他们一起冲杭一点了点头。杭一对宋琪说：“好的，你过来找我们吧，我们现在的位置是……”

几乎是刚刚挂了电话，辛娜就听到了门铃声，几个人为之一愣，然后想起来宋琪是能够“瞬移”的，她已经到了。

杭一迎宋琪进门后，宋琪对众人说道：“好久不见，还挺想大家的。今天SVR发布的这个竞猜游戏，分明就是在针对我们这些超能力者，让我心里很不安。”她望向孙雨辰，“你肯定更是如此吧，孙雨辰？第一组就有你。”

“嗯。”孙雨辰蹙眉道，“我们正在这里商量对策呢。”

辛娜招呼宋琪坐下来之后，宋琪问道：“你们是怎么打算的？”

孙雨辰说：“我想先找到张贝和罗素，试探一下他们心里的想法。我猜，他们应该都不知道我会读心术吧。”

“好主意！”雷傲说，“就这么办，我们一起去找他们，如果发现他们心怀不轨，就……”

“就怎么样？”孙雨辰问。

雷傲其实只是爱逞口舌之快，并非心狠手辣之人，他顿了许久，说：“好歹控制住他们，不准他们对你下手！”

杭一说：“我们就这么正大光明地去找他们？别忘了，我们几个已经吃过张贝一次亏了。”

宋琪诧异地说：“你们已经跟张贝交过手了？他的超能力是什么？”

杭一把之前在“张氏饭店”发生的事简要讲给宋琪听了一下，宋琪说：

“如果是这样的话，倒是用不着怕他。你们已经吃过一次亏了，自然会对他的超能力有所防备。况且这次是跟我一起，他要是敢对我们出手，我在一秒之内就能抢先把他击倒。”

有了宋琪在，大家的底气自然足了许多。杭一用眼神询问大家的意见，没人有异议。杭一说道：“好吧，那我们现在就去张氏饭店，找张贝。”

“他现在还会在饭店里？这个竞猜游戏一发布，金钱又成为最重要的事物了，还有人会愿意花高价去他那里吃饭吗？”陆华怀疑。

“去看看再说吧，竞猜游戏才刚刚发布，他反应没这么快吧。”杭一说。

“这家饭店的位置在哪儿？”宋琪问。

有宋琪的“瞬移”，杭一等人几秒之后就站在了“张氏饭店”的门口。现在店内一个客人都没有，估计都关注“竞猜游戏”去了。他们一起走进店里，见到了饭店的老板——张贝的父亲。杭一询问张贝是否还是跟之前一样，待在厨房内。

张贝的父亲刚刚在手机上看完SVR公司发布的竞猜游戏，好几个超能力者就出现在他们店里，他显得十分惊慌。杭一说道：“不用担心，我们不是来找麻烦的。”

刚说完这句话，张贝从厨房里出来了。他一眼就看见了孙雨辰，吓得脸都白了，哆哆嗦嗦地说：“你们……来干什么？”

“你可别用超能力，”杭一对张贝的能力还是有几分忌惮的，立即解释道，“我们只是想找你谈谈。”

张贝一双小眼睛滴溜溜转了一下，注意到宋琪一直紧盯着自己。他虽然并不知道宋琪的能力是什么，却本能地意识到，只要他一启动超能力，宋琪立刻就会对他出手。事实上，要是杭一他们是来对付自己的，可能就不会这样正大光明地出现了。想到这里，张贝宽心了一些，问道：“谈什么？”

“你说呢？‘竞猜游戏’，你已经知道了吧？”

张贝不安地点了下头：“我们居然成了全世界下注的对象，而且第一组就有我。”

孙雨辰说：“没错，所以我想知道你是怎么想的。”

张贝摊开手说：“我还能怎么样？难道我敢来挑战你吗？你可是‘S’等级的，孙雨辰！你不对付我，我就感恩戴德了！”

在他说这番话的时候，孙雨辰暗中启动了读心术。他冲杭一他们点了下头，示意张贝说的是真心话。

这时，张贝的父亲挡在儿子面前，惶恐地说道：“求你们，别对我儿子出手！”

杭一说：“别担心，我们是来讲和的。”

但是张贝的父亲不敢轻易相信杭一的话，仍然展开双手护住儿子。突然，他和张贝同时一惊，倏然回头，发现宋琪不知什么时候竟然站在了他们身后，双手交叉抱在胸前。

宋琪说：“现在你相信我们的诚意了吧。我要暗中偷袭张贝的话，刚才已经可以下手了。”

张贝和他父亲脸上同时浸出了冷汗，不过，他们这下相信杭一他们并无恶意了。

几个人一起坐了下来。孙雨辰说：“咱们打开天窗说亮话吧。张贝，你知道，第一组的三个人中，你的赔率是最高的。我不知道全世界会有多少人买你赢，但是如果你花重金买自己赢，肯定不会希望我和罗素活下来吧？”

孙雨辰说这番话，当然是故意试探张贝的。但张贝似乎被吓到了，说：“我没这么想过，我从来没用超能力杀过人！”

孙雨辰用读心术探听到这确实是他的心里话，暗忖这小子的本性确实不坏。他说：“好，既然如此，那我向你保证，我也绝对不会对你出手的。”

张贝松了一大口气，随即又担心起来：“那罗素呢？你们找过他了吗？”

“我们一会儿会想办法联系他的。”孙雨辰说，“总之，我希望我们不要因为这个‘竞猜游戏’而成为敌人，别受该死的SVR公司蛊惑。”

张贝的脑袋像鸡啄米一样点着：“那真是太好了！”

杭一说：“但是我也要提醒你一点，我们管得住自己，却管不住全世界所有的人。那些没有买你赢的人，可能此刻都把你视为眼中钉了。”

张贝的父亲紧张起来：“那我们该怎么做呢？”

杭一想了想，对张贝的父亲说：“我觉得目前最稳妥的办法，就是让张贝这段时间跟我们住在一起。如果你相信我们的话，我们会像保护孙雨辰那样，保护好张贝的。”

张贝的父亲用眼神询问儿子，张贝看起来十分相信杭一，毫不犹豫地说：“行！”

杭一征求辛娜的意见：“那我们这段时间，就住在你家的那套房子里，可以吗？”

辛娜说：“当然可以啊！”

杭一问张贝：“那你现在就跟我们一起走吗？宋琪的瞬移可以把我们立刻送到目的地。”

张贝说：“我家就在附近，我回去简单收拾一下，拿点衣服什么的就来找你们，好吗？”

杭一说：“没问题。正好这段时间，我们看能不能联系到罗素。”

辛娜说：“我爸刚才已经把13班所有超能力者的住址和电话发到我手机上了，你们可以尝试跟罗素联系一下。”

商量完毕，杭一把辛娜家的位置发给张贝，又把自己的手机号留给了他们父子俩。张贝的父亲明白此事的严重性，饭馆当然是不可能再开了（况且现在也没人愿意花高价来吃饭了），眼下最重要的是保住儿子的性命。

杭一等人走出张氏饭店后，辛娜高兴地说：“杭一，如果我没理解错的话，守护者同盟又再次成立了，对吧？”

杭一笑了一下，感慨道：“之前看到这个‘竞猜游戏’的时候，我突然想明白了一个道理：不管境况多么恶劣，希望多么渺茫，人总是要活下去的。并且要堂堂正正地活，这才是人类该有的精神！”

他望着同伴们说道：“这个所谓的‘竞猜游戏’，无非是利用了人类自私的本性。但人类的幸存者，如果是通过这样的方式活下来，又有什么意义呢？这场残酷的竞争，就算最后真的只能剩下一个人，那这个人也应该是大家一致推选出来的，最适合拯救地球的人，而不是出于私欲，彼此斯杀产生的！所以，我不再迷茫了。我们的命运，自始至终都要掌握在自己手中！”

辛娜感动得眼泪都快掉下来了：“杭一，你说得太对了。”

“没错，我们从一开始就是这样做的。”陆华肯定地说道，“不管面临何种艰难局面，我们始终要团结一致，共同面对！”

雷傲哈哈大笑道：“虽然这样做有些俗套，但我也想不出更好的方式了。”他伸出右手，放在大家中间。朋友们立刻会意，纷纷把手叠了上去，露出会心的笑容。

十二、新人

SUPER TABOO GAME

守护者同盟再次将伙伴们凝聚起来。大家跟杭一一样，都不再悲观迷惘，决定用积极的态度对抗残酷的命运，以及这场居心叵测的“竞猜游戏”。

张贝已经跟他父亲回家收拾东西去了。杭一按照辛娜父亲提供的信息，拨打了罗素的手机号码，但语音提示该号码是空号。尽管希望渺茫，宋琪还是使用瞬移到罗素的家去看了一眼，带回的信息是，家里根本没人。

要是舒菲（女45号，能力“追踪”）还在，现在要找到13班任何一个人，应该都不是难事。但是大家都不愿提到伤心事，最后商议了一下，决定先回新的大本营，把另外两位伙伴——范宁和穆修杰——召集起来再说。

杭一跟范宁和穆修杰分别通了电话，他们俩得知守护者同盟再次成立，非常高兴。正好他们也想知道大家打算如何应对这次的“竞猜游戏”，立刻同意赶往新的大本营。

辛娜家的这套房子面积不小，三个卧室加一个书房，再加上客厅沙发，大家挤着住一下还是可以的。这种特殊时候也没人在乎物质享受了，大家能聚在一起，互相保护，才是最重要的。

辛娜给伙伴们分配房间的时候，门铃响了，是范宁和穆修杰到了。但是走进屋子里来的，却是三个人。

“我给大家带了个老朋友来，看看是谁。”穆修杰微笑道。

“各位好。”一个留着碎圆头、长相有些可爱的男生咧着嘴跟众人打招呼。他身材不高，穿着一件英伦范儿的短款小西装，看上去有点萌萌的。

“元泰！”大家一起叫起来。

“对，应穆修杰的邀请，我也来加入你们了。”元泰（男36号）笑嘻嘻地说。

“太好了，咱们的队伍又壮大了！”杭一欣喜地说。

正在玩手机的雷傲走过去挽着元泰的肩膀说：“新人报到，展示一下你的超能力呗。”

“行啊。”元泰大方地说，然后抓过雷傲的手机，往地板上猛地一掼，手机摔得四分五裂。

“你！？”雷傲为之愕然。

元泰从地上捡起手机，笑着递给雷傲：“不好意思啊，你看看。”

雷傲接过手机，发现摔碎的手机已经恢复如初了。他有些明白了：“你的超能力是……”

“嗯，我的能力是‘修复’。”元泰说，“所有毁坏的物品，我都能让它恢复如初。”

陆华对他的能力十分感兴趣：“仅限于物品吗？”

元泰说：“我知道你的意思。其实，人体细胞本来就是具有修复能力的，比如我们的皮肤划伤了，过一些时间就会结痂，然后再过些时日，就会自动脱落，伤口痊愈。我的超能力，就是加快这种修复速度，比如半个月才会痊愈的伤口，几分钟就会好。但是我的等级只有1级，所以无法对别人施展超能力，只对自身有效。”

陆华颔首道：“也就是说，你具有超强的自我修复能力。”

元泰点头：“对，但目前来说，自我修复的能力还不太强，只能处理一些皮外伤。如果遭受严重的内伤或致命伤，就不行了。”

“假如你升级之后呢？”雷傲问。

“这我就不知道了，我没有升过级。”元泰说，“我来加入你们，就是希望永远都不用‘升级’。当然也避免让别人升级。”

“我懂你的意思。”杭一拍着他的肩膀说，“欢迎加入。”

元泰显得很开心，说道：“你们的超能力，穆修杰和范宁都跟我说了，都是些很酷的能力。”

“你以后会见识到的，”范宁摸着肚子说，“我现在希望的是张贝快点来，他就算下碗面给我们吃，也比鲍鱼海参美味。”

孙雨辰苦笑道：“你都知道真相了，还对他做的菜念念不忘呀？再说他加入了我们，你可别再把人家当厨子了。”

正说着张贝，杭一的手机响了，他接起电话，听到一个惊慌失措的声音：“杭一！你是杭一吗？”

杭一听出这是张贝父亲的声音，他意识到出事了，赶紧问道：“是我，怎么了？”

张贝的父亲带着哭腔说：“张贝……消失了，他被人抓走了！”

杭一心头一震，说：“别着急，慢慢说，怎么回事？”

“你们走了之后，我和张贝就立刻回家收拾东西，之后提着行李箱来到电梯口，电梯门打开，我们看到里面站着一个人。那人戴着棒球帽和墨镜，手里拿着很大一卷白纸。我和我儿子走进电梯，突然张贝感觉到不对劲，猛地把我推出电梯，大叫了一声：‘爸，你快跑！’我踉跄着摔了出去，回过头来的时候，电梯门已经关上了。

“我心急如焚，等不及电梯了，赶紧沿着楼梯从四楼冲了下去。到一楼的时候，电梯里已经空了。我跑到外面，远远看到刚才戴帽子那个人已经走到了街对面，上了一辆车，而我儿子……不知所终了！”

杭一的手机开的是免提，同伴们都听到了电话的内容，他们对视在一起，神情严峻。杭一对张贝的父亲说：“你看到的戴帽子那个人，身高、体重、外貌特征等，跟我们描述一下吧。”

张贝父亲说：“这个人20多岁，身高大概185厘米，戴着帽子和墨镜，看不清长相，但是脸比较长，轮廓分明……”

没等他说完，孙雨辰已经知道这是谁了：“罗素，就是他！”

杭一说：“这个人是独自上车离开的吗？”

张贝父亲说：“对，我没有看到他身边有别的人。”

杭一说：“那你为什么说是他带走了张贝？”

张贝父亲焦急地说：“不是他，还能是谁呢？他们俩一起下的电梯，之后张贝就不见了，这个人匆匆离去，很明显是他带走了我儿子！这个人肯定是超能力者，但我不知道他的能力是什么！”

杭一也不知道。他只能安慰张贝的父亲：“别着急，我知道这个人是谁，我们会想办法查到他的行踪，找到张贝。”

张贝的父亲说了很多拜托、感激之类的话。杭一挂了电话，对伙伴们说：“罗素出手了，张贝现在凶多吉少。”

宋琪说：“张贝的体重起码有160斤吧。这么胖的一个人，罗素居然能轻易将他掳走？他的超能力到底是什么？”

陆华说：“电梯从四楼到一楼，最多几秒钟的时间。电光石火之间就能解决对手，并且不留任何痕迹，不管他的能力是什么，这个罗素都绝对是个危险角色。”

杭一思忖着说：“张贝的爸爸说，罗素手里拿着一大卷白纸。这显然是个重要线索，也可能是罗素使用他的超能力的必要道具——就像我的超能力必须依靠游戏机一样。”

雷傲挠着脑袋说："可他是怎么做到的呢？用一张白纸把张贝卷走？"

孙雨辰说："别瞎猜了，罗素既然对张贝出手了，等于摆明了他的态度——他的下一个目标，就是我了！"

辛娜说："你在这里，应该暂时安全吧。罗素不可能猜到你在这个地方。"

"那可未必。"孙雨辰脸色严峻地说，"杭一把我们的地址给了张贝。罗素抓走了张贝，完全有可能从他嘴里套出这个地址。"

杭一心中一惊，意识到问题的严重性。他从沙发上站起来，说道："那我们必须加强防范，以防罗素对孙雨辰出手。"

孙雨辰说："怎么防范？我们在明，他在暗。况且我们又不知道他什么时候会出手，总不可能24小时处于戒备状态吧。"

的确，这是最大的难题。大家沉默了半晌，雷傲说道："我们别长他人志气，灭自己威风！罗素对张贝出手，是因为张贝只有一个人。我们这边可不一样，罗素敢对你出手，就等于是向我们所有人宣战。他的能力再强，也不敢挑战我们所有人！"

孙雨辰说："这可未必，你忘了当初，洛星尘（男1号，能力"空间"）一个人，就差点解决了我们十几个超能力者吗？"

雷傲缄口不语了。辛娜说："这样好吗——我请我爸调动国安局的力量，查找罗素的行踪，争取找到他。同时，我们也做好戒备，以防偷袭。"

大家对视了一下，纷纷点头。这是目前能想到的最好的应对之策了。

十三、维度

SUPER TABOO GAME

一辆汽车行驶到郊外，在一间废弃的厂房旁停下。从车上下来的人，正是13班的超能力者——罗素。

他拿着一卷白纸，哼着小曲，走进废弃厂房的其中一个车间，找到一张工作台，将白纸展开，铺在工作台上。

白纸——或许此刻不能再叫白纸了——上面赫然“画”着一个人，是一张跟真人比例一样大小的写实人物素描。这个人胖胖的，神情充满恐惧，蜷缩在这张全开白纸上。

如果这真是一张画的话，那么画家的技术堪称登峰造极。如此超写实的画风，只有世界顶级的艺术家才能完成。但这显然不是一张真画，因为画纸上的人，居然能像《哈利·波特》中的魔法画那样，可以活动——只不过，张贝肥胖的身躯占据了这张纸百分之八十的空间，他能够活动的空间实在是太有限了。

罗素看着蜷缩在画纸中的张贝，仿佛在欣赏自己的杰作。他笑道：“对不起，我找不到更大的纸了，你又太胖，所以只能委屈你一下了。”

画纸上的张贝没有任何反应，仍然是一脸茫然和惊恐的模样。罗素“哦”了一声，想起来了：“对了，你在二维世界里，看不到也听不到三维世界的事物。”

他从挎包里摸出一支签字笔，在白纸上画了一个漫画里的对话框，在里面写道：“张贝，我是把你抓住的罗素。解释一下，我的能力是‘维度’，简单地说，我能把人或事物进行不同维度的转换。比如你现在，就是平面世界里的‘纸片人’。只要我不解除超能力，你永远都不可能回到现实世界，明白了吗？”

写完这段话后，罗素摸出另一支签字笔，把它放在纸上，然后启动超能力，一只手指按在笔上，将这支三维立体的笔“按”进了画纸之中，变成平面世界的二维图像。

只见二维世界的张贝抓住了这支笔，在纸上写道：“你是怎么找到我的？”

罗素写道：“‘竞猜游戏’发布后的10分钟内，我安排的眼线就进入了你家开的张氏饭店，听到了你跟杭一他们商量的一切。”

张贝写道：“你想怎么样？”

罗素写道：“告诉我杭一他们的地址。我知道他把地址发在了你的手机上。”

张贝迟疑许久，写道：“就算我告诉了你，你也不会放我走的，对吗？”

罗素写道：“但我不会折磨你，会给你一个痛快。”

纸上的张贝呜呜地哭起来。罗素不耐烦了，他开始撕这张画纸，撕到张贝的脚的时候，纸上的张贝露出极为痛苦的表情。罗素停了下来，在纸上写道：“想象一下，如果我把这张纸丢到火炉里，你会是什么后果？”

张贝立刻用笔写道：“别，求你！我告诉你，他们的地址是……”

罗素掏出手机记录这个地址。突然，他感觉腹部一阵钻心的疼痛，豆大的汗珠从额头上冒出来。他大吃一惊："你……在二维世界都能使用超能力？"

可惜的是，张贝的超能力无法做到瞬间击倒对手。他也明白这只是垂死挣扎。罗素强忍着变质食物引发的剧烈腹痛，一把抓起台面上的画纸，双手用力一撕——画纸和上面的张贝，被撕扯成两半。张贝不再动弹了，他仿佛变成了一张真正的画，形象和生命都永远地定格在了这张画纸上。

罗素的身体内涌起一股力量。他意识到自己升级了。这是他第一次升级。

罗素捡起画纸，望着已经失去生命力的、二维世界里的张贝，竟露出悲恻的神情，叹道："别怪我，要怪就怪我们残酷的命运，和让我们身不由己的这个疯狂的世界吧。"

说完这句话，他把画纸撕碎，丢在了厂房旁边的垃圾场里，然后摸出手机，对电话那头的人说道：

"爸，把家里的所有资产套现，加上你能弄到的所有钱，全部买我赢……大概5000万？好，一次性下注，全部买我赢。别担心，我自有把握，孙雨辰我也有办法解决……对，相信我！这是我们一家人能活下来唯一的机会！"

罗素挂了电话，在旷野的风中伫立了一阵，再次叹了一口气，咬了咬牙，神情变得凶悍而笃定，朝外面的大路走去。

（男4号，张贝，能力"食物"——死亡）

十四、二维炸药

SUPER TABOO GAME

坐在大本营沙发上的孙雨辰，无端地打了个喷嚏，然后浑身痉挛了一下，一股不好的感觉在他心中升起，令他十分不安。

坐在他旁边的陆华察觉到了这一点，问道：“你怎么了，脸色发白？”

孙雨辰说：“不知道为什么，突然觉得身体有点冷，好像……有什么危险即将来临似的。”

宋琪敏感地说：“不会是罗素找上门来了吧？”

众人倏然紧张起来。宋琪说：“我出去查探一下。”

一分钟后，宋琪回来了，说道：“周围没有看到罗素，也没有发现可疑的人。”

孙雨辰说：“也许是我多虑了……自从看到我的名字出现在第一组名单当中，我就整个人都不好了。”

杭一能体会孙雨辰的心情，安慰道：“你算是很幸运的了，有这么多伙伴陪着你，特别是陆华坐在你旁边，没有比这更安全的了。”

孙雨辰点头道："我知道，其实我并不是害怕，而是觉得这种滋味很难受。"

为了调节一下气氛，雷傲说道："饿肚子的滋味更难受。已经到晚饭时间了，我们今晚吃什么？"

辛娜说："'竞猜游戏'的推出，让金钱再次成为全世界最重要的事物。很多商场、超市和餐厅都重新开始营业了，吃饭不是问题。"

"可我们现在不方便直接出去吃饭吧，特别是孙雨辰。"范宁说。

杭一其实很想说，他的超能力能把大家带到游戏的世界里大快朵颐。但是上次请父母在游戏世界中享用一顿之后，他发现使用这招十分消耗体力。况且这次有9个人，恐怕饱餐之后，他在短时间内是无法使用超能力的，一旦遭遇危险……所以，除非是特殊情况，否则他不想轻易使用这招来填饱肚子。

辛娜说："我试试能不能叫外卖。我不是超能力者，不会引起关注。"

辛娜摸出手机拨打了附近几家快餐店的电话，果然有一家在营业。辛娜点了9份套餐。

半个小时后，门铃响了，一个送外卖的小伙子把两大袋盒饭交给辛娜。辛娜把盒饭放在餐桌上，说道："我没问大家爱吃什么，反正各种口味的套餐都点了些，你们自己选吧。"

雷傲早就饿了，走到餐桌旁拿起最上面的一盒咖喱鸡饭，正要打开餐盒，孙雨辰说："等一下，不检查一下这些快餐吗？"

雷傲愣了："你怕有人在食物里下毒？"

孙雨辰说："我不知道，总之小心为妙。"

辛娜说："不会吧，我是在几家餐馆中随机挑选的一家。况且他们也不可能知道这些餐是给谁吃的呀。"

"孙老大，小心谨慎是没错，但是也别太疑神疑鬼了！"雷傲说完，打开餐盒嗅了一下，"嗯，真香。"

看着雷傲大口大口地吃起来，其他人也忍不住了，大家拿出一盒又一盒的套餐：牛肉土豆盖浇饭、广式烧腊饭、叉烧饭……纷纷开始用餐。

只有孙雨辰没什么食欲。他知道不该过度疑神疑鬼，但他内心就是有种莫名的不安，看到什么都觉得不妥——大家坐在餐桌前吃饭，这个场景再生活化不过了，但不知为何，在他眼里，就连这个画面都显得危机四伏。他甚至有些头晕和出虚汗，眼前的景象在他面前竟然模糊起来。他对自己说：孙雨辰，你这是怎么了，你见过的大场面还少吗？异空间里，被潮水一般的变异老鼠围攻；广场一战，跟上千只迅猛狼殊死搏斗……经历过的数次冒险，哪一次不比如今的局面危急？罗素有什么天大的本事，值得你害怕成这样？

难道……孙雨辰心中突然产生一个无比惊骇的念头。我并不是害怕，而是预感到自己死期将至？

正在他胡思乱想的时候，杭一说道："孙雨辰，来吃饭呀，还有一盒咖喱牛肉饭，给你留的。"

孙雨辰精神恍惚地说："你们吃吧，我不想吃。"

他的这种状态，已经持续好久了，大家看在眼里，都有些担心。杭一走过去，拍着孙雨辰的肩膀说："不吃饭怎么行？体力就等于我们的实力呀。别瞎想了，过来跟大家一起吃饭吧。"

孙雨辰吐了口气，点了点头，走到餐桌旁，从塑料袋里拿出最后一盒盒饭。

突然，他注意到这盒饭的底部，压着一张铜版纸，应该就是这家餐馆配着套餐一起发的广告单，上面图文并茂地印着：咖喱鸡饭22元，土豆牛肉盖浇饭28元，云云。

孙雨辰盯着这张广告单，愣了一秒钟，猛地想起了什么。他迅速抓起这张纸，把它翻过来，映入眼帘的画面令他倏然睁大眼睛。

这张广告单的背面，画着一捆炸药，上面绑了一个秒表般的电子计时器，数字显示还有最后3秒钟。

不，2秒钟。这幅“画”是活的，会动。孙雨辰不认为是自己眼花。

一瞬间，他猜到罗素的超能力是什么了。可他已经来不及告诉任何人了。

最后1秒钟。

这捆炸药突然神奇地跃然于纸上，由二维图像变成了现实世界一捆真正的炸药。

坐在孙雨辰旁边的杭一是在最后一秒才看到这捆突然冒出的定时炸弹的，他来不及发出惊呼，只听孙雨辰大喝一声：“躲开！”双手呈扇形向周围一挥，用强大的念力将同伴们全部推开。但是，他自己却来不及逃避了。“轰！”的一声巨响，孙雨辰被炸飞到几米之外，血肉模糊地倒在地上，一动不动了。

杭一的眼前出现一层红幕，他大叫一声：“孙雨辰！”

被孙雨辰的念力推飞的众人之中，元泰是第一个从地上爬起来的。他快速冲到孙雨辰身旁，将孙雨辰扶起来，然后启动超能力“修复”。同伴们全都围了过去，大声呼喊孙雨辰的名字。元泰能感受到，孙雨辰紧紧地抓住了自己的手，似乎想把某种力量传到他的身上。

十几秒后，元泰缓缓抬起头来，悲伤地说：“不行，他伤得太重了，我的能力，根本救不了他。他……已经死了。”

杭一的脑子“嗡”地炸开了。米小路、韩枫、季凯瑞……这些好兄弟、好伙伴，一个个地离开了自己。这次，是孙雨辰。他这才发现自己多么幼稚可笑，以为只要大家聚在一起，有各种超能力的守护，就会平安无事。可是这些阴险卑鄙的袭击者，总能想出令他们始料未及的偷袭方法。他似乎一瞬间明白孙雨辰之前的焦虑不安是何缘由了，人在临死之前，真的会有异常的预感。杭一悲从中来，仰天长啸：“啊——”

伙伴们悲伤之际，元泰叫了起来：“啊……这是怎么回事？我身体里，涌起一股强大的力量！”

陆华悲哀地说：“这就是你之前说的，最不想体验的感受——你升级了。”

元泰突然明白了孙雨辰在临死之前紧紧抓着自己的手的原因，他泪流满面地站起来，张开双手，发动超能力。孙雨辰之前的等级全都继承到了他的身上，他现在具有5级的超强能力。之前被炸弹炸碎的地板、墙壁和家具、玻璃，全都神奇地复原了，除了孙雨辰已经逝去的生命，一切都复归于原状。仿佛什么都没有发生过似的。

雷傲擦干眼泪，吼道：“这是怎么回事？为什么会发生爆炸？”

杭一说：“爆炸之前，一捆定时炸弹从广告单背后的白纸上跳了出来。加上之前被掳走的张贝，我大概能猜到罗素的超能力是什么了——他可以控制维度，让事物在二维和三维空间自由转换！”

杭一抓着孙雨辰还未冰凉的手，黯然泪下：“孙雨辰在炸弹爆炸前的最后一秒，把我们所有人都推开了，要不然，我们非死即伤……他救了我们所有人的命。”

雷傲暴喝一声：“这个该死的罗素！我非宰了他不可！”说完腾空而起，从阳台上飞了出去。

宋琪说：“这家伙才使用了超能力，应该就在附近，我也马上出去找一下！”

宋琪打开门，使用瞬移，一眨眼就消失了。

雷傲和宋琪一个在空中俯瞰，一个进行快速的地毯式搜索。但是，他们根本没有发现罗素的身影，以及任何可疑的逃窜者。

此刻，是傍晚7点过，天色已经暗下来了。不管是雷傲或宋琪，还是街上的行人，自然都不会注意到，这栋大楼旁边的小巷子里，涂鸦的图案多出来了一个。这个图像是一个戴着墨镜，嘻哈打扮的年轻人。这幅“画”心中暗笑：别费劲了，人的思维都有局限性，只会寻找三维世界的运动目标。你们做梦也不可能想到，我躲藏在什么地方。

10多分钟后，宋琪返回大本营，说道："我没有找到罗素，但是抓住了刚才来送外卖的那个小伙子。他说，这张广告单是刚才楼下一个年轻男人拜托他放在餐盒下面的。他根本没想那么多就答应了。罗素太阴险了，利用普通人来达到袭击我们的目的。"

不一会儿，雷傲也飞回来了，气急败坏地说："我找不到这该死的家伙！"

这一次，杭一也无法抑制心中的愤怒了，他冷冷地说："放心，我们会找到他的，我发誓。"

（男19号，孙雨辰，能力"意念"——死亡）

十五、棋子

SUPER TABOO GAME

5月22日晚，国安局派车带走了孙雨辰的遗体，同伴们含泪送别。国安局的两名探员柯永亮和梅娜，这次以朋友的立场告诉杭一等人，他们一定会尽全力抓捕罗素。

“辛娜，你爸爸希望你们再次住到国安局去。你知道，那里肯定会安全一些，也有基本的生活保障，起码不用你们自己叫外卖吃。”梅娜对辛娜说。

这件事，辛娜之前就跟杭一他们讨论过了，她谢绝道：“谢谢，杭一他们不想给任何人添麻烦，这是超能力者之间的事情，他们希望自己解决。”

柯永亮对杭一说：“怎么会是添麻烦呢？你们之前拯救了整座城市，是所有人的救星。况且我们已经完全清楚你们的立场了，国安局有责任保护你们的安全。”

杭一说：“你们也见识过超能力者的厉害，应该知道国安局是保护不了我们的。暂且不说有一些人的能力还不清楚，仅仅是目前，我就知道有人具有隐形能力，以及暂停时间的能力，他们真要偷袭的话，是很难防范的。我见识了太多死亡，实在不希望牵连到更多的人。”

梅娜说：“那你们打算如何应对？不能一直被动下去呀。”

杭一说：“没错，你说到重点了。这也是我们不能像缩头乌龟一样躲在国安局的原因。处于被动状态，我们早晚都是死路一条。”

柯永亮问：“你们已经有想法了？打算怎么做？”

杭一说：“我需要你们的配合。下一组名单公布之后，请你们立刻协助我们找到相应的超能力者，特别是我们认为可能存在危险的人。我们这边有宋琪的超级速度，应该能在他们出手之前抢占先机。”

柯永亮说：“没问题，国安局全体人员都会配合你们，甚至听从你们的调遣。”

梅娜提醒搭档：“你代表不了国安局的所有人。”

柯永亮说：“但我能代表自己和我的手下，起码我们能做到。”

梅娜立即说：“我和我手下的人，也是。”

杭一颔首道：“非常感谢，那我们就这么办。不能让悲剧持续发生。”

柯永亮和梅娜一齐点头。梅娜说：“我们的手机号码你们都存好了吧？有什么情况随时联系。”

杭一点头。之后两位探员离去了，他们目前的首要任务是抓捕罗素，之前杭一已经告知了他们，罗素的超能力，可能跟维度有关。这一重要线索，将很大程度帮助探员们进行搜索。

事实上，罗素已经感受到压力了。他虽然成功地解决了孙雨辰，但是也间接地暴露了自己的能力。之前躲过了宋琪和雷傲的搜捕，是因为他们暂时还没摸清自己的超能力，但杭一等人冷静下来，是肯定能猜到“维度”这个能力的运用的。到时候，他恐怕就没那么容易脱身了。

现在，罗素乔装打扮混迹在熙熙攘攘的人群之中，自忖暂时是安全的。可随着时间的推移，街道上的行人将逐渐减少，他该何去何从，这是个问题。

回家，显然是不可能的。住酒店？即便暂时藏身在某家不需要登记身份证的小旅馆，也未必安全。身为超能力者之一，特别是竞猜游戏第一组名单中的三个人之一，走到任何地方都会受到人们的关注。特别是，罗素知道杭一等人的能量，除了他们本身之外，还能获得国安局和警方的帮助。如此看来，他当初真是想得太简单了，即便解决了张贝和孙雨辰，他也未必就是获胜者。一旦落到杭一或国安局手中，他的结果可想而知。

罗素思忖之际，发现前面街口有几个警察，拿着对讲机在说着什么。他猛然意识到，自己乔装打扮，也许能骗过身边的普通人，但是对于训练有素的警察和国安局探员来说，他的身高体重和基本面相，总会暴露身份的。

就在罗素准备掉头往回走的时候，一个警察已经注意到了他。罗素身材高大，在人群中本来就比较显眼，加上夜晚还戴着墨镜，这副欲盖弥彰的打扮，想要不引人注目都难。

几个警察朝罗素快步走来，罗素慌了，赶紧掉头，一边走一边朝后望。他的这些可疑举动，几乎暴露了他就是警察要寻找的目标。最后，罗素拨开人群，狂奔起来。警察在后面猛追。

拐过一条街，一辆公交车开了过来。罗素瞅准机会，启动超能力，朝公交车车身侧面跳去，变成了车身上的一副“人物画”。公交车司机和车上的人并没有注意到这一瞬间发生的事，但是罗素身边的人却看到了，发出惊叫。然而，人们还没反应过来，公交车已经带着变成纸片人的罗素离开了。警察们气喘吁吁地追到这个街口，不见了罗素的踪影……

公交车行驶到某个偏僻地段的时候，罗素神不知鬼不觉地从车身上跳了下来。没有人注意到他，他也摆脱了警察的追捕。但他心里清楚，这样下去不是办法，早晚会被抓住的，他不可能一直使用超能力，也不可能每次都这么幸运。

罗素在黑暗冷清的街道上漫无目的地行走，又饿又困，今天他已经多次使用超能力，体力早就濒临极限了。如果现在再遇到警察，或者是杭一等人，恐怕只有束手就擒的份。

这时，身后突然射来两束橘黄色的汽车灯光，罗素心中一惊，倏然回头，左手下意识地挡住刺眼的灯光，眯着眼看到一辆黑色的轿车。这辆车开到他面前，后排车窗是打开的，一张熟悉的面庞出现在罗素面前，是闻佩儿。

“上车。”闻佩儿命令般地说道。

罗素之前和闻佩儿并无往来，此刻也不知道她到底是敌是友。但从眼前的情形来看，似乎没有选择的余地。他略微迟疑，打开车门，上了车。

闻佩儿吩咐司机开车，然后对罗素说：“你别紧张，我是专程来接你的。”

“接我？”罗素诧异地说，“接我去哪儿？”

“安全的地方。”

罗素狐疑地望着闻佩儿：“你是来帮我的？”

闻佩儿淡然道：“可以这么说吧。不过我也是按游戏规则行事。罗素，你可真厉害呀，一天之内就解决了张贝和孙雨辰两个人，成了第一组的获胜者。结果出来得如此之快，我们也是出乎意料。所以作为奖励，我们将提供一个绝对安全的地方，作为你的庇护所。否则你拼搏一场，最后还是死路一条，就失去意义了，不是吗？”

看见罗素一脸茫然地望着自己，闻佩儿莞尔：“你还没明白吗？我是SVR公司的人。”

罗素感到惊讶：“你居然是SVR公司的人？可你是怎么找到我的？”

闻佩儿直言道：“我的能力就像一台探测仪，13班的人在何时何地使用了超能力，结果怎样，我都能感应到。所以要找到你，或者任何人，都轻而易举。”

罗素现在明白了，这次竞猜游戏，从一开始就在主办者的掌控之中。他们这些超能力者，全都是一颗颗棋子罢了。虽然幕后主使的真正意图，他难以揣测，但他也清楚地感觉到了一点——按照SVR公司制定的游戏规则来行事，是明智的。想到这里，罗素不再有任何疑虑，他闭上眼睛，任由闻佩儿把他这个第一组的“获胜者”带往安全的居所。

十六、欺骗的代价

SUPER TABOO GAME

“竞猜游戏”公布第一组名单后，经过72个小时，SVR公司的官网公布了第一组竞猜游戏的结果：张贝、孙雨辰和罗素三个人之中，最后是罗素一个人活了下来。意味着，在规定时间内买对这一结果的人，将获得1:105的高额回报。至于全世界到底有多少人买对这一结果，盈利多少，SVR公司并未公布。

紧接着，似乎有意不给人喘息的机会，官网上发布了第二组竞争者的名单：

侯波、倪亚楠、穆修杰

并给出了这一组3个人的能力数值：

侯波

强度：E

对抗性：S

保护性：S

隐蔽性：S

范围：C

体力消耗：E

综合评价：A

倪亚楠

强度：E

对抗性：E

保护性：E

隐蔽性：S

范围：A

体能消耗：S

综合评价：D

穆修杰

强度：E

对抗性：A

保护性：S

隐蔽性：D

范围：B

体能消耗：C

综合评价：B

72小时（三天）内，本组的三个超能力者，可能出现的六种情况以及赔率如下：

1.72小时后，3个人全活，赔率1：15

2.3个人全死，赔率1：55

3.3个人中活下来两个，赔率1：35

4.侯波1人存活，赔率1：90

5.倪亚楠1人存活，赔率1：300

6.穆修杰1人存活，赔率1：105

系统再次提示：每一轮竞猜，只有在公布该组名单后的5个小时内，才能进行投注。超过5个小时，或者结果在5个小时内就已经产生，将停止投注。

“这次轮到我了。”看完网上发布的消息，穆修杰平静地说。他似乎早就做好了心理准备。

有了上次的教训，杭一明白这场游戏最重要的一点就是抢占先机，不能给对手先下手的机会。他简短地分析道：“这一回的情况跟上次不同。倪亚楠和侯波的能力，我们都知道是什么。而且可以肯定的是，倪亚楠的能力‘记忆’几乎不具备攻击性，她虽然不是守护者同盟的成员，却是我们的朋友，可以排除威胁。关键就是侯波，他的‘时间暂停’，可能是所有超能力中最难防备的。如果他心怀叵测，恐怕我们所有人加起来都不是他的对手。”

雷傲说：“所以这一次，目标就非常明显了。倪亚楠不用管，关键就是侯波。我们现在就设法把他找到！”

杭一点头：“要快，而且不能我们所有人一起去。要是进入他的能力范围，我们完全可能被一网打尽。”

陆华叹息道：“之前跟三巨头作战的时候，我们跟侯波还是伙伴呢，现在却……”

范宁提醒道："别忘了，他本来就是旧神那边的人。当初是作为卧底来我们这边的。"

杭一站起来说："旧事都别提了。我们现在就去找侯波。"

商量之后，众人想了个万全之策：陆华、杭一和宋琪三人去找侯波"谈判"，陆华用圆形防御壁把三个人都保护在其中。就算侯波使用时间暂停，也无法伤害到身处防御壁里的他们。

根据国安局提供的地址，宋琪在几秒之内就把杭一和陆华带到了侯波的家门口。杭一冲陆华点点头，陆华启动圆形防御壁，杭一敲门。

门很快就开了，侯波本人站在门口，他看到杭一他们，有些意外地说道："杭一，陆华，还有宋琪，你们怎么来了？"

杭一说："我们想找你谈谈。"

侯波注意到了将他们笼罩在其中的圆形防御壁，略一思量，猜到了他们对自己的忌惮和防备，他眼神黯淡了一下，说道："进来坐吧。"

杭一三人并排坐在沙发上，侯波从冰箱里拿出几罐可乐，并未直接递给他们，而是放在茶几上："喝吧。"

杭一说了声"谢谢"，然后问道："'竞猜游戏'第二组的名单，你刚才看了吧？"

"嗯，有我。"侯波挠着脑袋说，"真没想到这么快就轮到我了。"

"那你是怎么想的？"

"怎么想？"侯波苦笑了一下，"我看完这个信息不到5分钟，你们就出现在我面前了，我几乎都没反应过来。"

宋琪说："其实我们就是想知道你的态度，你懂我的意思吧？"

侯波说："你们为什么第一个就来问我？怎么不去问穆修杰和倪亚楠是怎么想的？"

杭一说："穆修杰是我们的伙伴，他肯定不会找你或者倪亚楠的麻烦。至于倪亚楠，我知道她的能力是什么——完全不具备威胁。她本人的个性也是如此。所以我们最关心的当然就是你了。”

听完杭一这么说，侯波如释重负地松了一大口气：“那真是太好了！我可以跟你们保证，我也不会对他们出手。这一轮，我们可以安全度过。”

杭一他们对视了一下，陆华说：“如果这是你的真心话，那真是太好了。”

侯波叹了口气，说：“我知道，你们对我有所戒备，就是因为当初我是作为‘卧底’加入你们的。但是请你们相信，我也是被形势所逼，并非本意。实际上，跟你们并肩作战的那段日子，我感受到一种身在大家庭的温暖。这样说也许很可笑，我也知道你们肯定不会接受，但我真的……很想真正加入‘守护者同盟’。”

面对侯波的一番表白，杭一不知该说什么好。他愿意相信这是侯波的真心话，但是，他经历过欺骗和背叛，并且深知自己必须对同盟的每一个成员负责。侯波的“时间”实在是一个太让人忌惮的能力，他不敢意气用事，轻易答应让他加入。

侯波等待了一刻，见杭一他们没有表态，知道他们不会接受自己。他自嘲地笑了一下，说道：“没事，我理解。那么，咱们就说好了，这一轮互不侵犯，平安度过。”

“这正是我们来的目的。你这么说，我们就放心了。”杭一从沙发上站起来。

侯波把他们3个人送到门口，露出欲言又止的表情，最后还是忍不住说了出来：“陆华，我能提一个要求吗？”

陆华望着他：“什么要求？”

“从你们进门到现在，你一直启动着防御壁。我能请求你，暂时解除这层防御吗？”

陆华愣了一下，望向杭一。

宋琪说道：“侯波，并不是我们不相信你，而是我们对彼此的超能力都太了解了。你应该知道提出这种要求，其实是在为难我们。”

侯波露出乞求的神情：“求你了，陆华，哪怕就一秒。”

“一秒就已经够你做很多事了！”宋琪担心杭一会答应，用眼神示意他千万不可。

杭一问道：“能告诉我为什么吗？”

侯波说：“因为哪怕只有一秒，也证明我们曾经是朋友。”

杭一跟侯波对视了10秒钟，然后对陆华点了下头。

“杭一！”宋琪喊道。

杭一叹了口气，对宋琪说：“你可以先走，一瞬间就能回到大本营。”

宋琪说：“你知道我不可能这么做。”

“那就相信我的判断。”杭一说，“或者相信侯波。”

宋琪摇着头，无奈地说道：“好吧。”

陆华清了下发干的嗓子，示意他要解除防御壁了。随即，他们身边的“玻璃球”消失了。

就在这电光石火的一刹那，陆华仿佛瞥到了侯波不自觉露出的表情，是一丝冷笑。

但是晚了，来不及再次启动防御壁了，时间已经暂停了。

……

……

……

不知过了多久，杭一他们猛然从时间暂停的状态中惊醒过来。暂停的那段时间，对他们来说是彻底空白的。他们完全不知道发生了什么。但是，映入他们眼帘的，几乎是他们目前为止见到的最惊骇、最不可思议的一幕：

侯波仍在他们面前，只不过倒在了地上。他的心脏部位插了一把尖刀，已经死去了。

（男33号，侯波，能力“时间”——死亡）

十七、记忆

SUPER TABOO GAME

仿佛有冰块倒进了杭一的血液里，令他全身都僵住了。

这不是第一次有人在他面前死亡，但是没有任何一次的震惊程度，能跟这次相提并论。

对杭一而言，他只不过是眨了下眼睛，侯波就从活人变成了尸体。这种惊骇，简直没有任何人能够承受。陆华和宋琪又何尝不是如此，他们一起惊叫起来，背脊发凉。

“天哪！这是怎么回事？！”宋琪尖叫道。

“侯波使用了超能力！”陆华丧失了冷静的判断，冲着杭一吼道，“我们不该相信他的，他在我解除防御壁的瞬间暂停了时间！”

杭一抓着陆华的双肩，强迫他冷静下来：“死的是他！你是不是吓傻了？如果他暂停了时间要害我们，怎么会是他死了？！”

陆华无言以对。刚才发生的事情，简直没有逻辑可言。虽然时间暂停，是无法被感知的，但第六感告诉他，刚才肯定发生了时间暂停。至于暂停了多少秒，这期间发生了什么事，侯波是怎么死的，完全是个谜。一个令人毛骨悚然的谜。

宋琪惊恐地说："难道这里除了我们几个人之外，还有别的超能力者？"她害怕到了极点，似乎担心发生在侯波身上的状况，在他们身上重演，"杭一，我们赶紧离开这里！"

杭一的确不敢在这里待下去了，心中的恐惧茫然令他全身发冷，胃部紧缩。他甚至不敢去仔细检查侯波的尸体，只能将房门迅速带拢。宋琪启动超能力，三个人用超声速离开了这里。

他们并未直接返回大本营，而是来到了车水马龙的大街。可是刚才发生的事情太过惊悚，令他们久久无法平静，许久之后，脸色都还是苍白的。这时，杭一的手机响了起来，三个人像惊弓之鸟一般，同时战栗了一下。

杭一惊魂未定地接起电话，听到一个熟悉的声音："杭一吗？"

"倪亚楠？"

"对，是我。"电话里的声音是紧张不安的，"杭一，你看了竞猜游戏第二组名单了吧，有我。我不知道该怎么办！第一组的3个人，孙雨辰和张贝都死了……天哪，该不会轮到我了吧？我不知道穆修杰和侯波的超能力是什么，或者他们是怎么想的。但你知道我的能力是什么，根本无法保护我自己……杭一，我……需要你们的帮助！"

杭一说道："别怕，穆修杰是我们的伙伴，他不会对你出手的。至于侯波……更不值得你担心了。"

"什么意思？"

杭一不知该怎么跟她解释，说道："你现在在哪儿？我来找你吧。"

"我不敢待在家里，怕被人找到……现在在我家附近的四方街，一家咖啡店里。"

"待在原地，我们马上就过来！"

"喂，杭一……杭一！"倪亚楠还冲着手机说话，突然间杭一、陆华和宋琪三个人已经出现在了她面前，她大叫起来，“啊！你们怎么……一瞬间就到了？”

杭一还来不及解释，咖啡店里的服务生和客人都看到了突然现身的几个超能力者，人们惊呼起来：“超能力者！”

杭一不想惹任何麻烦，今天发生的事情已经够多了。他正打算让宋琪带他们一起离开这里，突然咖啡店里的人都安静下来了，服务生继续工作，喝咖啡的人也像什么都没发生一样，继续之前的状态。

宋琪愕然道：“这是怎么回事？”

倪亚楠说：“我删除了他们刚才那几秒钟的记忆。他们已经‘忘了’看到超能力者这件事了。”

宋琪之前并不知道倪亚楠的能力是什么，现在直观地见识了：“你是能力是控制‘记忆’？”

“对，你呢？”

“速度。现在你知道我们为什么一瞬间就到你面前了吧。”宋琪说。

倪亚楠连连点头，然后忧伤地说道：“你们的超能力都好厉害，但我的超能力在这场竞争面前，几乎无法派上用场。杭一，我能信任和依靠的只有你了，希望你能保护我！”

杭一说：“我刚才已经跟你说了，你不用担心。本来侯波是具有威胁的，但是……”

倪亚楠盯着杭一的脸：“但是什么？”

“他已经死了，就在我们面前。”杭一压低声音说。

倪亚楠捂住嘴，露出惊惶的神情。片刻后，她支支吾吾地问道：“你们……杀了他？”

“不，我们什么也没干，他就……”杭一烦躁地说，“这事我没法跟你解释。我们都是一头雾水。”

突然，陆华发现一个重要的问题，“啊”地叫了一声，然后说道：“杭一，宋琪，你们有没有发现一个问题……”

“什么事？”杭一和宋琪同时望向陆华。

“侯波是在我们面前死去的，对吧？但是，我们三个人之中，竟然没有一个人升级！”他顿了一下，“起码我没有。”

“我也没有。”宋琪说。

杭一摆着脑袋，示意自己同样也没升级。他喃喃自语道：“这么说，当时真的有另外一个超能力者在现场。只是因为我们对他的超能力不了解，所以不清楚他是怎么杀死侯波的？”

“实际上，不管这个人是谁，按理说他当时也可以顺带解决我们三个。但他却没有这样做……”宋琪分析道，“当然这不代表他就是我们的朋友。而可能仅仅是——杀死我们对他来说没有太大的意义。”

“因为我们三个不是第二轮竞猜的‘参赛选手’？”陆华说，“如果是这样的话，显然他买的不是侯波赢。”

“也不会是我赢。没有人会相信我能胜出。”倪亚楠焦虑地说，“那下一个受害者……会不会就是我？”

杭一望向倪亚楠，说道：“不，你恰好说反了。如果真像我们假设的那样，这个人想通过自己的能力控制局势，让本轮竞猜呈现他想要的结果，那他买的人，肯定就是你！”

倪亚楠吃了一惊：“为什么？”

“因为你的赔率是最高的。”宋琪说。

倪亚楠明白了。

陆华说：“够了，我不想在这里讨论下去了。我们还是赶快返回大本营，把这件事告诉同伴们吧。”

“对，宋琪，走吧。”杭一担心起穆修杰来。虽然大本营中，还有雷傲、范宁、元泰他们在，但既然这个神秘凶手能在他们眼前杀死侯波，那其他同伴同样保护不了穆修杰。

倪亚楠说："我能跟你们一起吗？"

"当然，"杭一说，"我们会保护你的。"

倪亚楠露出感激的神情。宋琪不打算再耽搁时间了，说道："你们都抓住我的手。"

两三秒钟之后，他们就出现在了大本营的门口。杭一急切地用钥匙打开门，几个人推门而入，陆华问道："穆修杰呢？"

"在这儿。"穆修杰本人回答道，他此刻就坐在客厅的沙发上，"怎么了？"

杭一他们松了口气。留在大本营的同伴们全都走了过来。他们注意到了杭一带回来的新朋友。元泰说："倪亚楠，你也来了。"

"没错，我是来寻求庇护的。"倪亚楠跟众人打招呼，"大家好。"

雷傲想起了当初他们跟倪亚楠一起经历的异空间事件，现在见到她，还有几分亲切感。他咧着嘴笑道："好久不见了，倪亚楠，说实话，你早就该加入我们了，干吗等到现在？"

倪亚楠惭愧地说："没错，我也感觉挺不好意思的……出了事，才想起你们。"

"你说的'出事'，指的是你上了竞猜游戏的第二组名单？"

倪亚楠点头道："是的。你们知道我的能力是什么，大概是所有超能力中最没用的了。我根本不可能……跟任何人对抗。"说这话的时候，她不由自主地瞥了穆修杰一眼。

"你不用担心我，"穆修杰说，"咱们现在都是守护者同盟的成员，况且就算不是，我也不会对你出手。"

"嗯嗯，我相信你。"倪亚楠赶紧解释道，显得有点窘迫。

穆修杰望向陆华，问道："对了，为什么你们刚才一进门、就问我在不在？"

陆华说："我们担心你的安危。你知道吗，这一组的三个人当中，侯波已经死了。”

“什么？！”众人大吃一惊。范宁问道：“你们到他家，就发现他已经死了？”

“不，事情是这样的……”杭一把他们到侯波家之后发生的一切，详细地讲了出来。众人听完之后，脸上挂满了惊愕和疑惑的表情。

“你们怀疑侯波使用了时间暂停，但结果死的却是他本人。”范宁难以置信地说，“怎么可能有这种怪事？”

“从当时的迹象来看，只有一种解释，那就是现场还有一个超能力者。”杭一说。

“那你们怎么看不到他？难道他会隐形吗？”元泰问。

这话一问出口，所有人都为之一怔，然后目光碰撞在一起。元泰是新加入的，不知道杭一他们之前经历过什么，现在看来，他随意地一说，似乎成了提醒，自己也跟着惊讶起来：“怎么……超能力者中，真的有一个人会隐形？”

“没错，董曼妮。”陆华说，“她的能力就是隐形。她简直是个谜，从来没有出现在我们面前。我们只知道她是三巨头那边的人，但是直到三巨头事件结束，她也没有现身，没有人知道她现在在什么地方，也没人知道她的立场是什么。”

“但可以肯定的是，她还活着。因为SVR公司的官网上，明确说明了，董曼妮是现在活着的24个超能力者之一。”穆修杰说。

“对，不管SVR公司采用什么方法收集到的这些信息，但是从他们缜密细致的行事风格来看，不会是瞎猜的。”宋琪说。

雷傲说：“不管董曼妮是不是活着，我都不认为她会帮我们。她跟我们一直是敌对的，你们不会忘了吧？况且逻辑上也说不通，如果侯波使用了时间暂停，那在场就算有其他的人，也会被‘定’住才对！”

范宁摇头道：“这倒未必，超能力都是有一定范围的。假如当时，董曼妮——假设是董曼妮的话——处于侯波‘时间暂停’的范围之外，就不会被定住。关键是，她为什么要这么做？”

陆华说：“从当时的情形来看，很像是……在保护我们。侯波对我们施展时间暂停，显然居心叵测。董曼妮为了防止侯波杀死我们，提前对侯波下了手。”

宋琪微微颔首：“对，我也有这样的感觉。”

范宁诧异地说：“如果真是这样，那真是怪了。董曼妮怎么可能这样偷偷摸摸地保护你们呢？”

一直保持缄默的辛娜，此刻忍不住说道：“也许这个人，只想保护他们三个人当中的一个吧。”

杭一望向辛娜，愕然道：“什么意思，辛娜？”

辛娜咬着嘴唇沉默许久，说道：“我说的就是你，杭一。也许这个人想要保护的人，就是你——这个世界上，有一个非常在乎你的人，你忘了吗？”

杭一呆呆地愣了半晌，脑子里突然发生了某种爆炸，三个字从他麻木的双唇穿过：“米小路？”

说出这个名字的时候，杭一的心剧烈地收缩了一下。米小路，他曾经最好的朋友，却在俄罗斯之行的时候，谜一般地消失了，直到现在都音讯了无，生死不明。对于米小路的不辞而别，杭一至今都不知道原委，更不知道米小路对他那份特殊的情感。他曾多次试图寻找他，却总是被各种各样的事件所耽搁或阻挡。他也想过，也许有一天，米小路会再度出现在他们面前，回到他们中间，但这一幕，却始终没有出现。SVR公司公布的活着的24个超能力者中，没有提到米小路，原因可能是米小路并非13班的人，因此被SVR公司遗漏了——起码杭一是这样想的，他多么希望米小路还活在这个世界上，并且避免了这次残酷的争斗。

现在，辛娜突然提到米小路，甚至暗示米小路可能就在自己身边，默默地保护着自己。杭一心中的复杂感受，简直难以言喻。而直觉告诉他，辛娜似乎知道米小路出走的隐情，这个想法很奇怪，但杭一还是打算印证一下心中的猜想，他问道：“辛娜，你知道米小路当初为什么会离开我们吗？”

辛娜脸色一变：“你……为什么要问我？”

这个反应明显不对。杭一在心中暗忖，同时说：“没什么，我只是问问你是否知道。”

大家的目光都集中在辛娜的脸上，几乎每个人都注意到了她泛红的双颊和异样的神情，感到诧异无比。没人知道辛娜经历过的屈辱往事，只有一段羞耻而愤懑的回忆涌上辛娜心头，令她的身躯无法自控地颤抖起来。她转过身去，强烈抑制自己的情绪，更重要的是控制眼泪别在这么多人的面前掉下来。

众人面面相觑，困惑到了极点，虽然他们不会读心术，却本能地感觉到这里面涉及某段爱恨情仇，不便开口询问了。所有人中，只有倪亚楠紧盯着辛娜，片刻后，脸上露出惊愕而顿悟的表情，不自觉地张开了嘴。

辛娜扭过头，看到了倪亚楠脸上的表情，她之前便听说了这个女生的能力是“记忆”，此刻大吃一惊，问道：“你……读取了我的记忆？”

倪亚楠无比尴尬，想要撒谎，却无法自圆其说，反而语无伦次：“我……不是，只是……啊……”

辛娜不想听她解释了，转身冲进了自己的房间，将房门紧锁。杭一怔怔地望着辛娜的背影，心头的感觉无法形容。

然而，没有人注意到，这个房间里有一个人，虽然表面上并未露出骇异的神情，但内心的惊惶不安，简直到了无以复加的地步。

倪亚楠……我太小瞧她了。她的能力，居然能做到这一步，读取别人的“记忆”！要是她读取了我的记忆，或者，她已经这样做了……

不行，我不能冒险。

这个女人，不能让她活。

十八、旧神的身份

SUPER TABOO GAME

杭一知道，不管多么为难，他必须找辛娜谈谈。他做不到对米小路失踪的真相无动于衷。

杭一轻轻敲了敲辛娜房间的门，很久之后，里面才传出一声“进来吧。”

杭一走到辛娜面前，坐下，说道：“辛娜，我们能谈谈吗？”

辛娜深吸一口气，说：“杭一，别的事情，我们都能坐下来好好谈，但是这件事情，我永远不想提起。”

杭一愕然道：“这么说，你真的知道米小路为什么不辞而别？而且这件事跟你有关系？”

辛娜把头扭到一边：“我说了，我不想聊这件事。”

杭一很想尊重辛娜的感受，但他实在是太好奇了。米小路和辛娜是通过他才认识的，他们俩之前并无太多交集，更不存在矛盾冲突。他无论如何都想象不到他们之间会发生什么样的事情，严重到米小路不辞而别，而辛娜对此讳莫如深。杭一心里非常清楚，一般的争执、吵架，是绝对不会造成这种局面的，实际情况肯定比他想象的要严重得多。不弄清楚这件事情，恐怕他永远都不会安心。于是，杭一再次问道：“辛娜，能告诉我吗，这到底是怎么回事？”

辛娜没有再说话，两行眼泪从她的眼眶中滑落下来。她所遭受的屈辱、伤害，也从她的身体里四溢出来。杭一惊呆了，几秒之后，惊愕转化为焦急，他抓着辛娜的双肩问道：“告诉我，米小路对你做了什么？”

辛娜还是缄口不语。杭一不再追问，他猛地站起来，朝门外冲去。辛娜问道：“杭一，你要干吗？”

“既然你不肯告诉我，那我就去找米小路。走遍天涯海角我也要把他找到，问他到底对你做了什么！”

辛娜快步上前，从背后抱住杭一，说道：“别意气用事！你上哪儿去找他？而且现在的局势你又不是不知道，人人自危，你一个人出去是很危险的！”

“但是，我也不能看着你受了委屈不管。”杭一瞪视着前方，说道，“你不想告诉我实情，无非是不想让我怨恨米小路。但现在都这样了，你说不说，又有什么区别？”

辛娜缓缓放开了抱住杭一的双手。其实她之前就想到了，没有忍住或控制住自己的情绪，就是这样的结果。她压抑了这么久，却还是在一个猝不及防的场合毫无预备地泄露了心中的思绪。事到如今，除了说出真相，还有别的什么选择呢？

辛娜沉寂许久，艰难地说出：“米小路，他侵犯了我。”

杭一的脑子“嗡”的一声炸了。这大概是他最难以接受和无法想象的事实。这么多年，他虽然不知道米小路的性取向，但印象中一直是一个斯文、秀气的男生。他几乎都没表现出对任何女生感兴趣，竟然会侵犯辛娜？如果这句话不是辛娜亲口说出，杭一肯定会认为这是误会或诬陷，或者他本来就理解错了？杭一抱着一线希望问道：“你说的‘侵犯’，是什么意思？”

“你觉得呢？一个女生，是不可能随意指控某个男生侵犯了自己的。”

杭一呆滞地望着辛娜，许久之后，嘴里吐出三个字：“为什么？”

话都说到这份上，辛娜也用不着掩饰什么了，索性直言道：“因为他本来的对象是你，我猜他当时处于意识模糊的状态，错把我当成了你，所以，我就这么阴差阳错地被他……”说不下去了。

“等一下……什么？”杭一怀疑自己的耳朵，“你说他本来是想侵犯……我？”

辛娜摇头叹息：“你在感情方面到底有多迟钝？你跟米小路认识这么多年了，难道还没看出他对你的感情早就超越普通朋友了吗？”

杭一感觉时间仿佛暂停了。并不是侯波超能力导致的时间暂停，因为他的身体虽然僵住了，但思维却在运转。他回想起了很多事情，往事纷至沓来，跟米小路在一起的点点滴滴，他对自己的种种行为举止……没错，辛娜一语惊醒梦中人。现在，杭一什么都明白了。

此时，杭一和辛娜分别沉浸在各自的思绪中。他们完全不知道，一个人悄悄地站在了辛娜的门外。

倪亚楠。

她并不是来偷听他们的谈话，而是隔着一扇门，暗中对杭一和辛娜施展了超能力。

刚才，倪亚楠已经在完全没被察觉的情况下，挨着来到每一个房门前，删除了陆华、雷傲、宋琪、范宁、穆修杰和元泰半个小时内的记忆。杭一和辛娜，是最后两个人。论超能力的隐蔽性，她的“记忆”应该是数一数二的，最奇妙的一点就是，对象根本不知道自己被施加了超能力。

这正是倪亚楠的目的，她要他们彻底忘记她来过这里。包括她之前跟杭一联系，然后跟他们见面、说话的一切记忆，都必须统统抹去。

不为别的，只为了保命。

她从进屋起，就暗中使用了超能力，探索了一遍屋内每个人近段时间的“记忆”，直到她触碰到了一个令她难以承受的惊天秘密——旧神，就在这间屋内，是“守护者同盟”中的一员。

倪亚楠表面上装作什么都不知道，她甚至不敢把这件事告诉同盟里的其他伙伴。因为从她探索到的旧神的记忆来看，这个隐藏在他们中间的可怕的人，完全能做到一瞬间将他们全部杀死。

她所能做的只有一件事，那就是，在旧神还没有发现自己的秘密已经暴露之前，消除这间屋所有人的记忆，然后逃之夭夭，伪装出自己根本没有来过这里的假象。

要快。倪亚楠在心中反复提醒自己，心脏怦怦狂跳。旧神的能力非常可怕，而且这个人非常狡诈，刚才辛娜那句话，已经透露出她具有读取别人记忆的本事了，旧神或许已经意识到她的存在是一个莫大的威胁。所以必须要快，赶紧删除他们的记忆，然后逃走。

房间里的杭一和辛娜，突然面面相觑，两个人同时失去了半个小时内的记忆，一时之间谁都没有反应过来。杭一只记得他和陆华、宋琪离开侯波的家，来到熙来攘往的大街上，至于他们是怎么回到大本营的，他一点儿印象都没有了。至于此刻为什么会跟辛娜面对面坐在一起，更是毫无头绪。

杭一和辛娜走出房间，发现同伴们都聚集在了客厅里，每个人都是一副迷茫的表情。宋琪看到杭一和陆华后，说：“我们三个刚才不是在大街上吗？怎么突然就回到大本营了？”

范宁说：“不是你用超能力把他们瞬间带回来的吗？”

宋琪一脸茫然：“是吗……但是，我怎么记不起来了？”

穆修杰说：“我之前是坐在沙发上的，但是一眨眼，就发现自己在房间里了。”

“我也是，”元泰纳闷地说，“好像断片了半个小时。”

陆华看了一眼手表，叫道：“没错，我们好像集体被抹去了半个小时的记忆！从侯波家出来的时候，是上午11点过，可现在是11点半了，我完全记不起这半个小时发生了什么事！”

“记忆被抹去了半个小时……”杭一喃喃自语，“有可能做到这一点的，只有……”

“倪亚楠！”所有人一齐喊了出来。

“倪亚楠来过这里？并且删除了我们所有人半个小时的记忆，为什么？”雷傲觉得匪夷所思。

“不管怎么说，肯定是有原因的！”范宁说道，“我们别在这里瞎猜了！如果真是这样的话，倪亚楠刚才肯定就在这附近，现在也还没走远，我们赶紧出门，找到她就能问清楚了！”

“分头行动？”杭一有些犹豫，怕中了什么诡计。

“侯波已经死了，倪亚楠的能力恐怕还奈何不了我们。”陆华说，“分头行动应该没问题，大家都注意安全吧。”

“什么？侯波死了？！”之前留在大本营的范宁、雷傲等人大吃一惊。

“现在没时间解释了，回来再说。目前的首要任务是找到倪亚楠，弄清楚这到底是怎么回事！”杭一说。

众人纷纷点头。范宁特别提醒了一句：“穆修杰，现在对于你来说是敏感时期，要特别注意安全。”

“我知道。”说着，穆修杰已经启动了超能力“金属”，变成了坚硬如铁的“金属人”，“我这个状态，一般人是休想伤我半分的。”

“好，立刻出门寻找倪亚楠！”杭一说，“有任何线索，立即电话联系！”

十九、逃亡失败

SUPER TABOO GAME

在杭一他们商量的这段时间，倪亚楠早就以最快的速度来到大街上，跳上一辆的士，对司机说："开车。"

"去哪儿？"司机问。

"随便，哪儿不堵车你就朝哪儿开。车费我付双倍。"

司机通过后视镜观察倪亚楠，突然认出了她是谁，惊慌失措地说："啊，你是……这轮竞猜游戏的超能力者！"

倪亚楠烦躁无比，她料想杭一等人反应过来之后，肯定会出门寻找自己。别的人她倒是不怕，她惧怕的是"那个人"找到自己。她对司机说："别废话，快开车！"

的士司机猜想倪亚楠肯定是陷入了某种超能力者之间的竞争或追杀。他担心惹祸上身，拒绝道："我不敢载你，请你下车吧！"

倪亚楠知道普通人根本不清楚她的超能力到底是什么，吓唬道："你要是再不开车，我立刻用超能力杀了你！"

果然司机被吓到了，不敢怠慢，一脚油门，汽车疾驶而去。

虽说心里十分紧张，倪亚楠却没乱了方寸，她对司机说：“开慢些，跟普通车辆一样的速度就行，别搞得像是在逃命一样。”

“明白。”司机减慢速度，让车子在众多车辆中显得不甚突出。

倪亚楠坐在汽车后排，玻璃窗全部关紧。她猜想，在不引起大规模骚乱的情况下，杭一他们是很难找到自己的。唯一要忌惮的就是旧神的能力，但是从逻辑上来说，既然旧神隐藏在守护者同盟当中，显然是不打算暴露身份的。那么，他也应该有所顾忌才对。想到这里，她心中稍微安心了一些。

车子漫无目的地行驶了一个多小时，来到偏僻的市郊。在一条似乎被时光遗忘的老街面前，倪亚楠示意司机停车，她从车内打探四周，确信这里是一个理想的藏身之处，不可能被任何人找到，这才打开车门，从车内走了出来。

司机提醒道：“欸，车费……”倪亚楠背着身子，反手一挥。司机的表情瞬间迷茫了。他环顾四周，完全不知道自己为什么会置身此地。

并非倪亚楠不愿付钱，而是她出门的时候，本来就没带多少钱。现在是特殊时期，只能特殊处理了。

倪亚楠的思维十分缜密，她清楚自己要做的每一步是什么。首先是换装。她来到镇上的一家服装店，这家店的服装风格，和她身上的Miss Sixty套装相距甚远，有着浓浓的乡土味，但这正是倪亚楠需要的。她挑选了两件灰色系衣服，把其中一件穿在身上。

女店员似乎没有认出她是超能力者，说道：“美女，这两件衣服一共280元。”

倪亚楠随意地“嗯”了一声，径直走到收银台前，拉开抽屉，把里面数十张百元钞票揣进口袋里。

两位女店员惊呆了，如此明目张胆的打劫她们从没见过，正要大呼抢劫，倪亚楠朝她们伸出双手，发动超能力，两人都恍惚了，同时忘了这几分钟内看到的事。倪亚楠提着衣服口袋，扬长而去。

这条街上，有一家不起眼的小旅馆。这种小镇上的旅馆，往往没有那么正式，并非一定要登记身份证。倪亚楠挑选了一个最好的房间，办理入住手续，然后消除了老板对她的记忆。她决定在这里暂时躲避几天，虽说每天都要消除身边跟她接触过的人的记忆，略有点麻烦，但这也是最保险的方法了。

倪亚楠锁好房间的门，躺在床上，深吸了一口气，然后缓缓吐出来。今天一天经历的事情，简直像一部悬疑电影。她是竞猜游戏第二组名单中的成员，于是想要寻求庇护，联系上杭一之后，得知侯波已经离奇遇害，来到守护者同盟的大本营，却意外发现那里才是最危险的地方，旧神竟然混迹在守护者同盟之中！为了保命，只能立即逃走。这一波三折的剧情简直令她难以招架。

紧绷的神经松弛下来之后，倪亚楠感觉心力交瘁。她闭上眼睛，很快就睡着了。醒来的时候，已经是晚上7点多了。倪亚楠又渴又饿，正好在夜色的掩护下，出去找家餐馆吃饭。

郊区小镇的夜晚，比城市里安静很多。这里没有酒吧、商场和大型餐饮，只有贴近居民生活的小副食店、理发店和一两家小餐馆。倪亚楠疲惫不堪，不想再频繁使用超能力了。她在一家小饰品店内随便买了一顶帽子戴上，加上那身乡土味十足的衣服，没人认得出她是谁了。走进一家小饭馆，服务员递上菜单，倪亚楠随便点了两个菜。想到自己为了活命，竟落到如此境地，不禁心中悲凉，饭菜都没了滋味。

吃完饭后，倪亚楠在镇子里转了一圈，然后返回旅馆打算休息了。对于未来，她并没有太多计划，只能暂时苟且吧。眼下，没有比活下来更重要的事了。

用钥匙打开房门之后，倪亚楠按下开关。“啪”的一声，顶灯亮了。

她的血液在一瞬间凝固了。

房间的沙发上，坐着一个人。

“啊……”倪亚楠双腿发软，几乎要瘫倒下去。她知道自己的死期到了。

这个人起身，缓缓朝她走过来，说道：“我小瞧你了，倪亚楠。不管是你的能力，还是智商，都在意料之外。找你还真是费了些工夫。”

“这……怎么可能？我不是已经……删除了你的记忆吗？”倪亚楠颤抖着说。

“你‘以为’删除了我的记忆。”这个人温和地指出，“你既然读取了我的记忆，应该知道这点小伎俩对我不管用。”

“求你，不要……”倪亚楠哭着求饶，虽然希望渺茫，她也不愿放弃最后的挣扎，“我绝对不会告诉任何人，你就是旧神。我会到国外去，永远不让任何人找到我。啊，对了！我可以用超能力消除自己的记忆！”

那人站住了，歪着头说：“嗯，是个不错的主意。”

“对，我这就做，删除我自己的记忆……”

这个人笑了：“我话没说完，主意是不错，但我不采纳——没关系，一下就结束了，不痛。”

一只手伸向倪亚楠。宛如眼镜王蛇张开巨口。

（女38号，倪亚楠，能力“记忆”——死亡）

二十、第三组

SUPER TABOO GAME

两天之后的上午，SVR公司官网公布了第二组竞猜的结果：侯波、倪亚楠和穆修杰三个人中，只有穆修杰一人活了下来。买对这一结果的人，将获得1:105的收益。

这一结果，给了杭一等人当头一棒。虽然两天前，他们没有找到行踪神秘的倪亚楠，就已经预料了这一结果，但真正面对的时候，仍然无比震惊。

“我们集体失去半个小时记忆那天，肯定发生了什么事情。”杭一狠狠地捶了自己的大腿一下，“可惜倪亚楠已经遇害了，这个谜恐怕永远都解不开了。”

“那也未必，杀害倪亚楠的凶手，肯定知道这是怎么回事。”陆华说，“希望我们有一天能抓住这家伙。”

范宁和穆修杰是好朋友，拍着穆修杰的肩膀说：“不管怎么说，你是这一轮的幸存者，总是件令人欣慰的事。”

穆修杰摇头道：“可我很不安，虽然我什么都没做，但我想很多不明就里的人，会以为是我杀了侯波和倪亚楠。”

“只要你问心无愧，何必管别人怎么想？”范宁说。

这时，盯着电脑屏幕的元泰说：“你们最好过来看看，第三组竞争者的名单发布了。这一次，有……杭一。”

辛娜“啊”地叫了一声，飞奔到电脑面前，看到屏幕上显示的内容：

第三组竞争者名单：

于蓓蓓、方丽芙、杭一

能力数值参考：

于蓓蓓

强度：E

对抗性：E

保护性：A

隐蔽性：D

范围：A

体能消耗：A

综合评价：C

方丽芙

强度：E

对抗性：S

保护性：A

隐蔽性：E

范围：S

体力消耗：D

综合评价：A

杭一

强度：S

对抗性：S

保护性：S

隐蔽性：D

范围：S

体能消耗：C

综合评价：S

72小时（三天）内，本组的三个超能力者，可能出现的六种情况以及赔率如下：

1.72小时后，三个人全活，赔率1∶15

2.三个人全死，赔率1∶55

3.三个人中活下来两个，赔率1∶35

4.于蓓蓓一人存活，赔率1∶290

5.方丽芙一人存活，赔率1∶125

6.杭一一人存活，赔率1∶60

“杭一！”辛娜紧紧抓住杭一的手，担心、关切的神情溢于言表。

杭一拍着辛娜的手，安慰道：“没事，该来的总会来。”他早就做好心理准备了。

雷傲说：“杭一老大，其实这一轮，你用不着担心吧？首先你是这三个人当中最强的；其次，你还有我们这些伙伴，方丽芙和于蓓蓓吃了豹子胆，才敢来惹我们。”

陆华却没有那么乐观：“还是别掉以轻心为妙。孙雨辰不就是第一组最强的S级选手吗？结果还不是被罗素给……唉……”

范宁说：“陆华说得没错。方丽芙的能力‘光’，我们是见识过的，她这个人，也必须谨慎提防。SVR公司给出的能力参考数值中，方丽芙的能力范围是‘S’，大概是因为，方丽芙的激光攻击，能够进行超远距离的贯穿攻击。”

辛娜顿时紧张起来：“也就是说，她可以发射激光穿透这栋大楼，攻击到杭一？”

范宁说：“理论上是这样的，但实际操作起来恐怕很难。她又没有透视眼，怎么瞄准？况且她应该很清楚，跟我们为敌，绝对是不明智的。根据我的观察，方丽芙这个人很精明，不会轻易惹麻烦上身。”

元泰好奇地问：“你们之前跟方丽芙接触过，知道她的能力是‘光’？她怎么发射激光？”

“好像是一枚凸透镜钻戒，她获得超能力之后，自己定制的。这枚戒指再配合她的超能力，能发射破坏力和穿透性超强的激光。”穆修杰说。

雷傲对方丽芙的激光记忆犹新，他拍着元泰的肩膀说：“当初她跟我们共同作战，一道激光就能杀死一只皮坚肉厚的怪物，从某种程度来说，比我的风刃还要厉害。相信我，你不会想试一下的。”

元泰撇了下嘴，做了个表示可怕的表情，又问：“那于蓓蓓呢？你们知道她的能力是什么吗？”

众人面面相觑，这个他们就不知道了。以前在明德补习的时候，他们只知道于蓓蓓是一个身材娇小的女生，整个人给人的感觉也没有什么攻击性。从SVR公司提供的参考数值来看，于蓓蓓是这组竞争者中最弱的一个，而且“对抗性”这一栏，是“E”，说明她没有擅长发动攻击的能力。无论从哪个角度来看，她都不太可能对杭一构成威胁。实际上，她倒是这一组的三个人当中，最值得担心的一个。

“杭一，这一次，我们怎么做？”陆华问。

杭一思忖一刻，说：“先静观其变吧。”

“我们不去找于蓓蓓或者方丽芙吗？”

杭一说：“这次的情况不一样，我就是竞争者之一，贸然去找她们，说不定反而引起不必要的误会，所以还是先等等吧。看她们有没有什么反应。”

大家纷纷点头，认为杭一说得有道理。决策暂时定了下来。

二十一、合作

SUPER TABOO GAME

于蓓蓓（女29号）很少向人提及自己的家庭情况。在她4岁那年，父母就因为一起车祸双双去世了，世界上唯一的直系亲属，就是比她大5岁的姐姐。之后若干年，她都过着跟姐姐相依为命的日子。她们是彼此生命中最重要的人。没有这种特殊经历的人，很难体会她们姐妹间的深厚感情。

此刻，于蓓蓓坐在电脑前，神情忧伤。姐姐陪在她身边，双手抱着她的肩膀，表情看起来比妹妹更加忧虑不安。SVR公司公布的第三组竞争者名单，对她们而言就像接受某种宣判。

天性使然，即使从小就没有父母的照顾，于蓓蓓也没有成长为一个坚强、独立的人。获得超能力之后亦是如此。她的超能力绝对算不上强悍，正如SVR公司给出的能力参考那样，对抗性是最弱的“E”。之前她与世无争，倒也无妨，可现在这种状况——特别是前面两组的结果，都是只有一个人存活——她真的很怀疑自己是否能保护自己和姐姐。

“姐姐，怎么办？轮到我了。”于蓓蓓担忧地说。

“别怕，我们分析一下形势。这一组的另外两个竞争者——杭一和方丽芙，你了解他们吗？”

杭一等人之前上过电视，当着全世界观众的面展示了自己的超能力和期望和平的立场。于蓓蓓对杭一的为人也有所了解，她相信杭一不会对自己出手。值得担心的是方丽芙。于蓓蓓之前虽然跟方丽芙接触不多，但直觉告诉她，方丽芙绝非善类。方丽芙的对抗性是“S”，综合实力是“A”——虽然于蓓蓓并不知道她的能力具体是什么，但仅凭这几项参考数据，就足够吓到她了。

思忖一刻后，于蓓蓓对姐姐说：“杭一应该不用担心，他是主张和平的。但我对方丽芙缺乏了解。只有一点是可以肯定的……”

“是什么？”姐姐问。

于蓓蓓悲叹道：“我是这组最弱的一个，方丽芙如果居心不良，首先就会对我出手。因为杭一是不好惹的。而先对付我，至少能让她先升一级。”

即便只是假设，姐姐也吓得脸色发白，她赶紧抱住于蓓蓓，说道：“别说了！不会的，我拼了这条命都会保护你的，不会让任何人伤害你！”

于蓓蓓感受到姐姐身体和话语带来的温暖。但她知道，这是不可能的，姐姐就算拼了命，也保护不了她。倒是她，该考虑如何让姐姐不受牵连。这么多年来，姐姐对她来说就像妈妈一样，不管怎样，她都要让姐姐活下来。

就在这时，外面传来了敲门声。

方丽芙独自一人居住。5分钟前，她看了SVR官网发布的第三组竞争者名单。此刻，她躺在床上，思考着对策。

杭一和于蓓蓓，刚才看到这两个名字的时候，方丽芙心中暗暗松了一口气，觉得自己真是走运。

这两个人，可以说都不具备威胁。方丽芙对杭一十分了解，知道他一向主张和平，自然不会主动出击。而于蓓蓓，虽然不清楚她的能力是什么，但通过SVR官网公布的参考数据来看，显然于蓓蓓的能力不属于攻击型，所以不足为惧。

简单地说，杭一和于蓓蓓属于两个极端——一强一弱。但方丽芙心里非常清楚，这两个人她都无法下手。原因太简单了，如果她袭击了于蓓蓓，杭一绝对不会坐视不管。杭一自身已经是“S”级的高手了，他身边还有陆华、雷傲等强力帮手，惹了他，绝对是不明智的。看来，应付这一轮的最佳策略，就是按兵不动、明哲保身。如果于蓓蓓不是傻瓜的话，肯定也是这样想的。

打定主意后，方丽芙心里轻松了许多。她进入国内某大型门户网站，看网上的人对这一轮竞猜游戏的预测。

毫无疑问，杭一是最大的热门。但是方丽芙很快就注意到，几乎没有人主张买杭一胜出，因为之前杭一在电视上的表态和保卫琮州市的事迹，让他成了人们心中的英雄，甚至正义的使者。所以即便他是这组“选手”中最强的一个，人们也相信他绝不会为了私利去对付另外两个人。这一点，几乎没有人怀疑。

所以，焦点集中在了方丽芙和于蓓蓓两个人身上。由于人们对她们两个人的不了解，于是产生了各种五花八门的猜测。这些胡乱猜测，方丽芙自然不会放在心上，但是，当她看到这样一句评论的时候，心头还是不由得一震——

不是每一组都必然有黑马的。1：290的超高赔率，后面几组未必还会出现。想要冒险一赌的人，也许应该抓住这个机会。

发这个评论的人，也许只是随口一说，当然也可能是居心叵测。但这句话，引起了方丽芙的深思。

没错，表面上看起来，于蓓蓓是构不成什么威胁的，但她的赔率太高了。谁能保证她不会为此铤而走险呢？

对抗性“E”，只能说明于蓓蓓的能力相对缺乏攻击性，并不等于完全没有攻击性。最大的问题在于，谁都不知道她的能力是什么。不管怎样，这都是一个不安因素。

想到这里，方丽芙无法做到若无其事了。她思忖良久，拿出手机，在通信录里找到了于蓓蓓的电话。她决定先打个电话给于蓓蓓，试探一下她的口风。

电话接通了。方丽芙故作轻松地问候道：“Hi，于蓓蓓吗？”

“你是……方丽芙？”对方的口气有些许吃惊。

“对，是我。你现在说话方便吗？”

“方便，你说吧。”

方丽芙不打算绕弯子：“你肯定知道，我、你和杭一，是这一轮竞猜游戏的竞争者吧。”

“嗯……”

“我打电话，就是想问问，你是怎么想的。”

“我还能怎么想？难道我还敢主动找你或者杭一的麻烦吗？说实话，我还正想联系你呢，只要你……嗯，你懂我的意思……大家都相安无事的话，是最好的。因为你知道，杭一肯定不希望我们互相残杀。不然的话，他和他们同盟的人，是不会放过出手那个人的。”

果然，她也不笨。甚至算是聪明。这番话，既表明了自己的态度，也巧妙地提醒了对方。方丽芙暗忖，这就好。“对，你说得没错，我也是这样想的。这一轮，安全过渡是最好不过的了。让SVR公司和该死的竞猜游戏见鬼去吧。蓓蓓，咱们是同学，也是朋友，我们都不会做傻事的，对吗？”

“当然，那咱们就约好了？”

“约好了。再见。”

“再见。”

挂了电话，方丽芙真正轻松地嘘了一口气。这下她彻底放心了。

然而，另一头，于蓓蓓挂断电话后，却无法轻松，对坐在自己和姐姐面前的中年男人说道：“我照你的意思跟方丽芙说了，你满意了吧？”

穿深色西装的男人咧嘴一笑：“你做得很好。方丽芙一点都没怀疑。好了，现在咱们可以聊聊具体的合作方案了。”

二十二、融合

SUPER TABOO GAME

于蓓蓓相信，如果不是眼下这种特殊情况，她的面前永远都不会出现这号人物——琮州市某著名私企的老板，齐宏达。他的造访，令于蓓蓓和她姐姐深感意外。当然，她们很快就想通这是怎么回事了。

姐姐比于蓓蓓年长几岁，见过的世面也要多些，直言道："齐总身家过亿，不是买不起方舟'船票'的人，用得着找我妹妹合作吗？"

齐宏达笑了一下："说实话，一两张船票，齐某确实买得起，无奈家眷太多，不好厚此薄彼，所以只能寄希望于'竞猜游戏'，多赚几张船票的钱了。"

"是寄希望于'竞猜游戏'，还是寄希望于我妹妹？"

"一个意思。"

"不知道齐总具体是怎么想的？"

齐宏达是做大生意的人，不喜欢拐弯抹角："明人不说暗话。我就直说了，这一组的三个超能力者中，令妹的赔率是最高的。所以，我准备花一亿元，买令妹一个人存活。”

“一亿？”于蓓蓓和姐姐惊愕地对视在一起。于蓓蓓说，“按照1:290的赔率，如果结果真是这样的话，岂不是1亿就变成了290亿？”

“没错。”

于蓓蓓沉吟片刻，说道：“但是你知道，这是不可能的，对吧？”

齐宏达摊了下手：“何以见得？”

于蓓蓓说：“杭一、方丽芙和我。我们三个人当中，最后只有我一个人活下来？这简直是天方夜谭。当然这就是我，的赔率如此之高的原因，因为这种结果几乎是不可能出现的。方丽芙暂且不说，杭一的情况，你可能有所不知。他并不是一个人，而是‘守护者同盟’的头领。相信SVR公司给出的参考数据你也看了。杭一自身已是S等级的高手，再加上他的同伴们，简直是所有超能力者中最难对付的一个。”说到这里，她苦笑了一下，“当然，我更了解自己的能力，知道跟杭一他们的悬殊有多大。”

齐宏达耐心地听完了于蓓蓓说这番话，歪着头问道：“说到这里我也好奇了，你的超能力究竟是什么呢？”

事到如今，也用不着隐瞒什么了。于蓓蓓说：“我展示给你看一下吧。”

她两只手分别拿起茶几上的两个玻璃杯子，然后往中间一撞。本该应声而碎的两个玻璃杯，竟然融合在了一起，杯身互相交织，成了一个造型奇特的玻璃制品。于蓓蓓把这东西递给齐宏达，说：“看到了吧，这就是我的能力‘融合’。”

齐宏达和他的两个手下，惊讶地看着手中这个造型诡异的“玻璃雕塑”，这大概是他们第一次近距离地见识超能力，感觉无比神奇。不过齐宏达毕竟是见过大世面的人，很快就收起惊愕的表情，问道：“还有别的运用吗？”

于蓓蓓望向姐姐，姐姐轻轻点了点头。于蓓蓓站起来，朝一堵墙壁走去，众目睽睽之下，她的身体跟墙壁融为一体，直至整个人穿过墙壁，从另一间屋走出来。

齐宏达感叹道：“太神奇了，简直令人叹为观止。”

“可惜没什么用。”于蓓蓓再次苦笑，“就算我能穿墙而过，然后呢？跟杭一他们肉搏吗？”

齐宏达笑道：“仅凭你自己，当然敌不过他们。所以你需要跟我合作。”

于蓓蓓望了一眼站在齐宏达旁边的两个戴墨镜的男人，有些猜到了。她思索良久，说道：“这样做，我的好处是什么呢？”

“问得好，”齐宏达说，“末日将近，相信你和你姐姐也不愿坐着等死。SVR公司的方舟，对世界上每一个人都具有吸引力，你们也不例外吧？如果你同意跟我合作，我现在就可以给你5000万，用途不用我说了吧——”他身体前倾，一字一顿地说，“你也买自己赢。5000万的290倍是多少钱，你自己算吧。”

于蓓蓓发现姐姐悄悄抓紧了自己的手，她望向姐姐，看到姐姐忧虑的神情。第一次，她发觉自己读不懂姐姐的眼神，因为这眼神中的信息太过复杂了——暗示自己抓住机会，还是提醒自己不要铤而走险？或者两种意思都有。于蓓蓓明白，这件事，总归要自己来做决定。她问齐宏达：“如果我拒绝合作呢？”

齐宏达哈哈大笑：“你不会的，像你这么聪明的姑娘，怎么会分析不出利弊呢？你知道，我肯定是不会强迫你的。你要是不愿意合作，那我只有去找方丽芙了。毕竟1∶130的赔率，也不算低。”

于蓓蓓的后背泛起一股凉意。她明白了，她根本就没有选择。不当朋友，就是敌人。她本来就是三个人中最弱的一个了，要是再跟齐宏达为敌，后果是什么，不用想都知道。关键是，姐姐也会被牵连。

思索了一分钟后，于蓓蓓说：“5000万，现在就可以打给我吗？”

“当然。”齐宏达说，“而且你最好现在就下注。按照竞猜游戏的规则，每一轮只有前5个小时可以下注。”

达成合作意向后，齐宏达向于蓓蓓转账5000万。于蓓蓓立刻用这笔钱下了注。她的姐姐忧心忡忡，说道：“蓓蓓，你确定吗，真的要这样做？”

“恐怕我没有别的办法了，姐姐。”于蓓蓓说。她拉着姐姐的手，“答应我一件事，好吗？”

“什么事？”

“不管之后发生什么事情，结果如何，你都要好好地活。”

姐姐的眼泪淌了下来，摇头道：“你知道，我做不到……”

“你必须做到！”于蓓蓓抓着姐姐的双肩，从来没有如此坚定过，“不然的话，就对不起我做的这一切了！”

姐姐还想说什么，但于蓓蓓已经转过身，跟齐宏达和他的手下一起离开这所房子了。姐姐泪眼婆娑地望着妹妹的背影，仿佛这是生命中最后的诀别。

二十三、船票

SUPER TABOO GAME

坐在齐宏达宽敞的轿车内，于蓓蓓问：“具体怎么做，你有计划吗？”

“首先，当然是解决方丽芙，对付她相对容易一些。”齐宏达说，“方丽芙的能力是‘光’，白天的时候，这个能力很强。到了晚上就大打折扣了。我们可以利用她的这个弱点，攻其不备。”

于蓓蓓问：“你怎么知道？”

齐宏达说：“之前大量怪物袭击琮州市，方丽芙曾跟杭一他们联手，当时施展过她的超能力。”他笑了一下，“不仅如此，方丽芙和杭一现在住在什么地方，我都调查清楚了。这个世界上，没有花钱买不到的信息。”

于蓓蓓不说话了，扭头望向窗外。

车子开到齐宏达的别墅，这里守候了十多个保镖——几个小时后，或许就会化身为刺客。于蓓蓓很难想象，齐宏达花了多少钱让这些人为他卖命。通过齐宏达的吩咐，她知道保镖们目前的任务，就是保护自己的安全。其实在于蓓蓓看来，这完全是多此一举——没有任何人会想到她此刻在这里。

午餐丰盛而华丽，于蓓蓓在两个用人的伺候下享受了一顿美餐。齐宏达提供了一个有巨大落地窗的卧室供她休息。午觉后，于蓓蓓走到花园，在太阳伞下喝咖啡，若有所思。齐宏达默默地观察着于蓓蓓，猜不透她心里在想些什么。

晚饭过后，于蓓蓓坐在沙发上出神。9点钟，齐宏达说道：“夜幕早就降临了，我们可以去方丽芙那里了吧？”

于蓓蓓说：“叫你的手下去办这件事吧，我不去。”

齐宏达眯起眼睛：“什么意思？到了这个时候，你想反悔？”

于蓓蓓说：“你的目的，是希望最后我胜出，对吧？那你就不该让我以身犯险。况且你之前也说了，方丽芙的能力到了晚上就会大打折扣。假如你的人连她都对付不了，杭一那边就不用提了。”

齐宏达凝视于蓓蓓足有半分钟，说道：“好吧，方丽芙就不用你出手了。但是话说清楚，如果我手下的人解决了方丽芙，那么对付杭一……”

没等他说完，于蓓蓓就把话接了过来：“我肯定帮忙。”

齐宏达微微颔首，同时提醒道：“你最好别玩什么花招，否则的话……”

“否则怎样？别忘了，你押了一亿元在我身上，5个小时早就过了，现在已经改不了了。”

齐宏达一时语塞，发觉自己低估了这个女生——此刻，他倒陷入被动了。

于蓓蓓说道：“别担心，我不是也押了自己5000万吗？我又怎么会不希望胜出呢？我们的目的和合作关系没变，只是怎么做，你要听我的。”

齐宏达摸爬滚打几十年，此刻居然被一个20多岁的年轻女孩拿捏住了。一开始，是他想利用于蓓蓓；可现在看起来，似乎自己倒成了被利用的对象。可正如于蓓蓓所说，他们是利益共同体，料想于蓓蓓也不会做不利于自己的事。想到这里，齐宏达忍住气，说道：“好吧，听你的。”

接下来，他吩咐几个手下去办这件事。而他和另外几个保镖，就守在于蓓蓓面前，保护转化为了监视。

于蓓蓓心中默念：方丽芙，能不能躲过这一劫，就看你自己的造化了。

一个小时后，手下打来电话，告知齐宏达：任务完成了。

齐宏达有意打开手机免提，让于蓓蓓亲耳听见这个消息。

于蓓蓓的心脏仿佛被猛击了一下。她闭上了眼睛，心情复杂。

齐宏达说："怎么样？现在，你可以遵守承诺了吧？"

于蓓蓓说："杭一跟方丽芙不一样，他们那边有六七个超能力者。你觉得我们有胜算吗？"

齐宏达说："明刀明枪地来，当然没胜算。但超能力者也是人。我不相信他们睡着的时候，还能使用超能力。借助你的能力，神不知鬼不觉地潜入他们的房间，这计划应该行得通吧？"

于蓓蓓说："你的目标只有杭一，难道打算连另外几个人都一齐干掉？"

齐宏达说："首先，我不可能猜到杭一在房子里的哪个房间；其次，整个暗杀计划，很难保证完全不发出声响。一旦惊动了房子里的其他超能力者，我们恐怕就会吃不了兜着走。所以，为了稳妥起见，只能将他们全部干掉。"

于蓓蓓感到脊背发凉。这个男人阴险狡诈、心狠手辣，为达目的不择手段。他当初是怎样发家致富的，似乎有迹可循了。

沉默良久，于蓓蓓说："好吧，我们几点去杭一他们的大本营？"

齐宏达看了下手表："再等等吧，过两个小时，他们应该都睡了。"

凌晨12点，一辆黑色商务车悄无声息地开到杭一他们的住所楼下。车上下来七个人：五个杀手，加上齐宏达和于蓓蓓。

除了于蓓蓓之外，另外六个人都持有一把配了消音器的小口径手枪。

经过观察，杭一他们所在的楼层已经熄灯了。看来他们已经睡了。

这个小区的门口，现在没有了门卫。这为暗杀计划进一步提供了便利。不费吹灰之力，一行七人就乘坐电梯来到了大本营的门口。

齐宏达冲于蓓蓓使了个眼色，暗示她可以使用超能力了。于蓓蓓用手指了一下其中一个杀手，示意他直接穿墙而过。

这个杀手迟疑了一下，手伸向墙壁，惊讶地发现，钢筋混凝土的墙壁，此刻就像薄雾一样，能直接融入其中。他不再迟疑，整个身子穿了过去，进入房屋内部。

外面的六个人等待了大概半分钟，房门轻轻地打开了。刚才进屋的杀手示意他们一起进来。

屋子里的灯全都关了，七个黑影悄无声息地进入室内，没有发出丝毫声音，计划进展得十分成功。

这套房子是跃层结构的。一楼是客厅饭厅，二楼是四个卧室。杭一他们显然就在这些卧室当中。按照之前的计划，杀手们将在于蓓蓓的配合下，同时穿过四个卧室的墙壁，用消音手枪干掉每个房间里的人。

他们已经做好准备了。此刻每个卧室的墙壁面前，都站了至少一个杀手（主卧室是两个）。老奸巨猾的齐宏达不在此列。他举着手枪，跟于蓓蓓站在一起。

于蓓蓓用眼神和手势示意，她启动超能力后，杀手们就一齐潜入各个房间。杀手们心领神会。

于蓓蓓用手指比了三个数：3、2、1。

五个杀手一起朝墙壁走去，集体穿墙而过。

然而，令齐宏达意想不到的状况发生了——杀手们刚刚穿入墙壁的一刻，于蓓蓓突然解除了超能力。杀手们还没来得及进入房间，超能力就消失了，他们集体被卡在了墙壁之中，跟墙壁融合在了一起！

齐宏达和杀手们大惊，有个杀手不由自主地发出了一声喊叫。同时，于蓓蓓用尽全身力气喊道：“杭一，有杀手！”

"臭婊子！你敢出卖我？！"齐宏达气急败坏。他大喝一声，手枪对准了于蓓蓓。

这一声大喊，把杭一等人全都惊醒了。他们迅速打开灯，看到了镶嵌在墙壁上的人，大吃一惊。虽然一时搞不清楚状况，但显然是遭遇袭击了！

第一个冲出房间的，是速度最快的宋琪，紧接着是范宁。他们踏出房间，看到了站在走廊上的于蓓蓓和另一个举着手枪的陌生男人。齐宏达看到已经惊动超能力者了，知道今天在劫难逃。他恼怒到了极点，狂吼道："敢整我，那咱们谁也别想活！"

话音未落，他扣动了扳机。宋琪她们来不及阻止，一颗子弹击穿了于蓓蓓的胸部。她应声倒下。

齐宏达已经处于疯狂状态，打算跟超能力者们拼了，他倏然转身，又将枪口对准了宋琪。但以宋琪的速度，岂会被他击中，轻易躲闪到一旁。齐宏达的枪口，又指向了范宁。对他而言，这是一个致命的错误。

范宁启动超能力"操控"，齐宏达开枪的一瞬间，他的手臂猛然向后一弯，枪口指向了自己。他反应不及，"砰"的一声枪响，子弹击中了他的咽喉。他当场倒地而亡了。

宋琪快速地搜索了一遍整个房子，确定没有别的袭击者了。这时杭一等人全都出来了，惊愕地看着眼前的一幕。范宁第一个冲到于蓓蓓身边，抓住她的手，问道："你怎么样？"

于蓓蓓只剩最后一口气了，眼泪和鲜血同时往外汩汩地冒着。杭一知道，刚才那声喊叫是她发出的。如果没有这声示警，后果难以设想。他对元泰说："快，看看能不能救活她！"

元泰蹲下去，运用超能力"修复"，但于蓓蓓被子弹击中的是胸腔，无力回天了。

"于蓓蓓，这到底是怎么回事？"范宁急促地问道。

于蓓蓓嘴里吐着血，艰难地说道："我……没有办法，方丽芙……已经被他们……暗杀了，但我……不能……为了自己……害死你们……这么多人……”

虽然并不知道前因后果，但杭一他们根据现场的状况，大概猜到这是怎么回事了，心里十分难过。

“请你们……帮我一个忙，告诉我……姐姐……齐宏达给我的5000万……我没有用来买自己赢，我买的是……杭一，这是……我早就预料到的……结果。她……一定要用……赢的钱……买‘船票’……”

用尽生命中最后的力气说完这番话，于蓓蓓的头耷拉到一边，死去了。而拉着她的手，也是距离她最近的范宁，升级了。

（女48号，方丽芙，能力“光”——死亡）

（女29号，于蓓蓓，能力“融合”——死亡）

二十四、特殊时期

SUPER TABOO GAME

杭一靠近墙壁，怒视着被镶嵌在墙上的几个黑衣杀手。这些人动弹不得，一大半身体都陷在墙内，只有脑袋和部分四肢露在外面，犹如待宰羔羊。

杭一启动超能力，化身为三国猛将许褚，手持一柄造型夸张的千斤巨锤。他暴喝一声，抡起巨锤砸向其中一个杀手，那人吓得哇哇大叫。这一锤下去，还不立马变成肉泥？

然而，杭一击中的只是墙壁。墙被砸烂之后，深陷其中的杀手得以脱身。他刚才目睹了老大离奇"自杀"的一幕，知道惹不起这些超能力者，况且杭一刚才那锤没有落到他的脑袋上，已是格外开恩，他哪里还敢造次，立刻跪地求饶。

杭一又依次砸烂几堵墙，放出被困的五个杀手。这些人全都吓破了胆，一个劲地求饶，说他们也是被齐宏达逼迫云云。杭一懒得听他们解释，说道："够了！把你们主子的尸体拖回去，自行处理！"

几个人像得到了赦令，赶紧扛起齐宏达的尸体，打算离去。杭一略一思量，对这几个人说：“等一下，你们知道于蓓蓓的住址吧？”

其中两个人正是当初跟着齐宏达到过于蓓蓓家的，忙不迭地点头。

杭一说：“你们听好了，把于蓓蓓的尸体送往她家，交给她的姐姐，再把整件事情的前因后果跟她姐姐解释清楚。办好了这件事，我对你们既往不咎，如果你们胆敢不照办，或者是敷衍，我分分钟都能找到你们，要你们的命！”

五个杀手哪敢不从，立马答应下来，几个人扛着两具尸体迅速离开了。

这些人走后，元泰启动超能力“修复”，将被砸成窟窿的房子恢复原状。此刻是凌晨时分，可是很明显，这番经历之后，谁也睡不着了。

两天后，SVR公司公布了第三组竞猜的结果：于蓓蓓、方丽芙、杭一三个人中，只有杭一一人活了下来。买对这一结果的人，将获得1:60的收益。

随即，官网上又公布了第四组竞争者的名单：

陆华、巩新宇、彭羽

能力数值参考：

陆华

强度：A

对抗性：E

保护性：S

隐蔽性：D

范围：B

体能消耗：A

综合评价：A

巩新宇

强度：E

对抗性：D

保护性：D

隐蔽性：S

范围：A

体力消耗：A

综合评价：B

彭羽

强度：E

对抗性：A

保护性：A

隐蔽性：S

范围：C

体能消耗：B

综合评价：A

72小时（三天）内，本组的三个超能力者，可能出现的六种情况以及赔率如下：

1.72小时后，三个人全活，赔率1：15

2.三个人全死，赔率1：55

3.三个人中活下来两个，赔率1：35

4.陆华一人存活，赔率1：95

5.巩新宇一人存活，赔率1：130

6.彭羽一人存活，赔率1：95

“这次轮到我了。”陆华深吸一口气，“不过，我倒是没什么好担心的。我想很难有人能伤害到我。”

辛娜说：“你没法一直处于防御壁的保护状态呀。”

“圆形防御壁是不行。这个比较耗费体力。但如果是这种形态，以我现在的3级强度，基本上可以做到全天防护——当然仅限我自己。”说着，陆华启动超能力。他的身体周围出现了一层光，紧紧包裹着身体，看上去就像整个人被镀了一层光膜。

陆华说：“‘防御光膜’跟圆形防御壁的区别是，可以最大限度地节省体力，做到长时间处于防御状态；但缺点就是——只能保护我一个人。”

“那就足够了。”杭一说，“这一轮竞争，你只需要保护好自己。”

范宁提醒道：“陆华，虽然你有防御光膜的保护，但也不要掉以轻心。起码你睡着的时候，是不可能处于防护状态的。其实杭一那一轮，就已经很悬了。想想看，如果不是于蓓蓓心存善念，甘愿自我牺牲，恐怕在那个夜晚我们就被全灭了。”

的确，那天晚上的事情直到现在都让杭一他们心有余悸。这场竞争，任何人都不可小觑。

“范宁说得没错，这一组的威胁其实很大。首先，巩新宇和彭羽两个人的能力是什么，我们完全不清楚；他们的态度、立场也难以捉摸。更重要的是，这两个人的能力显然都不弱，综合评价是‘A’和‘B’。”穆修杰分析道。

“不能光看综合评价。根据前面三组的经验，SVR公司给出的这个能力参考，其实是透露了一些基本信息的。”杭一说，“比如巩新宇，他的‘攻’和‘防’虽然都不高，但是隐蔽性是‘S’，说明这又是一个擅长偷袭的能力；而彭羽更具威胁，他不但隐蔽性是‘S’，攻、防都是‘A’！如果他是我们的敌人，绝对是个强敌。”

说到彭羽，陆华脑子里浮现出这个身材高大的男生的样子。他比较特殊，应该是13班年龄最大的一个学员，估计30岁多一点。好像是因为职称考试才到明德补习英语的。因为年龄比13班其他学员都要大一些，他跟班上的同学缺乏交集，但总体给人的印象，是比较沉稳的，面相上看，也不是那种阴险小人。陆华思忖良久，说道：“我想跟彭羽见个面，看看他什么态度。”

杭一说：“可以，我跟你一起去。”

雷傲紧接着说：“我也去。”

“不，我打算约他出来，一个人跟他见面。去的人多了，反而会给他压力，感觉我们是在胁迫他。况且我可以一直处于防御光膜的保护状态。不管他的超能力是什么，都很难对我造成伤害。”陆华说。

“这可未必，想想张贝的能力吧，你不就没有防住吗？”宋琪提醒道。

陆华说：“我先联系他看看吧，还未必能联系上呢。”

辛娜拿出一本册子，这是国安局提供给他们的，13班每个超能力者的住址和电话等联系方式。她把彭羽的手机号码告诉陆华。

陆华拨打这个号码，很快就接通了：“喂，是彭羽吗？”

“是我。你是……陆华？”

“对，你居然一下就听出我的声音了。”

彭羽尴尬地笑了笑：“现在是特殊时期嘛。”

陆华也不绕弯子：“我想跟你见个面，可以吗？”

电话那头的彭羽明显迟疑了。陆华有意让他宽心：“我以前在电视上展示过自己的超能力，想必你知道吧，我的能力只能‘防御’，没有任何攻击性。”

“嗯……你一个人跟我见面吗？”

“当然。”

短暂的沉默之后，彭羽答应了：“在哪儿见面？”

陆华有意将见面地点选在热闹繁华的区域，以消除彭羽的戒心：“南大街的星巴克，可以吗？”

“行，那一会儿见。”

陆华挂了电话，对众人说：“我跟他约好了。”

“你真打算一个人去？”元泰问，“万一他图谋不轨呢？”

“我已经跟他说了，我单独跟他见面。我会全程使用防御光膜保护自己，没问题的。”

杭一还是不放心：“我们这边还是要有人暗中保护你才行，躲藏在某处，不被他发现就行了。”

陆华想了想，点头道：“好吧。”

宋琪说：“我跟你一起去吧，如果出现什么状况，我立刻就能采取行动。”

雷傲说：“你一个人不够，我也去吧，多个照应！”

“行，你们注意安全，有什么情况，立刻跟我们联系。”杭一叮嘱道。

二十五、绝对安全

SUPER TABOO GAME

巩新宇乘坐电梯来到摩天大楼的88层顶楼，守候在电梯门口的两个保镖看到他后，鞠了一躬：“副董事长好。”

巩新宇对他们说：“你们去通报一下，我要见董事长，马上。”

保镖不卑不亢地说：“抱歉，董事长刚才吩咐过了，她现在谁也不见。”

巩新宇不耐烦地说：“你跟她说，是我要见她。”

保镖顿了一下，说：“董事长特意吩咐了，包括您在内。”

巩新宇为之一怔，随即明白了，他缓缓转过身，突然又回过头来喊道：“贺静怡，你什么意思？！”

走廊里的20多个保镖一齐侧过身来，面对巩新宇。似乎直呼董事长之名，都构成了一种威胁。巩新宇恼怒道：“干什么？你们敢对付我不成？！”

保镖们没有一个人接话，但是从他们严阵以待的表情和行动来看，如果巩新宇敢擅闯董事长房间的话，他们会不由分说地出手制止。显然，即便是SVR公司的二把手，跟一把手相比，仍有巨大的地位悬殊。这些保镖，犹如御前侍卫，只听从皇帝一人调遣。

巩新宇僵在原地，一时之间，进退维谷。

片刻后，走廊最里端的房门打开了，一个身穿浅色套装的女人从房间里走出来——正是SVR公司的董事长贺静怡。她双手交叠抱在胸前，问道：“巩新宇，你在这儿瞎叫嚷什么？”

巩新宇瞄了一眼这些保镖，对贺静怡说：“我要单独跟你谈话。”

“那就进来吧。”贺静怡对保镖们说，“让他进来。”

20多个保镖一齐侧身，让出一条路来。巩新宇瞪了他们一眼，走进贺静怡的房间。

这间套房的宽敞豪华程度，难以用笔墨形容。若要在这里打一场小型高尔夫球赛，也未尝不可。贺静怡站在巨大的落地窗面前，俯瞰整座城市。她背着身子问道：“你找我，是对这一轮的‘竞猜游戏’名单有疑问吗？”

巩新宇说：“对，我想问一下，我怎么会出现在这一组的名单之中，跟陆华和彭羽成为竞争者？”

贺静怡说：“那你希望我怎么安排？把你留到最后，跟我和赫连柯，或者闻佩儿一组？然后我们相安无事地度过这一轮。你不觉得这样做，是把全世界的人当成傻瓜吗？”

“所以，为了不引起人们怀疑，你就把我——你最重要的合作者——抛出去，跟另外两个超能力者对战？”

贺静怡回过头来，望着巩新宇说：“你只是出现在这一组，不一定要去跟他们对战呀。”

“可我怎么能保证他们，或者买了他们赢的人，不会做出对我不利的事呢？陆华暂且不说，这个彭羽，一看就不是省油的灯。天知道他会不会来找我的麻烦。”

贺静怡摇头道：“你怎么这么没有自信？他要是真的找到你，你就用你的能力跟他一战，不行吗？说实话，我只见过你用超能力赚钱，还从没见过你用它来战斗，真是挺好奇的。”

巩新宇凝视了贺静怡足足一分钟：“好奇？你是说真的？这就是你安排我跟他们一组的理由？”

“不是。”

“那是为什么？”

贺静怡靠近他，轻声道：“如果我告诉你，这个分组结果，真的是电脑随机生成的，你相信吗？”

这件事情，是SVR公司的内部机要。安排分组的人，直接对董事长一人负责。所以巩新宇还真是不知道内情。但他显然不相信贺静怡的话：“电脑随机生成？哼，就是说，如果电脑分配结果是让你第一组登场，你也会坦然接受？”

“当然，我就是这样想的啊。”贺静怡耸了下肩膀，“可惜都到第四组了，还没轮到我出场。”

巩新宇发现，他完全猜不透这个女人的心思。他说：“不管你是不是在敷衍我，我必须提醒你——作为你的合作者，以及整件事情最重要的参与者，我有理由保障我自己的绝对安全。”

贺静怡望着他，露出让人捉摸不透的笑容：“绝对安全？巩新宇，你告诉我，什么叫绝对安全？”

“方舟计划，不就是……”

贺静怡开始大笑，一种可怕的、没有欢乐的大笑充满了整个房间：“方舟计划，没错，假设我们的设想真的成立，假设我们能骗过上帝，也许方舟计划真的能让我们暂时活下来。但是，你想过之后的事吗？”

巩新宇怔怔地望着贺静怡，他还真没想过。

“方舟是一个缩小版的世界。况且比起整个地球来说，它里面的资源和能源实在是太匮乏了。不管我们如何对外宣传，人们始终会发现，方舟里的食物、能源和水是极其有限的，是会在某一天彻底枯竭的。想想看，到时候会发生什么事情？你以为人类自私的天性，和好斗的本性会随着境况的改变而改变吗？”

“可我们是超能力者，我们总比一般人……”

“没错，我们是超能力者。”贺静怡打断巩新宇的话，“但不是唯一的，更不是最强的。这个世界只要还有人类，就不会停止争斗。要想活下去，只有让自己变得强大。所以回到之前的话题，你要是现在连陆华或彭羽都对付不了，到了方舟里面，难道就能高枕无忧吗？”

巩新宇不知道该怎样反驳贺静怡的话。他沉默许久，说道：“那好吧，起码你能告诉我，彭羽的超能力是什么？”

贺静怡说：“你这种老想着作弊的思想，会害了你的。我不知道彭羽的能力是什么，你也别指望从闻佩儿那里问出来。我早就跟她交代过了，不要向任何人透露竞争者们的超能力。”

巩新宇感到无法理解：“为什么？这不能叫作弊！这是我们联盟的意义！”

“巩新宇，你喜欢看电影吗？”

“什么……电影？”面对贺静怡突兀的发问，巩新宇反应不过来。

“对，电影。”

“你想说什么？”

“一部电影，如果提前知道剧情，是一件令人沮丧的事，对吧？”

巩新宇心头一寒：“你真的……把我都当成游戏对象了？”

“这本来就是一场游戏。从一开始就是，不是吗？”

巩新宇深吸一口气，知道没有继续交流的必要了。他转过身，头也不回地离开了贺静怡的房间。

乘坐电梯来到81层自己的房间，巩新宇打开冰柜，拿出一瓶高级红酒，注入玻璃杯中，呷了一口，然后坐在宽大的真皮沙发上发呆。

他有种不好的感觉，自己对于贺静怡来说，已经失去利用价值了。

他们的合作是从大概半年前开始的，当时，在澳门的赌场内，贺静怡处心积虑找到他，提出“金钱”和“概率”合作的想法。巩新宇一开始是被胁迫的，后来，他发现这是一个绝妙的主意。事实上，他们成功了，不到半年的时间，他协助贺静怡成为了世界首富，而他，也几乎拥有了仅次于贺静怡的财产。

可是，在世界末日面前，又如何呢？

当然，登上“方舟”，对巩新宇来说是毫无问题的，但贺静怡刚才的话提醒了他，方舟上，一样避免不了争斗，而且可能涉及一个更严重的问题——登上方舟后，金钱会彻底失去意义。如果他没有能力保护自己，又无法利用金钱来驾驭他人，显然会处于被动和劣势。

巩新宇想起了贺静怡刚才说的一句话——这么久以来，他只是使用超能力来赚钱，从未用来战斗过。

反观杭一、陆华等人，他们身经百战，对超能力的运用驾轻就熟。其他的超能力者们，恐怕也是如此。巩新宇突然觉得，跟他们比较起来，自己真是弱爆了。

也许，我也应该尝试使用自己的超能力来战斗？

想到这里，巩新宇拨通了闻佩儿的电话。

闻佩儿接起电话后，第一句话就说：“抱歉，巩新宇，我们都得遵守游戏规则，我没法告诉你彭羽的能力是什么。”

“我不是问这个。我只想请你帮个小忙——陆华和彭羽，他们两个人现在分别在干什么，你肯定知道吧？”

闻佩儿沉默了一阵，看来这一点，贺静怡并没有吩咐过不能透露。她说：“陆华刚才跟彭羽通了电话，约他在南大街的星巴克见面。”

巩新宇沉吟片刻：“好的，我知道了。”

闻佩儿的性格干脆利落，一句话不多问，直接挂了电话。

巩新宇托着下巴思考了5分钟，站起来，走出了房间。

二十六、陆华的克星

SUPER TABOO GAME

彭羽（男2号）挂了电话后，对未婚妻说道：“刚才陆华给我打电话了，约我去星巴克见面。”

他的未婚妻二十六七岁模样，看样子非常在乎他的安危，急切地问道：“陆华，不就是这轮竞猜游戏的竞争者之一吗？他约你出去干什么？”

“也许是想试探一下我的态度和能力吧。毕竟，他是上过电视的人，大家都知道他的能力是‘防御’，但他不知道我的能力是什么。他在明，我在暗，对我的能力有所在意，也是正常的。”

“可是他约你见面，不会有危险吗？”

“我想不会。陆华的能力，不具备攻击性。”

“但他有同伴，杭一、雷傲他们……”

“琳，”彭羽突然打断未婚妻的话，“我们的存款加起来，一共有多少钱？”

未婚妻吓了一跳：“你干吗突然问这个，难道你想……”

“对，我要赌一把。”

未婚妻的脸一下就白了：“不，我不希望你做这样的事。况且你不可能猜到结果是什么。”

“我不是‘猜’，我会去‘制造’这个结果。这是我唯一的机会。”

未婚妻摇头道：“不行，我知道你想干什么，但我不会让你去冒险的。”

彭羽捧住未婚妻的脸，说道：“琳，我爱你，我不可能放弃这个机会。我必须赌一把，我要让你活下去！”

未婚妻还要说什么，彭羽用手堵住了她的嘴。两行热泪滚落在彭羽的手背上。

“如果我没记错，我们的存款加起来应该有好几百万吧，你全部用来买我赢。记住！”

未婚妻掰开他的手，说：“你凭什么认为你能斗得过陆华和那个……巩新宇？你根本不知道巩新宇的能力是什么。”

彭羽沉吟一下，说：“没错，巩新宇我是真的没太多把握。但是从参考数值上来看，他的能力似乎远不如我。至于陆华，碰到我，算他倒霉。”

未婚妻不安地望着他。彭羽说：“你知道我的能力是什么，陆华大概以为他的‘防御’是无敌的，但他想不到，我的能力正好是‘克’他的。我起码能保证，可以解决掉他。”

未婚妻始终不愿彭羽去做这件事。但彭羽没有时间继续说服她了，他严峻地说道：“记住，按我说的去做！听话，不要逼我对你使用超能力！”

未婚妻的身子抖了一下，不敢反对了。彭羽亲了她的脸颊一下，抓起一件外套，出门了。

半个小时候，彭羽来到了南大街的星巴克咖啡。他看到陆华已经坐在室外的露天座位上了。环顾四周，他没有见到其他超能力者。可见陆华的确是拿出了诚意来跟他单独见面的，彭羽放心了。

"嘿，陆华。"

陆华转过身，看到彭羽一边跟他打招呼，一边走了过来。他站起来，微笑道："来了，坐吧。"

彭羽坐到陆华的对面。陆华之前点了一杯摩卡，他问道："你喝点什么？"

"没事，一会儿我自己去点吧，咱们先聊聊。"彭羽说。

"行。"

这时，彭羽注意到，陆华周身笼罩着一层白光。他注视了一会儿，说道："这层光膜可以保护你不受伤害，对吧？"

"没错，这就是我的能力'防御'。"

彭羽笑了笑："看来，你是信不过我呀。"

陆华也淡然一笑："不是针对你，现在本来就是特殊时期。"

"是啊，防人之心不可无，这个我完全理解。对了，你的这层防御膜，什么样的攻击都能抵御吗？"

陆华搞不清楚他是单纯的好奇，还是在试探自己的能力。不过不管怎样，实言相告就是。假如彭羽居心叵测，也好让他知难而退："是的，一切攻击都能抵御。"

"在如今这种状况下，这恐怕是最实用的超能力了。"彭羽笑道，"对了，你约我出来，是想说什么？"

他们两人聊天的时候，全然没有注意到街道对面有一辆黑色的宾利轿车。更不可能想到，巩新宇就在车子里，注视着他们的一举一动。

巩新宇是自己开车出来的，他距离陆华和彭羽，大概有五六十米的距离。这个距离，刚好在他的能力范围之内。而通过闻佩儿提供的能力参考——彭羽的能力范围仅仅是"C"，远不及他的"A"。

也就是说，陆华和彭羽，此刻正处于巩新宇的能力范围之内，而巩新宇，却在他们的能力范围之外。

并且他们两个人，没有一人发现隐蔽在轿车中的巩新宇。

如果要展开偷袭的话，这简直是天赐良机。

但巩新宇心里清楚，他对陆华，是肯定没辙的。陆华的防御光膜一直笼罩在身上，任何攻击都无效。

也就是说，他只能偷袭彭羽。但他担心的是，彭羽如果发生状况，会不会引起陆华的警觉？

更重要的问题是，他根本不知道该怎样利用自己的能力“概率”来进行攻击。这个能力过于抽象，用来赌钱或赚钱还可以，但是该怎么运用“概率”来击倒对手呢？

望着街道上川流不息的车辆，巩新宇陷入了沉思。突然，他的脑子里冒出一个念头。

假如我使用超能力让某件概率极低的事情发生在对手（彭羽）身上，会出现什么情况呢？

巩新宇的心跳速度加快了，他既紧张，又期待，同时意识到，他无法准确预料自己的超能力所带来的结果。

唯有一试。

“坦白地说吧，我们想知道你的超能力是什么。”陆华对彭羽说，他不想再闲扯下去了。

彭羽也直言不讳：“以此判断我是否对你们构成威胁吗？”

“当然更重要的是你的态度，而不是超能力本身。”陆华说。

彭羽颔首道：“我懂你的意思。那么，与其让我告诉你，不如让你直观感受一下吧。”

陆华紧张起来：“你的能力……不会带来什么危险吧？”

“不会，你看。”彭羽暗暗启动超能力。

然而，陆华并没有“看”到什么特别奇异的事情发生，他只觉得突然之间，十分困倦，就像连续熬了几晚通宵一样，眼皮都抬不起来了，只要一闭上眼睛，就能立即睡去。

事实上，不止是他，彭羽为了防止附近有杭一等人，将超能力发挥到了极致。以他为中心，半径10米的范围内，所有人都像中了迷药一般，瞬间变得意识昏沉、睡意迷蒙。有几个路人甚至直接就倒了下来，在马路边上呼呼大睡。

这就是彭羽的超能力——“睡眠”。

陆华甚至还没意识到彭羽的超能力是什么，他就跟所有中招的人一样，不由自主地陷入了昏睡之中。他身子向前一倾，趴在咖啡桌上，睡着了。

陆华身上的保护光膜消失了。彭羽的超能力攻击的是他的大脑意识，超出了防御壁或防御光膜的抵御范畴。这是陆华之前完全没有想到的，他再次遭遇了“克星”。

彭羽身边的人全都陷入了昏睡。特别是陆华，就这样毫无防备地趴在他的面前，夺他的命，简直易如反掌。

然而，就在彭羽还没来得及对陆华做出任何举动的时候，令他意想不到的事情发生了。

一辆失控的越野车越过路边的草坪，从斜侧面向他猛冲过来。彭羽大惊失色，来不及反应和躲避了，被越野车撞个正着，鲜血喷涌而出，他像子弹般地飞射出去，身子撞击到身后的落地玻璃上，将整块玻璃撞得粉碎。而他全身的骨骼和内脏，也全部碎裂了。

临死之前，彭羽透过这辆越野车的挡风玻璃，看到一个趴在方向盘上昏睡的司机。他骤然意识到，这正是他使用超能力“催眠”身边所有人的结果。这辆路过的越野车，恰好处在他的能力范围内，司机瞬间陷入沉睡，结果失控的汽车，撞死了他自己！

这是一个讽刺的事实，更是一个致命的错误。

彭羽直到死，都认为是自己的疏忽和失误所致。

他永远想不到，也更不可能知道——其实，发生这种低概率的事件，跟马路对面那辆宾利车中的超能力者有关。

在他死去的同时，距离他几十米远的巩新宇，升级了。

（男2号，彭羽，能力“睡眠”——死亡）

二十七、重要的情报

SUPER TABOO GAME

刚才那辆越野车，是朝着彭羽和陆华两个人冲来的，而陆华处于睡眠状态，身上也没有防御光膜，按理说，他应该跟彭羽一起被撞飞。

所幸的是，跟随他而来的宋琪和雷傲，之前就在星巴克旁边一栋大楼的五楼阳台上。他们密切注意着跟陆华谈话的彭羽的一举一动，而且，他们恰好处在彭羽的能力范围之外。

所以，陆华（包括彭羽身边的其他人）趴在桌子上睡着，失控的车子撞向他们的时候，雷傲迅速从阳台上飞了出去，而宋琪加快了他的速度，雷傲在千钧一发之际，从空中把陆华拖开，令陆华躲过一劫。

此刻，自作自受的彭羽已经死去了。陆华和周围的人自然从超能力状态中解除。人们醒来后，看到眼前惊人的一幕，都张口结舌，不明白之前发生了什么。

当然陆华除外，他看到了被汽车撞死的彭羽，又看到了紧紧抓着他的雷傲，以及随后赶到他身边的宋琪，大概猜到了几分。他后怕地说：“刚才真是太险了，我不由自主就睡了过去。我现在知道，彭羽的超能力为什么隐蔽性是‘S’了。”

“你差点就没命了，是雷傲在紧急关头救了你。”宋琪对陆华说。

“谢谢。”陆华拍着雷傲的手臂说。

“咱们还用得着客气吗？”雷傲不以为然地说，同时望了彭羽一眼，鄙夷地说，“自作孽，不可活。”

宋琪却觉得这件事没有这么简单：“真有这么凑巧的事吗？彭羽的超能力导致范围内的人睡着，但为什么这辆车不偏不倚，恰好就撞死了他？”

雷傲问：“那你觉得这是怎么回事？”

宋琪思忖片刻，想起一个非常重要的问题：“陆华，你升级了吗？”

陆华摇头道：“我没有感觉到。”

“你呢？”宋琪又问雷傲。雷傲也摇头表示没有。

“这就怪了，我也没有升级。”宋琪说，“那么，彭羽死了，他的等级继承到谁的身上去了呢？”

雷傲突然醒悟过来：“难道这附近还有某个超能力者？”

宋琪点头：“对，可能这个人才是导致这一结果的关键！”

三个人立即举目四望，搜寻视线范围内的可疑人物，试图找出这个躲藏在某处的超能力者。如果他们没猜错的话，这个人应该就在附近，还没有走远。

宾利车里的巩新宇，此刻脸都吓白了。他刚才几乎没看清楚，雷傲和宋琪是怎么出现在陆华身边的。而且从他们的反应来看，显然他们意识到了这附近还有另一个超能力者存在的事实。糟透了！巩新宇冷汗都冒了出来。现在该怎么办？开车逃走？弃车溜走？或者躲藏在车里不出来？无论哪种，都不是什么好主意。

关键是，他开的是该死的宾利！而且是最贵的车型，这辆车价值上千万，毫无疑问是整条街上最显眼的一辆车。他出来之前，根本没想到会陷入现在这样的窘境。如果自己被陆华他们发现了，白痴都能想到刚才发生的事情跟他有关！

果不其然，就在巩新宇忐忑不安的时候，雷傲已经注意到了停靠在马路对面这辆黑色宾利。对汽车十分熟悉的他，立刻看出这是一辆超级豪车。开这种车的人，想来身份也不简单吧？坐在里面的，会不会是超能力者？

糟糕！该死！巩新宇惊恐地发现，雷傲指着他的这辆车，在跟宋琪和陆华说着什么，然后，他们三个人一起朝他这边走过来。巩新宇再也沉不住气了，他本能地驱动汽车，打算立即逃走。

雷傲他们看到这辆宾利车开始发动了，更是坚定了他们要找的人就在其中。而且从这辆车迅速提速的样子来看，除了是想逃走，还有什么可能呢？

巩新宇一脚油门踩到底，这辆车像箭一般射了出去，无视任何交通规则。这种表现，简直是此地无银三百两。惊惶之中，巩新宇已经失去了冷静的判断力。

宋琪的速度，倒是可以立即追上去，但她不可能挡住或拦住一辆汽车。她着急地对雷傲说：“你还愣着干什么？还不快阻止他？”

雷傲叹了口气：“唉，这么漂亮的一辆车，破坏掉还真有点可惜。”

“什么？”

雷傲“嘿嘿”一笑：“我开玩笑呢。”说完，他快步走到马路上，蹲在地上，右手猛地一挥，一道扇形风刃疾射而出，速度不知比前面的宾利车快出多少倍。只见风刃将车子的后面两个轮子一齐割破，宾利车立即向后一陷，后轮立时报废。它打了个滑，无法再开动，狼狈地停在了道路上。

宋琪拉住雷傲和陆华的手，一瞬间就来到了宾利车的面前。雷傲拉开车门，见到了驾驶位上神情木然的巩新宇，说道：“原来是你呀。”

巩新宇毕竟也是见过大世面的人，反正跑不掉了，至少不能输了气场。

他打开车门，从容地从车子里走出来，整理了一下衣服，说道：“好久不见了，雷傲、陆华、宋琪。”

“少来这套。”雷傲懒得跟他废话，“你在马路对面干吗？别说刚才那起车祸跟你没关系。”

巩新宇是个聪明人，他知道，落到他们手里，就得顺从一些。与其欲盖弥彰，不如老实承认，起码给人的感觉还比较真诚。当然，他也会用巧妙的方式为自己辩解和开脱：“对，我看到彭羽对陆华和身边的人使用了超能力，于是我也启动了超能力。我不能眼睁睁看着彭羽乱来。”

“说得真好听啊，这么说你还是为了救陆华？”雷傲可不傻，“可我看到的，怎么是那辆车朝他们俩一起撞了过去？要不是我动作快，恐怕陆华也跟彭羽一样的结果吧？”

巩新宇说：“我无法准确控制自己的超能力，我也不知道到底会发生什么样的事。”这倒是实话。

陆华注意到街道上很多行人已经认出他们几个是超能力者了。关键是，他和巩新宇，以及刚才死去的彭羽，正好是本轮竞猜游戏的三个竞争者。这种敏感时期，不适合在此逗留。他对雷傲说：“我们别站在这里说话了，先把巩新宇带回大本营去吧。”

雷傲点了下头，对“俘虏”说：“怎么样，跟我们走一趟吧。”

巩新宇没有反对的立场，只能同意。雷傲警告道：“你可别要什么花样。只要我感觉到一点点不对劲，立刻就用刚才划破你车子轮胎的风刃，割断你的喉咙！”

巩新宇说：“放心吧，我不会使用超能力的。我说了，我的超能力很难控制，我不敢贸然使用。”

宋琪抓住巩新宇的手，说道：“我数3个数，你只管跟我们一起朝前面跑就行了。”

巩新宇刚才亲眼见识了宋琪的“瞬移”，知道她的能力多半跟速度有关。他配合着照做了。

宋琪数到“3”的时候，四个人集体消失了。街道上的人发出阵阵惊呼。

巩新宇几乎还没反应过来，他就已经站在一套房子的门口了。宋琪的超级速度，他亲身领教了，同时他意识到，这里，就是陆华刚才说的“大本营”。

进门之后，雷傲用讥讽的语调说道：“看看我把哪位‘贵客’给请来了？”

杭一等人一齐看过来。元泰叫道：“巩新宇！”

巩新宇显得有些尴尬，他知道雷傲是挖苦他的，以至于他都不好跟杭一等人打个招呼，十分窘迫。

陆华把之前发生的事情简要地告诉了伙伴们。杭一明白巩新宇实际上是被他们给“抓”回来的，但他一向宽宏大量，不想给巩新宇一种审问犯人的压迫感。他对巩新宇说：“坐下来慢慢说吧。”

巩新宇向杭一投来感激的一瞥。他并不是假装的，而是真心有点感动。按理说，他们是敌人。但杭一却给予了他最大限度的尊重。

“你的能力到底是什么？”范宁问。

“‘概率’。我能控制跟‘概率’有关的事情。”巩新宇说。

“这么说刚才那起车祸，就是你制造的某件低概率事件？”陆华立刻明白了。

“没错。但是，不管你们相不相信，这是我第一次使用超能力来对付某人。而且，我真的没想到会发生这样的事情。我的超能力很难控制。”

杭一想了想，问道：“那你之前，用你的超能力做过什么事？”

“赚钱。”巩新宇说，“相信不用我细说，你们也能想到利用概率来赚钱的方法。”

雷傲“哼”了一声：“你开的那辆宾利，价值上千万吧，挺会享受的呀。”

宋琪说：“你这么有钱，按理说不用参加什么‘竞猜游戏’吧。”

“嗯……”巩新宇承认道，“‘方舟’船票什么的，不成问题。”

宋琪接下来问了一个十分关键的问题：“那你告诉我们，你当时为什么会出现在那里——别说是凑巧。”

巩新宇不由得一愣，这个问题他不知道该如何回答。编瞎话显然是行不通的，但说实话，岂不是暴露了贺静怡那边的一切情况？那等于彻底背叛了贺静怡。

巩新宇沉吟许久。他想到了之前的会面中，贺静怡令人心寒的态度。反观杭一这边，似乎更具人情味。况且他刚才数了一下，除了一个不认识的女生（辛娜）之外，杭一这边会聚了七个超能力者，可谓是目前最为强大的势力。所谓识时务者为俊杰，也许投奔他们，才是如今之良策……

看到巩新宇久久迟疑，急性子的雷傲忍不住说道：“喂，你说不说？到底怎么回事？”

巩新宇打定主意了，深吸一口气，说道：“杭一、陆华、雷傲，还有各位，我决定了，我现在就把掌握的一切情况都告诉你们，我敢说，这对你们来说，绝对是至关重要的情报。”

众人对视了一眼。杭一说：“你慢慢说。”

二十八、策略

SUPER TABOO GAME

SVR公司顶层，贺静怡的房门被赫连柯和闻佩儿一齐推开了。赫连柯脸色严峻地说："出大事了。"

贺静怡漫不经心地理了一下头发，坐到沙发上，双腿交叠，面容沉静地说："什么事？不会是巩新宇被杭一他们抓走了吧？"

赫连柯一愣："你早就猜到会发生这种事了？"

贺静怡莞尔："也不是早就猜到。但你不是说出大事了吗？我也想不出来还有别的什么事了。"

"那你还满不在乎？"闻佩儿说，"你应该知道，巩新宇掌握了SVR公司多少秘密。以我对他的了解，巩新宇绝对不是一个立场坚定、能守住秘密的人。"

"当然，我跟他合作这么久了，比你们更了解他。"贺静怡说，"想当初，他本来就是被迫跟我合作的。况且我跟他的合作，也是建立在利益基础上。现在我们双方的目的都达到了，他就算离开我，也不是什么奇怪的事。”

赫连柯说：“他离开你倒没什么，关键是他现在落到了杭一他们手里。你就不怕他把杭一他们全都带到你面前来吗？别忘了，你策划的这场‘竞猜游戏’，害死了好几个超能力者，包括杭一他们重要的伙伴孙雨辰。他们不会放过你的。”

闻佩儿补充了一句：“你精心策划的‘竞猜游戏’，恐怕也别想再玩了。”

贺静怡哈哈大笑起来：“玩不成就算了呗，都四轮了，我本来也有些厌倦了。现在正好发生了巩新宇这件事，那就启动第二套方案吧。”

赫连柯和闻佩儿对视了一眼。赫连柯问：“你还想了第二套方案？”

“对，我之前就想到了。超能力者们，也许不会甘心被我玩弄于股掌之间。他们联合起来对付我，是极有可能发生的事。所以我早就想好应对的办法了。”

“什么办法？”赫连柯问。

贺静怡吩咐道：“赫连柯，你一会儿帮我通知下面的人，在SVR官网上发布一条信息——‘竞猜游戏’暂时停止。闻佩儿，你能联系到剩下四组的所有超能力者，对吧？当然除了杭一他们那边的人。”

闻佩儿说：“可以，你想让我给他们传达什么信息？”

“你告诉他们，只要他们愿意为本公司效劳，一律奖赏两张‘方舟船票’。接受的人，现在立即到这栋大楼来，听候安排。”

赫连柯十分聪明，立刻猜到了贺静怡的意图：“你想利用剩下的超能力者来对抗杭一他们？”

贺静怡说：“‘船票’对他们来说代表着生存。况且还是两张，意味着他们除了自己，还能再带上一个人。你不觉得这比‘竞猜游戏’更方便快捷、更具诱惑吗？”

赫连柯不得不承认，这的确是个高招。

贺静怡脸上浮现出令人难以捉摸的笑意：“我大概能猜到，哪些超能力者会迅速前来‘报到’。既然要玩，就玩high一点吧。我会吩咐下面的人去做一些特别的准备。你们就在这个房间，跟我一起观赏接下来的节目吧，肯定很精彩刺激。”

赫连柯漠然地望着贺静怡，有时，他觉得自己真是看不透这个女人。

她要的到底是什么呢？

杭一这边，巩新宇透露的信息，令他们大为震惊。

“你是SVR公司的副董事长？”元泰难以置信地说。

“对，我在公司的地位仅次于贺静怡。我跟她是合作关系。贺静怡的能力是‘金钱’，但是如果没有我的‘概率’帮忙，她不可能在短短几个月内成为世界首富。”

杭一对他们的发迹史没有兴趣，问道：“贺静怡现在就在本市？”

“对，SVR公司之前买下了琮州市最高的一栋楼。就像这里是你们的大本营一样，那里就是贺静怡的大本营。”

“她为什么不待在美国的总部？”穆修杰问。

巩新宇说：“我猜她是要亲自感受‘竞猜游戏’带来的效果。就像看戏一样，大家都想坐前排，不是吗？”

“一个重要的问题，”范宁问，“贺静怡为什么要做这些事情？她跟超能力者们有什么仇？”

巩新宇说：“你们知道贺静怡在获得超能力之前，是13班家庭条件最差的一个吧。她跟她母亲相依为命，居住在郊外的贫民区。之后她选择了‘金钱’这个超能力，当然改变了她家里的经济状况。但是我猜，也因此发生了一些悲剧，导致贺静怡性情大变，乃至她的整个人生观、世界观都扭曲了。”

“你‘猜’？”穆修杰说，“难道你跟她在一起这么久，都不知道实情吗？”

“我的确不知道。贺静怡对此讳莫如深。但我注意到，她一次都没提到过她母亲。变成超级富豪之后，她也完全没有把母亲接到自己身边，或者给予任何照顾。这显然是不合常理的，因为大家都知道贺静怡是个孝顺的女儿。所以我只能猜测，她母亲已经不在人世了。”顿了一下，巩新宇接着说，“而且她曾亲口对我说过，是仇恨，导致了她的改变。所以我猜，她母亲的死，肯定跟13班的某个超能力者有关。”

杭一等人对视了一下。陆华说：“如果以战斗能力来说，贺静怡的超能力可能是所有超能力者中最弱的；但是换一个角度，对任何人来说，这都是一个令人羡慕的能力。所以我猜，贺静怡的能力引来了某个超能力者的觊觎，盯上了她。当然具体发生了什么事，我们不得而知，但可以肯定的是，贺静怡的母亲，成了最后的牺牲者。”

巩新宇立刻说道：“对，我也觉得是这么回事。”

辛娜说：“这么说贺静怡策划‘竞猜游戏’的目的，就是为了向当初杀害她母亲的某个超能力者报仇？但这样做也未免太偏激了吧？毕竟害死她母亲的只是某一个人，她用得着把所有人都拖下水吗？”

巩新宇说：“这个问题我早就想过了，最大的可能性是，贺静怡不知道是谁杀害了她母亲，所以，她才对所有人下手。她的心理已经不正常了，我们得阻止她！”

雷傲始终对巩新宇这个人无甚好感，讥讽道：“她不是你的合作伙伴吗，也是你的老板，现在你落到我们手里，就游说我们去对付她？你可真是墙头草呀。”

巩新宇也是反应敏捷、能言善辩，并未因雷傲的奚落而露出尴尬的神色，他沉着地说道：“我没有让你们去对付她，只是阻止她而已。她的所作所为，就连我都看不下去了。否则的话，你们觉得我为什么要离开SVR公司，来寻找陆华他们？难道我作为SVR公司的副董事长，还需要通过竞猜游戏来赚取方舟船票吗？”

这番说辞，听起来确实有几分道理。杭一他们自然不可能知道巩新宇的真实想法，接受了这个说法。

杭一说：“这场竞猜游戏，才进行到第四轮，已经死了至少七个人了。之前我们是不知道她身在何处，现在知道她就在本市，当然要去找她！”

宋琪说：“我们闯入她的地盘，贺静怡不可能全无防备。刚才巩新宇说了，贺静怡手下还有赫连柯、闻佩儿和罗素等人以及一大帮全副武装、训练有素的保镖。要想接近她，不是这么容易的事。”

“嗯，”杭一思忖着说，“我们不能鲁莽行事，要有策略。”

二十九、新的合作

SUPER TABOO GAME

只要为SVR公司效力，就能获得两张“方舟”船票？

陆晋鹏陷入了沉思。

不得不承认，这个诱惑太大了。并且两张船票，恰好是陆晋鹏需要的，这个家里，已经没有继父了，陆昊（陆晋鹏同母异父的兄弟）也用不着考虑。两张船票，恰好能让自己和母亲登上方舟。

但是，陆晋鹏的头脑很清醒。贺静怡开出这么高的价码，需要他效力的事情自然也不简单，甚至很有可能付出生命作为代价。

刚才的电话中，闻佩儿没有明说是什么事。但陆晋鹏隐约猜到了，贺静怡召集他们前往SVR公司，大概是要对付某些超能力者。

而且很大的可能性，是杭一他们。

三巨头事件中，陆晋鹏作为旧神的卧底，跟杭一他们合作过。后来被揭穿了身份，杭一宽宏大量地放他们走了。现在于情于理，陆晋鹏都不该再次跟杭一为敌。况且他也知道，凭他的能力“力量”，根本不是杭一他们的对手。

但是，世界末日逐渐逼近，总不能什么都不做吧？这样等于坐在家里等死。与其如此，不如去一趟SVR公司，看看贺静怡到底要他们做什么。

打定主意，陆晋鹏走出家门。

赵又玲也在几分钟前，接到了闻佩儿的电话，她陷入了跟陆晋鹏同样的思考。

不同的是，当她听到闻佩儿说，SVR公司的董事长是贺静怡的时候，心脏仿佛被重锤猛击了一下。

天哪……贺静怡，她还活着？而且成了全世界最有钱的人！当然，这不奇怪，她的能力是“金钱”，天知道她在消失的这半年里，利用超能力做了些什么事。这不重要，关键是，她知道她母亲是被我害死的吗？赵又玲心虚到了极点。

以前，她不太在意这件事，因为她知道贺静怡的超能力“金钱”，是最不具攻击性的一个能力，但今非昔比，贺静怡现在作为SVR公司的董事长，恐怕是全球影响力最大的人。在“方舟计划”和“金钱”的作用下，不知道有多少超能力者会成为她的手下。刚才跟自己打电话的闻佩儿，不就是一个例子吗？

这种关键时刻，贺静怡要我去她的公司做什么呢？闻佩儿说是“效力”，但又没有明说。两张价值10亿美元的方舟船票，简直令人无法拒绝。可是，这会不会是一个圈套？也许贺静怡猜到是我害死了她母亲，故意把我诱骗到SVR公司？

想到这里，赵又玲全身发冷。她觉得自己不能自投罗网。可是转念一想，如果不去，会不会反而显得自己心虚？

思忖许久，赵又玲认为，贺静怡应该不是这个目的。否则的话，她既然知道自己的联系方式和住址，直接带人杀过来也未尝不可，又何必多此一举呢？

她决定冒险去一趟SVR公司，一探究竟。

闻佩儿最后一个电话，是打给狄元亮的。说明意图之后，狄元亮问道：“明说吧，你们是不是希望我帮你们对付某些难缠的对手？”

闻佩儿说：“具体情况面谈，可以吗？”

狄元亮说：“不行，我现在就要知道。”

闻佩儿回头望了一眼听她打电话的赫连柯和贺静怡，征求意见。贺静怡轻轻点了下头。

闻佩儿说：“是的，就是这样。”

本来，闻佩儿以为狄元亮会继续询问下去，比如对手是谁之类的。没想到的是，狄元亮对这个问题似乎丝毫都不关心。他直接说：“可以，但我有个条件。”

“什么条件？”

“我要10张方舟的船票。”

这句话通过手机免提传到了贺静怡和赫连柯的耳朵里。赫连柯露出吃惊的神情，贺静怡则显得极有兴趣，她示意闻佩儿继续跟狄元亮聊下去。

“你凭什么提出这样的条件？10张船票，你知道这意味着什么吗？”闻佩儿说。

“意味着我能帮你们解决一切问题。”狄元亮不温不火地说，“你要是认为我是在吹牛，或者觉得我要价太高，挂断电话就是。”

闻佩儿一时不知该如何回复，她再次用眼神询问贺静怡的意见。她看见贺静怡轻轻点了点头。

“好吧，那你现在就到我们公司来，地址是……”

狄元亮记录下地址，说道：“希望你们说话算话。”

闻佩儿挂了电话，对贺静怡说："这种要求你都答应？"

贺静怡对闻佩儿说："我记得你跟我说过，狄元亮是所有超能力者中，唯一一个无法探测的，对吧？"

闻佩儿说："没错，这件事我也很奇怪。他即便在我的能力范围，我也探测不到他的能力是什么。"

"就是说，直到现在你也不知道他的能力是什么？"

"是的。"

贺静怡笑了一下："难道你不觉得，这就是他如此傲慢的理由吗？"

闻佩儿似有些不服气地说："我探测不到他的能力是什么，未必代表他的能力就很强吧？"

贺静怡说："不，他的自信不是装出来的。而你探测不到他的超能力是什么，也绝非巧合。"

闻佩儿不说话了。

贺静怡说："你刚才给四个人打了电话——温笛（女3号）、陆晋鹏、赵又玲和狄元亮，对吧？我猜他们四个人都会来，你们到下面去迎接一下他们吧，表示我们的诚意。"

赫连柯和闻佩儿走出贺静怡的房间，穿过长廊，步入电梯，电梯里只有他们两个人。

即便这台电梯的速度很快，但是从88楼降到1楼，也需要一定的时间。闻佩儿瞄了一眼赫连柯英俊的面庞，脸上泛起红晕。她不由自主地抓住了赫连柯的手。

赫连柯没有拒绝，但是脸上也没有任何反应。似乎他只是一尊石雕，没有任何情感。

闻佩儿心中自然是失落的，她低声道："你对我就一点儿感觉都没有吗？"

赫连柯淡然道："现在不是说这些的时候吧？"

"那什么时候是呢？我们还有多少时间？"

赫连柯把手抽走，有些烦躁地说："你怎么不明白状况呢？杭一他们大概很快就会到这里来了，而我们居然在找人对付他们。"

"那又怎么样？"闻佩儿问。

赫连柯望着她："你不会是真的忘了吧？谁跟杭一他们在一起。"

闻佩儿发现若不是赫连柯提醒，她还真是忘了。现在她想起来了："哦，对了，旧神混在他们……"

赫连柯倏然扭头，双眼瞪着闻佩儿，示意她住嘴。闻佩儿有些委屈地说："现在不是只有我们两个人吗……"

"这里到处都是眼睛、耳朵。你觉得贺静怡就这么信任我们吗？"

这时，电梯门打开了，他们走了出去，低声交谈着。闻佩儿压低声音说："其实你也不用担心，他的能力这么强，谁能对他构成威胁呢？况且，他有'那招'，不会轻易被杀死的。"

闻佩儿这么一提醒，赫连柯显得安心了一些，微微颔首。但他仍然有些担忧，说道："刚才我听了你跟狄元亮的谈话，心里隐约觉得有些不安。"

"你也觉得他的能力可能非常厉害？"

"我觉得他的能力可能非常特殊。搞不好杭一他们，这次真的要栽在他手里。"

"那你打算怎么办？"

赫连柯叹息道："我也不知道，相机行事吧。"

半个小时后，温笛第一个来到SVR公司底楼大厅。她是一个身材娇小的女生，留着如同男生般的短碎发，细长的眼睛闪烁着狡黠的光芒，正如她的能力一样诡异和捉摸不透。闻佩儿知道她的超能力是什么，对这个貌不惊人的女生有几分忌惮，想象着她的能力要是被赫连柯强化10倍之后，会发生怎样的状况。

跟温笛客套了几句，第二个客人狄元亮到了。从他走进大厅的瞬间，闻佩儿就立即启动了超能力“探测”，但是跟之前一样，她完全探测不到狄元亮的能力是什么，甚至感觉自己在这一刻失去了超能力。闻佩儿纳闷了一段时间，突然醒悟，猜到狄元亮的超能力是什么了，暗暗惊叹。同时，她也明白狄元亮恃才傲物，要价10张船票的理由。

接下来，陆晋鹏和赵又玲也先后来到了SVR公司的楼下大厅。这两位算是老熟人了，不用过多寒暄。赫连柯和闻佩儿把他们四个人带到底楼的一个休闲厅。赫连柯说明了请他们前来的意图。并承诺，不管结果如果，只要他们为SVR公司效力，他们或他们的家人，都会获得之前承诺数量的方舟船票。

赵又玲放心了，看来贺静怡只是单纯地找他们来帮忙，并非寻仇。但她也敏锐地察觉到了赫连柯的话里隐含的意思，问道：“你说的‘不管结果如果’，指的是我们有可能在跟杭一等人的对抗中死去，对吗？”

赫连柯顿了一下，说：“我如果对你们说，这件事毫无危险，你们相信吗？”

赵又玲哼了一声：“两张船票固然具有吸引力，但杭一他们的实力，我又不是没见识过。让我跟他们硬拼，你认为有胜算吗？”

赫连柯说：“首先，这里是我们的地盘，我们会做好相应的准备，让局势大大有利于你们。怎么会是‘硬拼’呢？其次，你忘了我的能力是什么吗？我会全程辅助你们的。”

赵又玲不说话了。但是温笛和狄元亮以前没跟赫连柯接触过，还真不知道他的能力是什么。温笛问道：“赫连柯，你怎么辅助我们？”

赫连柯说：“我的能力是‘强化’，能让你们的能力在现有基础上增加10倍左右。”

狄元亮和温笛对视一眼，两人并未说话。但是看得出来，他们都在思考，自己的能力提升10倍之后，会发生怎样的事情。

陆晋鹏沉吟许久后，说道：“我选择退出。”

赫连柯略有些意外，问道：“为什么？”

陆晋鹏说：“你知道我的能力是什么。而我也清楚杭一他们的能力是什么。即便提升10倍‘力量’，我也不是他们的对手。仅凭范宁一个人，就能收拾我了。”

赫连柯一时无话可说。闻佩儿对陆晋鹏说道：“不用担心，你不必单独出击。我猜，你如果跟狄元亮配合的话，谁都不是你们的对手。”她用这番话，巧妙地暗示自己已经猜到了狄元亮的能力是什么，也让陆晋鹏没有了拒绝的理由。

这时，赫连柯的手机响了，是贺静怡亲自打来的。他聆听了一会儿，对众人说道：“董事长已经命人做好准备了。这栋大楼的某一层，会成为你们的专属战场。期待各位的表现。请跟我来吧。”

三十、强敌

SUPER TABOO GAME

“方案是这样的，”杭一对伙伴们说道，“陆华的防御壁是核心，但是也要谨防对方有类似彭羽这样无视陆华防御壁的人。所以穆修杰、范宁、宋琪、雷傲，你们要随时提防，注意周围的一举一动，以防遭到突然袭击。”

“我呢？”元泰和辛娜几乎是一齐问道。

杭一拍着元泰的肩膀说：“你继承了孙雨辰的等级，应该有6级了，对吧？你的‘修复’，目前能达到什么程度？”

元泰说：“现在就算是一栋大楼在我面前倒塌，我也能将它恢复如初；对于人体而言，只要不是一击毙命的致命伤，我都能利用细胞或纤维结缔组织对伤势进行修复。简单地说，只要心脏、大脑等关键部位不受损害，我都能将自己或身边的人救回来。”

“太好了，你的能力非常重要。那你要做的，就是尽量跟陆华待在一起，保护好自己。如果同伴中出现了伤者，你的能力就会派上用场了。”杭一说。元泰用力点了点头。

辛娜开口道：“那我……”

杭一示意她别说了：“就跟当初我们进入异空间三巨头的老巢一样。SVR公司的内部，也是充满危险的。你就待在大本营，或者去国安局你父亲那里，好吗？”

经历了这么多事，辛娜和杭一已经非常默契。她知道，自己跟他们这些超能力者待在一起，不但帮不上太大的忙，还有可能导致杭一分心。她明事理地点头答应了。

安排完毕，杭一对巩新宇说：“好了，现在你带我们前往贺静怡的总部吧。”

雷傲始终不太信任巩新宇这个人，威胁道：“你要是敢利用‘概率’耍什么花招，我一秒钟就能要你的命。”

巩新宇冷言道：“你要是信不过我，我把SVR公司的地址告诉你们，你们自己去吧。”

雷傲哼了一声：“你想得美，你好趁机溜走是吧？”

杭一示意雷傲不要再说了，他对巩新宇说：“走吧，你带我们去。”

辛娜对杭一说：“注意安全。”

“我会的。”

一行人离开大本营，来到大街上。巩新宇告诉宋琪公司大厦的位置所在。宋琪使用超声速移动，几秒钟就把众人带到了SVR公司的大门面前。

巩新宇的心里，其实是忐忑不安的。他很清楚，自己的行为，是对贺静怡的背叛。他更清楚，这个女人能坐上世界首富的位置，除了超能力之外，跟她的智慧和手段也密切相关。况且她手下还有赫连柯和闻佩儿两个得力助手。此刻，贺静怡必然是知道他已经落到杭一他们手中，并且投靠杭一他们了。她不可能毫无准备……

雷傲见巩新宇愣愣地站在门口，推了他一下：“走啊，杵在这儿干吗？”

巩新宇对陆华说：“你最好现在就启动防御壁。贺静怡手下有几十个持枪的保镖，在普通人中算是一等一的高手，必须小心提防。”

“不用你说，我也会的。”陆华启动圆形防御壁。但防御壁最多只能将六个人笼罩其中，这意味着他们八个人，将有两个人身处防御壁之外。

穆修杰启动他的能力“金属”，将自己变成“钢铁人”。他说：“我不用待在防御壁内，普通子弹是伤不了我的。”

杭一衣服口袋里揣着他的PSV游戏机，早就处于超能力状态了。他选择的仍然是自己最熟悉的《大蛇无双》这个游戏。他现在的等级有8级之高，可以让自己具备“游戏属性”，即便遭受致命攻击，也只是减“血槽”而已，不会被一击毙命。所以，他也不用待在陆华的防御壁内。

“走吧，我们保持这样的阵形走进去。”杭一对众人说。

推开巨大的玻璃门，进入SVR公司底楼大厅，他们发现这里空无一人。

杭一问巩新宇：“平时这里也是一个人都没有吗？”

“不……有负责接待的人员。”巩新宇疑惑道，“人都去哪儿了？”

“不会是贺静怡猜到我们会来，提前溜了吧？”雷傲猜测。

范宁说：“我觉得不会，以贺静怡之前的行事风格来看，她肯定是想跟我们玩玩，才把闲杂人等支走了。”

穆修杰说：“我们现在这个阵容，几乎是无敌的。她想怎么‘玩’，我们奉陪就是。”

杭一问巩新宇：“你之前说，贺静怡的房间在这栋大楼的顶层，88楼，对吗？”

“是的，但电梯是经过设置的，一般人只能到达84层，只有我、赫连柯、闻佩儿和极少数的SVR高层，才能乘电梯到达88层。”巩新宇说。

“那走吧，我们直接去88层。”杭一说。

身处陆华的防御壁内，况且身边还有这么多超能力者，巩新宇倒也无所畏惧。他带着众人走进电梯，摸出身上的白金磁卡，在电梯感应区刷了一下，然后按下“88”这个按钮。没想到的是，感应区“嘟”地响了一声，闪烁红光，提示巩新宇的白金磁卡已经失效。

巩新宇连续试了几次，都是如此，他倏然明白了，汗颜道：“贺静怡已经解除了对我的特别授权，我无法直接上到88层了。”

“84层总可以到达吧？”陆华问。

“可以，1—84层是不需要特别授权的。”巩新宇说。

杭一按了一下“84”，说：“那我们就去84楼。”

电梯疾速上升，到达84层的时候，电梯门打开了。

展现在杭一等人面前的，是一个上千平方米的空旷房间。说空旷，是因为整个这一层没有任何摆设，但空旷不等于空白，实际上，这是一个令他们感到震撼的房间。

整个一层——地面、天花板和墙壁上，全是涂鸦。

风格就是典型的美式街头涂鸦。主要是人物、抽象图案和英文字母，看上去眼花缭乱，令人目不暇接。

杭一问巩新宇：“这一层之前就是这样吗？为什么全是涂鸦？”

“我不知道。”巩新宇说的是实话，他之前都是直接到达顶层，从来没来过84层。

穆修杰说：“杭一，我们最好是小心一点。如果我没猜错的话，这一层是专门为‘迎接’我们而布置的，而这些铺天盖地的涂鸦，肯定跟贺静怡这边的某个超能力者有关系。”

这句话提醒了巩新宇，他“啊”地叫了一声，说道：“我知道了，是罗素！他的能力是‘维度’，能把人或事物进行不同维度的转换！”

杭一和陆华他们迅速对视在一起，他们想起了之前遇袭的孙雨辰和张贝——他俩都死于罗素之手。杭一立即提醒道：“大家小心，罗素可能就隐藏在这些涂鸦之中！”

“恐怕不止罗素一个人吧？”范宇指着墙上的一些人物绘画说，“你们看这些手持机枪的黑衣人，一般的涂鸦会画得如此逼真吗？”

“别猜了，让我来试一下！”雷傲跨出陆华的防御壁，右手一挥，一道风刃射出，斩向墙上的一个黑衣人。

神奇的一幕出现了。墙上的涂鸦动了起来，黑衣人身子一侧，躲过了这道凌厉的风刃。

“哼，果然如此，雕虫小技！”雷傲不屑道，“罗素的能力没什么可怕的，他只会偷袭和暗算，明刀明枪地来，根本就不是我们的对手。”

说完这句话，他大声吼道：“罗素，你这个胆小鬼！只敢躲在涂鸦里偷袭吗？”

陆华心思缜密，突然意识到了什么，觉得雷傲脱离了圆形防御壁的保护，实在是大大的不妥，他喊道：“雷傲，你还是回……”

话没说完，惊人的一幕发生了，雷傲的身体被某种隐形的力量猛地“拖”了下去，融合到地板上的图画之中，成为地板涂鸦的一部分。

陆华等人大惊，还没反应过来，穆修杰也跟雷傲一样，被拖进了地板之中，成为二维空间的“平面人”。

宋琪赶紧用超级速度，将杭一拖进了陆华的圆形防御壁内，以免他也被拉扯进二维空间。

“这招真是让人防不胜防，雷傲太大意了，不该跨出我的防御壁！”陆华说道。

元泰惊愕地望着地板和周围的涂鸦，骇然道：“你们快看，这些涂鸦全都活动起来了。”

杭一等人睁大眼睛，看到了仿若动画电影般的神奇一幕：墙上的黑衣人，以及身穿其他服装的二维人物——显然是之前就通过罗素的超能力埋伏在墙上的杀手们——全都运动起来。他们一起举起手中的机枪和手枪，朝着雷傲和穆修杰两人射击。

杭一惊呆了，这种攻击方式，是他从来没有遇到过的，完全没有任何应对的经验，他也无法想象此刻置身二维空间的雷傲和穆修杰两人，是怎样的感受。但是情形绝对不妙。因为他看到，变成金属人的穆修杰还好，不怕子弹的射击；但是雷傲，四面八方的子弹朝他扫射，即便他能控制气流飞起来，可地板和墙壁的二维空间十分有限，不像三维世界那般广阔，大大限制了他的活动范围。他躲避得十分狼狈，情况危急，随时可能中弹。

宋琪焦急地说："我们不能这样眼睁睁地看着，必须帮帮他们！"

"怎么帮？"范宁同样着急，却无可奈何，"我们的能力，只对三维空间的人有用。我刚才已经启动超能力试过了，我无法'操控'二维空间的人！"

的确，仔细一想，陆华、宋琪、元泰和范宁几个人的能力，在此刻都派不上用场。唯有杭一，他的能力应该能起到作用。从刚才墙上的黑衣人躲开雷傲发射的风刃这一点来看，三维世界的攻击，仍然对二维世界的事物构成威胁。

但是，杭一却并没有发动攻击，而是露出极为矛盾的神情。

他知道，这些墙上的杀手，并不是一幅画，而是真实的人。他们攻击雷傲和穆修杰，只是听命于贺静怡或罗素罢了，并非本意。实际上，以杭一目前的等级，别说攻击这些"涂鸦"了，就算将整面墙壁或地板全部破坏，也是易如反掌，但是——抛开是否会误伤雷傲和穆修杰不谈——不愿滥杀无辜，也是令他无法痛下杀手的重要原因。

范宁看出了杭一的心思，说道："杭一，对敌人的仁慈，就是对自己的残忍。难道你要眼睁睁看着雷傲和穆修杰被他们杀死吗？"

杭一心中无比纠结，说道："但是我们的敌人，只是罗素罢了，我猜他就混迹在这些涂鸦之中，我们应该想办法找到他！"

"怎么找？"范宁指着墙上数不清的平面人说道，"你没看到吗？他们全都戴着帽子和墨镜，你认得出来谁是罗素？"

的确，要想在众多平面人当中（特别是他们还处于运动状态）找出罗素，简直是不可能的事。但是，杭一粗略估计，墙面和地板上的“二维杀手”至少有好几十个，难道……只能将他们全部杀死吗？

就在杭一迟疑不决的时候，元泰大喝一声：“糟糕，雷傲中枪了！”

杭一抬头一看，果然看到二维空间里，飞到天花板上的雷傲，被一颗子弹击中，痛苦地坠落下来。杀手们举枪瞄准了他。

杭一无法再仁慈了，他不能眼看着雷傲被杀死。只见他猛喝一声，再次使出三国猛将许褚的招式——一柄巨锤猛地砸向墙面。然而，二维空间的杀手们仿佛接受过特殊训练，知道怎样迅速躲避来自三维空间的袭击。他们迅速从墙面滑到地板上，避过了这猛烈的一击。巨锤只是将墙面砸出一个大坑，暂时阻止了杀手们进一步射击雷傲。

杭一来不及使出下一招，令他意想不到的事情就发生了。

他身后那面墙上的某个平面杀手，从墙面上伸出一只手来，开枪射击杭一。一颗子弹击中了杭一的身体，还好他处于超能力状态中，拥有游戏属性，即便是致命攻击，也只能令他减少“血槽”，而不是一击致命。但是，这突然的袭击，也令所有人大吃一惊，他们没想到罗素的超能力“维度”，竟然已经运用到了如此出神入化的程度，能够让袭击者介于二维和三维空间之间！

一时间，墙面、天花板和地面上的杀手全都转向攻击杭一。子弹从四面八方射来，根本无从躲避。杭一连中数枪，如此下去，无论多少“血槽”也将耗完，情况危急到了极点。

陆华等人在防御壁内，完全帮不上忙，急得像热锅上的蚂蚁。宋琪看出这样下去不是办法，她一咬牙，对陆华说：“你叫杭一赶快进防御壁来，我去找这个该死的罗素！”

“上哪儿去找？离开防御壁，你也会有危险的！”范宁说。

“别管我，我的速度，子弹是击不中我的！”宋琪丢下这句话，像闪电般冲出了圆形防御壁，肉眼无法捕捉她的踪迹。

"杭一，快到防御壁里面来！"陆华大叫道。

杭一当然知道防御壁里是绝对安全的，但他不敢躲进防御壁。如果不靠他吸引火力，这些二维杀手又将攻击雷傲。雷傲已经负伤了，失去了抵抗能力，他被子弹击中要害，是会立即死去的。

但是，接连遭受子弹袭击，杭一感觉到血槽和体力都在急剧下降。他知道自己撑不了太久了。

范宁没法做到看着杭一被子弹打死。她使出"操控"，用隐形的"木偶线"将杭一的身体拉进了防御壁。

"不行，我进来了，雷傲就危险了！"杭一吼道。

"你被他们打死，雷傲一样活不了！"范宁喝道。

果然，二维世界的杀手见伤不了杭一，全都举枪对准了倒在地上的雷傲。穆修杰扑过来，趴在雷傲的身上，用钢铁之身护住雷傲的身体，这是他唯一能做的事了。

身处防御壁内的同伴们看到这一幕，全都流下了泪水。他们希望自己也进入二维空间，去帮助穆修杰和雷傲。但是，他们跟杭一不同，并不具备游戏属性。只要离开防御壁，就会立刻被击杀。

穆修杰无法护住雷傲身体的每一个部分，雷傲的手和腿中枪了，露出无比痛苦的神情。而穆修杰的金属状态，也并非完全无敌，他的等级毕竟只有1级。被无数子弹击中，即便是钢铁之躯，也会遭受伤害。死亡对他们俩来说，只是时间问题。

杭一看不下去了，打算再次冲出防御壁。突然，惊人的一幕发生了，二维空间里的几十个人，全都从墙壁和地板上冒了出来，有些甚至从天花板上掉落下来，从这些杀手的表情来看，他们完全不知道这是怎么回事。

这些敌人全都出现在了三维空间，而杭一他们又处于防御壁内，具有绝对的优势，形势瞬间逆转。范宁首先用"木偶线"将雷傲和穆修杰拉扯到了防御壁内，再控制了两个手持机枪的黑衣杀手，令他们变成提线木偶，这两个人转身，机枪对准同伙，同伙们惊恐万状。只要范宁动一下指头，就能令他们陷入互相射杀的混乱局面。

防御壁内，元泰立即俯身检查雷傲的伤情，发现雷傲虽然多处中弹，但幸运的是都没有伤到要害。他开启强大的5级“修复”，把手逐一按到雷傲的枪伤之处，快速修复雷傲受损的身体。

此时，宋琪使用瞬间移动回到了他们身边，说道：“我找到罗素了，这个卑鄙的家伙躲在83楼，要不是我快速地搜寻了附近，根本不可能发现他！”

“那他现在呢？”杭一问道。

“他看到我出现在他身边，大吃一惊，不由分说就要朝我开枪。我当然也用不着客气，在他扣动扳机的瞬间，将他的手臂扳向了自己那边。”宋琪说，“他已经死了。”

对于这个阴险狠毒的恶徒，没有丝毫同情的必要。陆华赞叹道：“干得好！”

宋琪转身面对杀手们，说道：“罗素已经被解决掉了。你们是想继续跟我们这些超能力者战斗下去，还是缴枪投降，看着办吧。”

杀手们不是傻瓜，失去了罗素的辅助，他们哪敢跟眼前的几个超能力者为敌？一群人立刻蹲了下来，丢下枪械，集体投降。

此时，雷傲的身体已经被元泰彻底修复了。他愤怒地走向杀手们，摆出发射风刃的姿势，恶狠狠地说道：“你们这群浑蛋，刚才打得我好疼呀！以为我会放过你们吗？”

杀手们吓得大呼救命。杭一拦住了雷傲，说道：“算了，他们只是为虎作伥，而且已经投降了，饶了他们吧。”

雷傲本来怒不可遏，但是杭一的话，他是肯定要听的。刚才，他虽然在二维世界，但是亲眼看见杭一为了保护自己，甘愿吸引火力，身中数枪，感动得一塌糊涂。雷傲紧紧拥抱了杭一一下，说道：“谢谢你，杭一老大，我听你的！”

他转过身，喝道：“还不快滚？！”一道风刃挥到杀手们的脚下，地面划出一道深深的裂缝。

杀手们吓得面无人色，赶紧从地上爬起来，电梯都不敢乘坐，沿着楼梯仓皇而逃了。

众人舒了一口气。杭一想到一个重要的问题，问巩新宇：“罗素之前虽然偷袭了孙雨辰，却并未继承到他的能力。加上张贝的等级，他应该只有2级才对，怎么会这么强？”

巩新宇当然知道答案，他嘴里轻轻吐出三个字：“赫连柯。”

杭一倏然明白了。赫连柯——他能大幅增强超能力者的等级和能力。这意味着，除了罗素之外，接下来他们将要面对的每一个对手，都将是10级左右的强敌。而他们没有选择，只能继续前行。

（男34号，罗素，能力“维度”——死亡）

三十一、身经百战

SUPER TABOO GAME

通过楼梯走到85层，杭一等人发现，这里和之前的84层比较起来，是真正的空无一物。空旷的一层楼里，是干净亮丽的白色地砖和雪白的墙壁。看不到任何的埋伏和准备。

但是这样，反而令人不安。之前84层的涂鸦，好歹让人有迹可寻。眼前这一片空白，代表着什么呢？

杭一保持着警觉，陆华的防御壁也一直笼罩着众人。范宁问巩新宇："你之前说，贺静怡请了哪些帮手？"

SVR公司内部，有巩新宇的心腹，他已经得知公司这边的最新情况了。"除开已经死亡的罗素，还有狄元亮、赵又玲、陆晋鹏和温笛。"巩新宇说。

杭一知道陆晋鹏和赵又玲的能力是什么，眼前的这个"战场"，显然不是为他们俩准备的，他问道："狄元亮和温笛的能力是什么？"

巩新宇说："这我就不知道了。"

看见雷傲用怀疑的目光盯着自己，巩新宇叹息道："我说的是真的，我现在跟你们在一起，怎么可能做对自己不利的事？"

元泰猜测道："罗素应该早就加入贺静怡这边了，所以84层才布置成了对他有利的战场。但是狄元亮他们四个人是刚加入的，或许还来不及准备什么吧？这一层也许没什么危险。"

陆华说："别掉以轻心，现在判断有没有危险，为时过早。"

元泰缄口不语了，他知道，和杭一、陆华他们比较起来，自己的应敌和战斗经验太少了。

众人警觉地左右四顾了一阵，确实没有发现什么隐藏的危险。杭一望向大厅对面的楼梯，说道："我们到上一层去吧。"

陆华点了点头，一行人小心翼翼地移动着。快要走到楼梯口的时候，穆修杰突然瞥到异常情况，大吼一声："注意上面！"

大家立即向后退，抬头一看，只见天花板打开一条巨大的缝隙，瀑布般的水倾斜而下。同时，楼道两边的门一齐关闭了。众人大惊，也不知道这是水是否有毒，或者具有腐蚀性。雷傲本能地腾空而起，脱离了防御壁的保护，悬浮在空中。陆华、宋琪等人在防御壁的保护罩内，倒也无妨。只有杭一和穆修杰，被"瀑布"的水溅湿了一部分身体。但是从他们的反应来看，这应该就是清水，没有对他们造成伤害。

刚才那一瞬间，从天花板上倾泻下来的水，足有好几十吨，加上两边的门关闭，地面上的积水立刻达到一二十厘米深，淹没了杭一他们的脚面。杭一暗叫不妙，果然，令人惊骇的事情发生了。

几乎是在一秒内，这些水就凝结成了冰。杭一他们浸泡在水里的双脚，立时遭到冰封，寸步难移。从天花板倾泻下来的水幕，也瞬间冰冻，成为一道厚实而壮观的冰墙。

此时，对手的超能力是什么已不言而喻。但是意识到这一点，已经晚了，杭一等人陷入了被动状态。

巨大的冰墙之后，一个身材娇小的女生从一道暗门里走了出来，正是13班的超能力者——温笛。

隔着冰墙，众人虽然看不清她的神态表情，却听到了她的拍掌声和略带讥讽的话语：“反应挺快呀，雷傲。我猜现在只有你一个人还能自由移动了吧？”

“少废话，温笛。”雷傲冷冷地说，“你的能力不就是控制‘冰’吗？我们已经见识过了，接下来你想怎样，跟我们八个超能力者作战？”

“不然呢？你以为我出来，是让你们观看特技表演的吗？”

雷傲冷笑道：“真不知道你是太天真，还是自信过头，仗着赫连柯把你的能力强化到了10级左右，就以为自己无敌了是吧？若论等级的话，我们加起来比你高多了。”

“是吗，那你们试着攻击我看看呀。”温笛说。

脾气暴躁的雷傲哪里经得住这般挑衅。他大喝一声，双手交叠，从空中发射出一道凌厉无比的风刃，射向冰墙。但风刃只是将冰墙割出一道裂缝，根本无法穿透厚实的冰墙。

温笛笑道：“雷傲，给你科普一下吧，冰的莫氏硬度能达到4，这只是对普通厚度的冰而言。你们面前的这道冰墙，厚度约为一米，其坚固程度，比防弹玻璃有过之而无不及。况且，我从闻佩儿那里获悉了你们所有人的能力，非常清楚，此刻你们任何人都无法对我造成伤害。”

“是吗？我倒要试试看。”范宁双臂一伸，两只手分别射出几道隐形的操控线。但是，“木偶线”竟然无法越过厚厚的冰墙，达到操控温笛的目的。

温笛说：“范宁，看来你对自己能力的了解，还不如闻佩儿。你不会是现在才知道，如果面前有障碍物的话，你是无法操控到对手的吧？”

范宁无言以对。在他身边的陆华心中暗叫不妙，不得不承认，温笛说得没错。目前的状况，他们当中确实没有一个人能攻击到冰墙之后的对手！

他的“防御”，本来就没有攻击属性；范宁的“操控”也奈何不了温笛；宋琪速度虽快，却无法穿墙而过；穆修杰和雷傲的能力，也击不穿这厚实的冰墙；元泰更不必说了。至于巩新宇，本来就不太靠得住，况且他的“概率”，自己都难以掌控，又能起到什么作用？唯一的希望，只能寄托在杭一身上了。

但是，陆华扭头望去，却看到杭一脸上惶惑的神情。陆华还没弄明白是怎么回事，温笛开口道：“杭一，是不是发现超能力无法启动了？刚才溅到你身上的水，此刻已经冻成冰了。你衣服口袋里揣着的游戏机，在冰冻状态下，已经无法开机了，对吧？你的能力虽然厉害，但最大的缺陷，就是必须依赖游戏机。一旦游戏机无法开启，你基本上就废了。”

杭一当然知道自己的致命弱点，这也是他第一次遭遇此种状况。揣在兜里的游戏机，虽然有防水保护壳，但衣服上凝结的寒冰，令游戏机在低温下无法正常启动，自动关机了。他没有料到，温笛这招“冰”，竟然成了他们所有人的克星！

更糟糕的是，身处防御壁之内的陆华等人，虽然双腿没有被冻住，但圆形防御壁却像一个陷入冰层的玻璃球，底部被牢牢冻住了，导致陆华等人无法进行移动。他们虽然安全，却极为被动。

温笛说道：“雷傲已经出过手了，现在，该我发动进攻了吧？”

话音刚落，她启动了某个机关，整个天花板开始渗透无数细小的水流。这些细流在超能力的作用下，变成成百上千根尖锐的冰针。只见温笛双手朝中间一收，冰针向防御壁之外的杭一、雷傲和穆修杰三人疾射而去。

情况危急，范宁和宋琪都想立即用超能力将杭一拖到防御壁内来。但杭一的双脚被冰冻住了，无法挪动。而他使不出自己的能力，简直如同砧板上的肉，任人宰割！

千钧一发之际，雷傲快速飞到杭一身边，以他俩为中心，升起一股小型龙卷风，风力将四面射过来的冰针全都弹开，避过一劫。而穆修杰是钢铁状态，倒是不惧冰针。这一波攻击，暂时没能伤到他们。

温笛显然不打算给他们喘息的机会，她操纵开关，令天花板渗出的水流变大了，冰针转化为冰锥和冰柱，接连不断地向众人刺来。雷傲暗叫不好，他的能力只有2级，和强化后的温笛相距甚远。而且他一边飞在空中，还要生成小型旋风，极为消耗体力，无法长久坚持。一旦体力耗尽，他和杭一将立即被冰锥所伤。

温笛连续将水转化成冰锥，大概也消耗了不少体力。她改变战术，索性暂停攻击，让水流淌下来。这些水流到冰面上，又凝结成了冰，冰面越来越厚。陆华惊恐地意识到，再这样下去，他们都会被活埋在冰层中。即便有防御壁的保护，一旦隔绝了空气，他们也是死路一条。

现在能自由活动的只有雷傲一个人，他也意识到了危机所在，不能无所作为。就在他准备发射风刃跟温笛拼命的时候，突然听到范宁大吼一声："雷傲，快帮助穆修杰脱困！"

雷傲不知道令穆修杰脱困，对于战局有何影响。但他没时间细想，只能先听范宁的。他飞到穆修杰身边，发射小型风刃切割困住穆修杰双脚的冰面。

温笛见雷傲离开了杭一，有别的行动。她也立刻抓住机会，再次发动冰锥攻击杭一。雷傲一人无法兼顾两头，急得不知如何是好。

这时，元泰喊道："杭一，护住要害部位！"

杭一立即会意，他蹲了下来，双手抱头。无数冰锥扎向他，刺中了他的身体，令他产生剧烈的疼痛。但是所幸身边的元泰在使用超能力不断对他的伤口进行修复。被刺中和割裂的伤口不断愈合，虽然不会致命，却撕心裂肺地疼。杭一咬紧牙关，苦苦忍耐。

雷傲这边，使用多次风刃切割，终于令冰面松动了。他从空中抓住穆修杰的双手，用力一拉，把穆修杰拉扯了出来！

宋琪和范宁彼此对视。宋琪说道："穆修杰即便是钢铁之身，也难以承受如此强烈的撞击，只有一次机会，你准备好了吗？”

范宁使劲点了一下头：“没别的办法了，拼了！”

说完这句话，她启动超能力，倏然操控了穆修杰，令他整个人悬空，并呈流线状态，向后移动，尽量跟冰墙拉开距离。

一直躲藏在冰墙之后的温笛，自认为绝对安全，而忽略了一个事实——隔着厚厚的坚冰，她也只能对冰墙那边的状态进行大致的判断，无法完全看清对面的每个人在做什么。此刻，她本能地意识到了不对劲。缺乏战斗经验的她，竟然愣住了，一时不知如何是好。

“准备，发射！”范宁大喝一声，操控“钢铁人”穆修杰朝冰墙撞击过去。宋琪立即配合，将穆修杰的运动速度提升到最快。只见一道闪电划过，全身钢铁化的穆修杰，在超级加速度的作用下，犹如一把破冰枪，击穿了冰墙，连同碎冰一起砸向站立的温笛。温笛当场昏死过去。

温笛倒地的瞬间，她的超能力霎时解除了。地面上的冰全都融化成了水，所有人都解围了。元泰奔到杭一身边，近距离使用“修复”，不一会儿，杭一身上的伤就痊愈了。他拍着元泰的肩膀道谢。元泰为自己能派上如此大的用场而感到欣喜。

其他的人冲到了温笛身边。穆修杰倒在她的身上，也昏迷过去了。正如宋琪判断的那样，即便他全身钢铁化，但刚才那一记撞击，也是难以承受的。所幸有元泰，他双手按住穆修杰的脑袋，很快就令穆修杰苏醒过来。他醒来的第一句话是：“干得好！”伙伴们笑了起来。

面对昏死过去的温笛，雷傲真想将这个可恶的女人暴揍一顿。宋琪制止了他。她检查了温笛的伤势，说道：“她伤得很重，已经无法构成威胁了，不用管她了。”

“那我们走吧，到上一层去。”雷傲说道。他最后望了一眼瘫在水中的温笛，冷言道，“知道你为什么占尽优势，还是输了吗？你这种能力突然增强数倍的人，是想象不到身经百战的我们，有多么强大的。”

三十二、死里逃生

SUPER TABOO GAME

接连两场战斗，杭一等人的体力已经消耗过半了。但他们没有休息的机会，唯有坚定地朝上一层走去。

和之前的两层都不一样，86楼是一个标准的会议室。这里有两张质地高档的大理石长桌，和围成一圈的皮椅，还有一面巨大的显示屏墙。不过这些摆设都不重要，最大的不同是，这回没有任何遮掩，迎接他们的对手就站在面前。

而且不是一个人，是三个——赫连柯、陆晋鹏和狄元亮。

他们三个人，赫连柯站立中间，狄元亮和陆晋鹏分别在其左右，身边没有任何保护措施。反观杭一等人，有六个都躲在陆华的防御壁内，反倒输了几分气场。

雷傲奚落道："赫连柯，你这个小BOSS，这回亲自登场了呀。"

赫连柯脸上有一种复杂的神情，完全没有以前那副胸有成竹的派头，反倒面露忧色。若说是他们没有决胜的把握，又何必站在这里迎战呢？赫连柯这种捉摸不透的态度，反而令杭一感觉不安。同时他的脑子也在疾速转动着——赫连柯的“强化”和陆晋鹏的“力量”，他们早就见识过了，不足以构成威胁。那么，他们敢直面八个超能力者，依靠的，显然是狄元亮的能力。可狄元亮的能力是什么呢？他无从猜测，但很快就会知道了。

这时，陆华的防御壁突然消失了。他大吃一惊：“这是怎么回事，我没有解除超能力呀！”

身体骤然暴露在防御壁之外，众人都为之一惊。宋琪第一个感觉不对，她想利用超级速度先下手为强，发现竟然无法使用超能力了。她脸色大变，叫道：“糟了！”

不止她，此刻杭一这边的每一个人都察觉到自己无法启动超能力的事实。杭一望向狄元亮，说道：“这就是你的超能力，对吧？”

狄元亮淡然道：“没错，我的能力是‘无’，能把普通的人和事物直接从世界上抹去。对于超能力者而言，就是让你们的能力消失，变成普通人。”

在狄元亮说这番话的时候，陆晋鹏单手举起了一张重达千斤的大理石长桌，令人叹为观止。他朝杭一他们缓步走过去，摇着头说：“对不起，我也是身不由己。”

杭一等人下意识地后退着，宋琪见识过陆晋鹏的恐怖“力量”，知道挨他一记攻击的后果是什么，她脸色煞白地说道：“陆晋鹏，你要干什么，将我们全部杀死吗？”

“就算我不这样做，她也会这样做的。”陆晋鹏说。

“她？贺静怡？”宋琪问。

“对。”陆晋鹏点头。

“你当她的帮凶，又能得到什么？”宋琪问。

“她承诺让我和我的家人登上‘方舟’。”陆晋鹏说。

宋琪悲哀地摇着头说：“她只是在利用你。杀了我们，你就是目前等级最高的人，你能保证不遭人算计吗？”

陆晋鹏停下了脚步。他意识到，宋琪说的有道理。实际上，他本来也有些下不了手。如果是超能力者之间的对战，不管胜败如何，至少是堂堂正正的战斗。但这算怎么回事呢？狄元亮消除了杭一他们的超能力，自己的“力量”则被赫连柯强化到了10级左右。他很清楚，举起这张桌子，其实也就是做做样子罢了，对付失去超能力保护的普通人，他只要轻轻一推，就能立即让对方毙命。这不是战斗，根本就是屠杀。

在陆晋鹏迟疑的时候，宋琪望向杭一。实际上，刚才她努力拖延时间，就是希望杭一他们能想到应对之策。但是，当她接触到杭一的目光时，看到的却是深深的迷惘和绝望。

杭一呆站在原地，想不出任何应对此种局面的办法。其他人亦是如此。之前，他们经历过无数次战斗，依靠的都是对超能力的熟练运用，以及同伴之间的默契配合。即便对手的能力再强，他们也没有放弃希望，总是一边战斗，一边思考制敌之法。但是，当他们的超能力被集体解除的时候，竟茫然无措、一筹莫展了。如果对手也是普通人，还能拼死一搏。可陆晋鹏的能力，他们是清楚的，别说是八个人了，就算八百个普通人，也不是他的对手。

换言之，这次是真的毫无办法了。狄元亮的“无”，是一个犹如BUG般存在的可怕能力。只要他先下手为强，再跟人合作，简直堪称无敌。

杭一心中从来没有如此绝望过——都走到这一步了，最后还是难逃一死吗？自己死了倒不要紧，还要连累这么多的伙伴？

范宁从陆晋鹏的眼神中，看出他良心未泯，他试图劝说其放弃攻击：“陆晋鹏，我们曾经是一起战斗的伙伴，不是吗？贺静怡如此狠毒，你帮她杀了我们，你也不会有好下场的。”

陆晋鹏眉头紧蹙，显得十分矛盾，手里举着的“重型武器”似乎有放下的趋势。但他突然想起了什么，说道：“你们没有超能力了，跟普通人无异，其实要杀死你们，根本用不着我动手……”

话音未落，大厅内的巨大显示屏打开了，贺静怡的脸出现在众人面前。她坐在房间里监视着这里发生的一切，观察到陆晋鹏面露难色，似有倒戈之意，她说道：“陆晋鹏，我还以为你没意识到这一点呢，看来你还是很清醒啊，知道我不是非靠你不可。”

陆晋鹏带着厌恶的口吻说道：“那你为什么让我跟狄元亮、赫连柯联手？把你的枪手们叫出来不就行了吗？”

贺静怡淡然一笑：“那有什么意思，这样就不好玩了。”

陆晋鹏望着屏幕上那张脸说道：“贺静怡，你到底把我们当成什么，舞台剧的演员吗？”

贺静怡说：“没错，但你可以放弃演出。我现在就叫狄元亮解除你的超能力，你投入杭一他们的怀抱吧，怎么样？”

这句话让陆晋鹏害怕了，他知道，一旦被解除超能力，就等于是死路一条。他紧张地摇头道：“不，不要……”

“那就用你举起的那张桌子，给我狠狠地砸下去！”贺静怡命令道。

“原谅我，杭一。”陆晋鹏再次举起了这张四米长的大理石长桌。一旦横扫过来，杭一等人将无从招架和闪避。死亡的阴影笼罩在他们头上。巩新宇已经吓得双腿发软了。

就在这时，陆晋鹏的身后响起一个声音：“把桌子放下。”

陆晋鹏回过头，骇然看到，赫连柯举着一把手枪，瞄准了自己。他愕然道：“什么意思？”

狄元亮也呆住了，问道：“你干什么，赫连柯？”

赫连柯没有回答他们的问题，他举着枪朝陆晋鹏走去，同时对杭一等人说道：“你们快走！”

所有人都被赫连柯突兀的举动惊呆了，除了陆晋鹏，他猛然意识到，赫连柯是在保护旧神——因为旧神就在杭一他们之中！

“你……”陆晋鹏正要开口，被赫连柯大喝一声制止了，“别说话！放下桌子，不然我开枪了！”

陆晋鹏陷入两难境地，就在他迟疑不决的时候，“砰”的一声枪响，仿佛惊雷划过长空，所有人都怔住了。

陆晋鹏大惊失色，以为赫连柯开枪了，但他没发现自己有中枪的痕迹。反观赫连柯，摇晃着身子，最后望了一眼杭一他们那边的“某个人”，倒在地上，死去了。

这时，众人才注意到，七八个手持狙击枪的枪手，从狄元亮背后的一扇门内走了出来。刚才开枪打死赫连柯的，正是他们当中的一个。毫无疑问，这是贺静怡下达的命令。

显示屏中的贺静怡冷冷地说了一句话："我本来以为赫连柯很聪明，结果如此愚蠢。"

陆晋鹏和狄元亮冷汗直冒。他们看出来了，这个女人不是说着玩的，背叛他的人，就是这样的下场。

突然，闻佩儿从一群狙击手中冲了出来，狂奔到赫连柯身旁，俯在他仍有体温的尸体上，放声痛哭。然后，她怒视屏幕上的贺静怡，嘶吼道："贺静怡，你这个贱人！这就是我们为你做事的后果吗？"

狙击手们集体举枪瞄准了闻佩儿。闻佩儿悲恻地一笑，说道："开枪吧，我知道，到了这最后阶段，我也没有利用价值了。"

贺静怡说道："闻佩儿，你最好是清醒一点。赫连柯刚才的行为，你也看到了。如果你坚持要跟他站在一边，我可以成全你。"

闻佩儿流着眼泪，咬牙切齿地说："我恨不得亲手杀了你！"

话音刚落，几声枪响，闻佩儿也倒在了血泊中。她趴在赫连柯的身上，仿佛他们只是睡着了。

一两分钟内，连续两个人被射杀，而且都是背叛贺静怡的人。待在杭一阵营之中的巩新宇仿佛看到了自己的后果，他再也无法保持冷静了，朝着楼梯口狂奔而去。然而，狙击手的枪口随着他的运动轨迹而移动。杭一大叫一声：“别开枪！”可是迟了，只听“砰”的一声，巩新宇也中弹而亡了。

狄元亮的身体剧烈颤抖起来，这种情形，他是从来没见过的。陆晋鹏也惊呆了，站在原地一动不敢动。杭一等人对贺静怡令人发指的残酷行径咬牙切齿，却又无可奈何。失去超能力的他们，在这群狙击手面前，犹如待宰羔羊，生死全掌握在发号施令者的手里。

贺静怡对陆晋鹏和狄元亮说道：“他们是背叛了我，才有此下场。你们继续为我办事，我承诺过的一切，你们都会得到。怎么样，知道该怎么做了吗，陆晋鹏？”

陆晋鹏后背一凉，不敢违抗，只能出手了。

只见他暴喝一声，抡起大理石长桌猛砸过去。杭一等人心胆俱裂。

但是，接下来发生的一幕，出乎所有人的意料——这张长桌，砸向的是并不是杭一等人，而是狄元亮！

这雷霆万钧的一击，岂是普通肉身能够承受的？狄元亮惨叫一声，被击飞到墙上，当即毙命了。

他死亡的一刻，杭一等人瞬间夺回了超能力和掌控权！

（男6号，赫连柯，能力“强化”——死亡）

（女17号，闻佩儿，能力“探测”——死亡）

（男22号，巩新宇，能力“概率”——死亡）

（男23号，狄元亮，能力“无”——死亡）

三十三、失踪的人

SUPER TABOO GAME

陆晋鹏的突然倒戈，简直不合逻辑。几秒钟前，他还处于贺静怡的威慑之下，为何在刹那间转变？包括贺静怡在内，每一个人都惊呆了。

关键是，陆晋鹏的神情，简直令人无法理解。他满脸通红，对死亡的狄元亮怒目而视，仿佛跟他有不共戴天之仇。没人能看懂这是怎么回事。

然而，他的举动彻底激怒了贺静怡。这个疯狂的女人大喝一声："给我开枪，杀死他们！"

早就锁定了目标的狙击手们，同时开枪了。"背叛者"陆晋鹏是第一个中枪的。他死亡的时候，眼神是迷离的，似乎根本没有意识到刚才发生了什么，或自己做了什么，就这样莫名其妙地死去了。

本来，狄元亮的死亡，成为这场战局最大的转折。杭一等人全都恢复了超能力，但事情发展得太快了，不是每个人都反应过来，自己已经能够使出超能力了。这个失误，导致了悲剧的发生。

宋琪被一颗子弹击中了。而且，中弹的是心脏部位。

陆华启动了圆形防御壁，但他还没来得及呼喊同伴们进入保护罩内，就发现宋琪已经中枪了。他大叫一声：“不！”

杭一、雷傲和范宁彻底愤怒了，他们嘶吼着，使出了各自的最强招式。雷傲连续发动数道风刃；范宁操控桌子和椅子砸向枪手们；杭一的“万箭齐发”更是雷霆万钧、威力无匹。这些狙击手哪里是超能力者的对手，根本不敢应战，朝门内仓皇逃窜。大厅内的大型显示器，也随之关闭了。

危机暂时解除了，杭一等人迅速跑到宋琪身边，大声呼喊着她的名字。元泰立即修复宋琪的枪伤，但他尝试之后，悲哀地告诉众人，宋琪是心脏中枪，无力回天。她，已经死去了。

再次失去重要的伙伴，杭一等人悲伤不已。这是目前为止，死伤最为惨重的一场战斗。虽然赫连柯、闻佩儿、巩新宇、陆晋鹏和狄元亮并不是他们的伙伴，甚至是敌人。但他们一个接一个地倒下、死去，仍然令人痛心疾首。想当初，他们都是一个补习班的同学呀！是这场该死的游戏，夺走了他们原本的心性和年轻的生命！

但是，他们知道，战斗还没有结束。起码刚才陆晋鹏的怪异行为，就难以解释。范宁说：“刚才究竟是怎么回事？陆晋鹏为什么突然对狄元亮恨之入骨？”

“这种事情，之前就发生过一回。”陆华意有所指地说，“在异空间的时候，连恩突然对伊芳萌生莫名的恨意，命手下杀死了伊芳……”

“别说了，陆华。”杭一神色凝重地说道，“我懂你的意思，其实，我之前就该想到了。”

范宁、穆修杰和元泰这三个后加入的伙伴，莫名其妙地对视在一起。他们看到杭一对着身边的“空气”喊道：“出来吧，米小路，我知道你就在这里！”

一开始，没有任何反应，大厅里一片静谧。然而，一分钟后，杭一正前方50米远的地方，两个隐身人显露出实体来——一个模样清秀的男生和一个厚嘴唇的女生——正是失踪已久的米小路（男49号，能力“情感”）和董曼妮（女46号，能力“隐形”）！

“杭一哥，好久不见。”

一句轻声问候，却令杭一恍如隔世。他的眼泪一下就滚落了下来，身体微微抽搐。他们对视着，彼此之间出现了一阵难以言喻的沉默。

相比之下，米小路倒显得沉静得多。他只是默默地望着杭一，脸上看不出太多情绪起伏。想来也不奇怪，他当然不是现在才见到杭一的，这个幽灵般的隐身人，也许早就守候在杭一身边了。

米小路，杭一曾经最好的哥们儿。在俄罗斯的特罗伊茨克镇之战结束后，就神秘地失踪了。此刻，他现身在众人面前，仿佛已经成为另一个人。他身上散发出的冷漠气息像一道墙，横亘在他和众人之间。消失的这几个月，没有人知道他经历了什么。但可以肯定的是，他不是以前那个米小路了。

杭一心中涌出上百个问题。看米小路的姿态——他既然选择在此时现身，自然也就做好了回答所有问题的心理准备。他甚至搬了一把椅子过来，不紧不慢地坐下，说道：“杭一哥，你想问我什么，尽管问吧。”

杭一：“你当初为什么离我们而去？”

米小路：“我做了某件对不起你的事，无颜再面对你了。”

杭一：“什么事？”

米小路摇头道：“往事如风，还是不提了吧。战斗还没结束，恐怕不是扯这些家长里短的时候。”

杭一说：“那好，这个暂且不说。你告诉我，你离开我们之后，到哪里去了？”

米小路望了一眼站在身旁，服服帖帖，如同奴仆般的董曼妮，说道：“你看见我跟她在一起，还想不到我去了哪儿吗？”

“异空间？”

米小路点头。

“三巨头把你抓到异空间去的？”杭一问。

米小路说：“我自愿的。以当时的情况来看，恐怕没有比异空间更好的容身之所了。”

在杭一提出下一个问题之前，米小路说道：“你最好别再问我到异空间干了些什么。这个话题我们可以聊一个月。你确定贺静怡有这么好的耐心吗？”

杭一也知道现在不是细问的时候，但他现在感觉米小路非常陌生，完全猜不透他的想法，甚至不知道他会不会突然又跟董曼妮一起隐身消失，再次见面又是何时。也许米小路提醒得对，他应该抓紧时间搞清楚最关心的几个关键问题。

杭一问：“我们来到三巨头的老巢异空间，你是知道的，对吧？”

米小路说：“当然，我当时就在异空间。”

杭一望着他，一字一顿地问道：“你告诉我，是不是你杀了舒菲？”

米小路根本没有半秒犹豫，直接回答道：“是的。”

一直没有说话的雷傲控制不住了，怒喝道：“你这个浑蛋！舒菲竟然是被你杀死的！”

杭一拉住雷傲，示意他不要冲动。他控制着自己的情绪，问道：“你为什么要这么做？”

米小路淡然道：“这个问题不用回答你们也能想到吧。舒菲的能力是‘追踪’。在现实世界的时候，她是无法追踪到我的；但是来到异世界，情况就不同了。只要她启动超能力搜寻我，就有可能发现我的藏身之地。所以，没办法，我只能除掉她。”

米小路的语气冷漠得令人心寒，似乎他在谈论的，只是打死一只蚊子罢了。陆华也无法抑制心中的愤怒了，血气上涌导致满脸通红。

杭一问道：“你为什么害怕暴露异世界的藏身之地？你不是我们的同伴

吗？我们找到你又能怎样？”

米小路发出一阵痛苦的，没有任何欢乐的大笑：“同伴？这是你想要的吧！这么久以来，你有没有关心过，我想要的是什么？”

杭一愣住了，他一时没明白米小路的意思。

“听好了，”米小路以一种从未有过的严肃口吻对杭一说道，“我不想当你的同伴，从来都不想。而其他人呢，那些当了你同伴的人，结局又怎样呢？井小冉、韩枫、季凯瑞、孙雨辰，他们都是你的同伴吧？你告诉我，他们现在在哪儿？他们得到了什么？”

“住口！”杭一再也无法控制了，他怒吼道，“你到底变成了什么人？这种混账话都说得出口！没错，韩枫、井小冉、季凯瑞、孙雨辰，他们都死了，但他们并非一无所获！他们在这场残酷的竞争中，保留了人性和尊严！”

“什么人性和尊严，我才不在乎这些！我在乎的，只有——”

这个“你”字，几乎都要随着口形的变化脱口而出了。但最终，米小路还是硬忍了回去。他深吸一口气，说道：“我可以操控一个人的‘情感’，但我做不到让这个人身边的人也认同和接受这件事。你所谓的‘同伴’，对我来说却是最大的障碍。待在你身边的每分每秒，对我来说都是痛苦和折磨。所以，我要做的就是远离你，或者毁了你所谓的‘同盟’！”

此话一出，所有人都严阵以待。实际上，要不是考虑到杭一的关系，雷傲和范宁早就出手了，而令他们感到意外的是，杭一已经摆出了游戏中黄忠的姿态，他拉着一张大弓，弦上的利箭对准了米小路。

范宁在董曼妮使用超能力让她和米小路再次隐身之前，用“提线木偶”操控了董曼妮。她左手猛地一拖，董曼妮的身体像断线风筝一样撞到墙上，当即昏厥过去。

剩下失去董曼妮配合、无法隐身的米小路一个人，就好对付多了。然而，米小路淡然一笑，说道：“我问你们一个问题——之前死了这么多个超能力者，谁升级了？”

这句话令所有人为之一惊。他们这才想起，之前死去的超能力者，都是被狙击手击杀的。也就是说，他们的等级将继承在距离最近的一个超能力者身上。而这个人，就是处于隐身状态的米小路！他现在的等级，少说也有10级左右！

反应过来的时候，已经迟了。

即便在陆华的防御壁内，他们也抵挡不住米小路的精神攻击。此刻，陆华、雷傲、范宁、穆修杰和元泰五个人，突然对彼此产生了难以控制的强烈恨意。他们怒目而视，暴喝一声，眼看就要使用各自的超能力手刃对方。

杭一大惊失色，这时他发现，只有他一个人没有被米小路的能力所操控。他大吼道：“米小路，住手！”

“已经晚了，他们全都得死！”米小路恶狠狠地说。

雷傲的风刃立刻就要挥到陆华身上；穆修杰的铁拳快要砸向元泰的头颅；陆华做出了反击的准备；范宁的木偶线绕住了雷傲的颈项……

顷刻之间，他们五个人就要自相残杀，同时死去了。

但是，他们的动作同时停了下来，然后莫名其妙地望着彼此，似乎不清楚刚才发生了什么。

直到他们转过头，看到令人震惊的一幕，才明白这是怎么回事。

杭一射出的弓箭，贯穿了米小路的身体。

（男5号，陆晋鹏，能力“力量”——死亡）

（女35号，宋琪，能力“速度”——死亡）

三十四、新型金属玻璃

SUPER TABOO GAME

时间仿佛停滞了。

米小路的身体摇晃了几下，嘴里喷出一口鲜血。他望着杭一，嘴角竟露出一丝笑意。然后，他身体后倾，直直地倒了下去。

这一抹微笑，令杭一仿若遭受电击，他猛然意识到了什么，狂奔过去，托起米小路的身体，问道："你……是故意的？！"

米小路的生命在急速流逝，他知道自己留在这个世界的时间所剩无几了，但他一点儿都不痛苦难受，反而露出极度满足的神情。他抓着杭一的手，艰难地说道："杭一哥……原谅我……"

杭一的泪水涌了出来，他痛心疾首地说道："你为什么要这么做？"

"我……太了解你了。你太单纯、善良……即便在这场残酷的游戏中，你也……不愿伤害任何人。但我知道，这样下去……你是无法胜出的……所以，我愿意当你的剑……为你，铲除一切障碍……然后，死在你的手里。只有这样，你才能……继承我之前获得的所有等级……成为最强的一个人……”

杭一闭上眼睛，痛苦地说道：“我不需要你为我做这些事，我也不想继承你用这种方式带给我的等级！”

米小路猛然攥紧了杭一的手，回光返照的力气大得惊人，他说：“你必须继承，你也只能继承！如果我没算错的话，我现在的等级……是12级。你继承之后，就变成了20级……毫无疑问……是所有超能力者中最强的一个了……杭一哥，我……只能为你做这么多了……”

“别说了，你别再说下去了！”

事实上，米小路也没法多说了，只剩临死之前的最后遗言：

“杭一哥……我做了太多错事，死不足惜……我也想通了，我是不可能跟你在一起的……能死在你的怀里，已经是我最大的心愿……答应我，你要……活下去！”

说完这句话，米小路的头耷拉在杭一的手臂上，带着一脸幸福的表情，死去了。

杭一紧紧抱着昔日好兄弟的尸体，心如刀绞，泪如泉涌。米小路断气的一刻，一股前所未有的巨大力量冲入杭一的身体，一次性继承12级，几乎令杭一的身体难以承受，混合着悲伤和痛苦，他自胸腔内发出大声咆哮：“啊——！”

伙伴们被杭一的嘶喊所震慑，一时之间，竟没人敢靠近杭一。几分钟后，他们看见杭一缓缓放下米小路的尸体，擦干脸上的泪痕，站起来，对众人说道：“走吧，到最上面一层去，结束这一切。”

陆华拍着杭一的肩膀，伙伴们也用眼神支持和鼓励着杭一。他们虽然跟米小路不是十多年的朋友，但多少能体会杭一心中的感受。此刻，他能抑制悲伤，继续战斗，实在是难能可贵。

现在，贺静怡这边，除开那些枪手，只剩下她自己和赵又玲两个超能力者了。她们俩的等级都只有1级，跟杭一等人简直无法相提并论，可谓大势已去。但不知为什么，陆华却隐隐感到担心。

雷傲不以为然地说："贺静怡和赵又玲的能力我们都知道是什么，况且也没有赫连柯辅助她们了。就算加上那些枪手，又怎么是我们的对手？事到如今，还有什么好怕的，直接上去收拾她们就行了。"

陆华说："你最好别轻敌。还记得广场上那一战吧？赵又玲利用铜丝导电，一瞬间就电死了上百只怪兽。"

"那是因为侯波使用时间暂停跟她配合。现在只剩她和贺静怡两个人，何惧之有？况且有你的防御壁，她的'电'也伤不了我们。"雷傲说。

陆华思忖着说："还是小心为妙，赵又玲暂且不说，贺静怡这个女人，可不是这么好对付的。"

"我倒想看看她还能出什么幺蛾子。"范宁说，"走吧，到87楼去。如果情况不对，我们立刻出手解决她们。"

陆华启动防御壁，由于宋琪和巩新宇都在刚才的混战中死去了，同伴现在还有六个人，刚好可以全部置身于陆华的圆形防御壁之中，获得绝对的保护。现在的阵形，加上他们的强大程度，简直堪称无敌。

沿着楼梯走到大厦的倒数第二层——87楼。杭一等人看到的，是一个四周挂满落地式窗帘的偌大房间，这些窗帘的材质一看就十分低廉，图案花纹也显得庸俗而土气。房间里还摆放了一些陈旧的老式家具——一张小木床、一张木桌，还有椅子和书桌等物件，看上去像是在某个乡镇二手家具市场淘来的便宜货。在SVR公司高端大气的大楼里，竟然出现了这些土里吧唧的物什，实在是莫名其妙。

这一层，应该是跟贺静怡决战的最后战场。但谁都没想到，这里竟然布置得像某个五保户的家。杭一他们不懂，这算什么阵势？

不过，他们没心思细看这里充满违和感的摆设，因为贺静怡就坐在距离他们几十米远的一张皮转椅上。赵又玲站在她的旁边。仔细一看，她们两人的面前，有一块厚实的玻璃，将她们跟杭一等人隔开。

处在陆华的防御壁中，杭一他们倒不担心遭到暗算。六个人一起走到她俩面前，贺静怡摊开双手，隔着玻璃说道：“欢迎来到‘我家’。”

听她这样说，陆华一下有些明白了，他说：“这些家具、窗帘，是你以前住的家里面的东西？”

贺静怡笑道：“可以说是，也不完全是。我家在一场火灾中化为灰烬了。这些家具、窗帘，是我凭记忆，吩咐手下去找的。还算是不错，基本还原了我以前那个穷家的样子——只不过面积没这么大罢了。”她注视着这些家具，轻轻叹了一口气，“真让人怀念啊。”

“你不会是想让我们跟着你怀旧吧？”雷傲挖苦道，“好像有钱人都喜欢忆苦思甜这一套，可惜我没这雅兴。”

“我猜你们也没有。所以，我们还是说说实际的吧。”贺静怡不紧不慢地说，“我建造的‘方舟’当中，有一个特殊的设计。其中有一间类似电梯的小屋，能够将屋子上面三分之一的部分，伸出地面。形象地说，就像一只从地下探出头来张望的土拨鼠。想知道我为什么让科学团队这样设计吗？”

“你就直说吧，我没耐心听你打哑谜。”雷傲不客气地说。他对这个女人毫无好感。

贺静怡继续道：“这间小屋伸出地面的部分，是由美国能源部和伯克利实验室共同研究出来的一种新型金属玻璃制造的。这种新型金属玻璃的厚度和强度超出一般人的想象。简单地说，就算原子弹爆炸，也不会对其造成损伤。说到这里，你们应该能猜到，我设计这间‘玻璃房’的意义所在了。”

元泰最先反应过来，说道：“你想待在这间‘玻璃房’当中，观看小行星撞击地球的场面？”

贺静怡指了他一下，“聪明，正是如此。想想看，世界上还有比这更壮观、更震撼人心的画面吗？”她笑了一下，“当然，能观看到这一场面的人，显然不止待在玻璃屋里的那几个人，全球绝大多数的人，都能亲眼见到这一幕。只不过，多数人都将陷入无尽的恐惧之中，恐怕是没心思去欣赏这一奇景吧。这就是他们跟‘玻璃房’里的人的区别了。”

范宁有些不耐烦地说：“你跟我们介绍这些是什么意思？游说我们放过你，然后加入‘方舟’的大家庭吗？”

贺静怡放声大笑起来：“哪里，你完全误会了。我说这个，一方面是想炫耀一下我的奇思妙想；更重要的是告诉你们，此刻竖立在你们面前的这面玻璃墙，就是由这种新型金属玻璃制成的。”

“所以呢？你暗示我们现在对你束手无策，对吗？”范宁说，“不过我还是很好奇，这跟你把这层楼布置成以前的家的样子，有什么关系？”

贺静怡沉默一刻，意味深长地说道：“世界上的很多事情，其实就像一个圆。如何开始，就如何结束吧。”

这话令陆华后背一寒，他骇然道：“难道你想让当天的情景重现？”

“燃烧整栋大楼为你们殉葬，也算对得起你们了吧？”贺静怡说。

（男49号，米小路，能力“情感”——死亡）

三十五、回大本营

SUPER TABOO GAME

所有人都紧张起来，他们观察四周，试图寻找引发火灾的燃烧物。贺静怡说：“不用找了，我早就命人在这些窗帘的背后，布置了几百公斤TNT炸药。这些炸药一起爆炸的威力，足够炸毁整层楼。当然，我和赵又玲待的区域除外，我们有新型金属玻璃的保护。”

“陆华的防御壁，比你的什么新型金属玻璃更加安全。奉劝你最好别做这种蠢事。火灾是伤害不了我们的。”杭一说。

“是吗？那只有试试看了。如果整栋大楼因爆炸而垮塌，就算你们有防御壁的保护，被埋在废墟之中，一样是死路一条。”贺静怡望着陆华，“我研究过你的能力，没说错吧。”

陆华心里知道确实如此，但此刻打的是心理战，不能露怯。他说道：“如果真是这样，那你也逃不了。”

“这就不用你为我操心了。我们自然有脱身的办法。”贺静怡冷笑道，然后望向赵又玲，“这些窗帘的背后，全是之前布置好的裸露的电线，跟我家以前的老房子差不多。明火能令TNT炸药爆炸，除掉他们几个人，我们就没有其他对手了。赵又玲，你知道该怎么办吧？”

众人都紧张起来，他们一起望向赵又玲，观察到她面如死灰，脸无血色，整个人仿佛僵住了似的。她并没有执行贺静怡的命令，也没有做出任何举动。

贺静怡催促道：“赵又玲，出手呀，你呆着干吗？”

赵又玲的额头和鬓角都渗出了汗水。刚才贺静怡带她来到这一层的时候，她就隐约感觉不妙。现在，她心中的猜想得到了证实。贺静怡把这里布置成以前家的样子，就是为了证实当初那场火灾是怎么发生的。如果现在出手，当时的一幕就会重演，等于间接暴露了她就是杀害贺静怡母亲的凶手！

贺静怡观察着赵又玲的表情，说道：“怎么了，怕我知道当初的真相？没关系，反正我早就知道了。”

赵又玲浑身一抖，缓缓转过头来，问道：“你早就知道是我？”

贺静怡凝视着她的眼睛，说：“不，我是现在才确定的。毕竟能引发火灾的超能力者，不止你一个。”

赵又玲大惊失色，明白中计了。她来不及做出反应，贺静怡已经掏出一把手枪，乌黑的枪口对准了她。赵又玲的超能力无法跟手枪抗衡，她整个身体都瘫软了，几乎要跪地求饶。她流着眼泪对贺静怡说：“求你，别杀我……我当初，不是故意的，我……”

贺静怡做了一个手势，示意她不用辩解：“赵又玲，我早就怀疑是你了，也有很多种方式可以验证。之所以拖到今天，就是为了利用你的能力，解决眼前的对手。所有一切，都在我的掌握之中。”

赵又玲抱着一丝希望问道：“如果我使用超能力帮你解决杭一他们，你能放过我吗？”

贺静怡说：“你以为你还有别的选择？”

赵又玲知道，她没有谈条件的资格。她转过身，面对杭一等人。

在赵又玲启动超能力之前，杭一大声说道："贺静怡，你所做的一切，是为了替你母亲报仇吧？既然你已经知道是赵又玲干的，为什么还要与我们为敌？"

贺静怡说："没错，我最开始的目的只有一个，就是找出杀死我母亲的凶手，为她报仇。但人的想法是会改变的。当我获得了你们难以想象的金钱，并意识到金钱才是这个世界上最强大的力量时，我觉得我能够成为这场游戏最后的获胜者。现在，只要解决掉你们，我几乎就没有对手了。杭一，你们肯定想不到这场游戏最后的获胜者是我吧？不过这又有什么不好呢？我会用金钱的力量，拯救这个世界，这不也是你们所希望的吗？"

杭一冷冷地说："让你这样心理扭曲的人成为获胜者，不会是任何人的希望。而且话说回来，你还没有干掉我们呢，话说得太早了吧？"

说着，杭一打算启动超能力，但他惊愕地发现，竟然失败了。这种情形，之前遭遇狄元亮的"无"时，就发生过一次。但狄元亮现在已经死了，怎么会再次发生呢？

贺静怡隔着金属玻璃笑道："杭一，你好像直到现在都没意识到，赵又玲的能力是克你的。你的能力需要游戏机，而开启游戏机需要'电'，对吧？你把游戏机拿出来看看，电池还有电吗？"

杭一心头一震，暗叫不妙。他摸出游戏机，果然已经黑屏了，显然是赵又玲搞的鬼。此时，贺静怡喝道："赵又玲，你还要我说几次？！"

赵又玲不傻，她说："我听命于你，你也不会放过我的，对吗？"

贺静怡用枪指着赵又玲的脑袋："我不敢保证是不是一定会放过你，但我能保证，你不按我说的做，马上就会死。"

枪口之下，赵又玲不得不从。她大叫一声，将超能力发挥到极致，改变了这层楼所有电线的电流强度，让电压陡然增加到上千伏。裸露的电线瞬间燃烧起来，并点燃了周围一圈的窗帘。几秒之间，众人就陷入了火海之中。

元泰第一个看到布置在窗帘后面的TNT炸药，他大叫道："贺静怡说的是真的，炸药要爆炸了！”

一时之间，同伴们都慌了。虽然他们有陆华的防御壁保护，不至于立即被烧死。但炸药爆炸引发的后果，他们谁都不知道。如果只是楼房垮塌，将他们掩埋在废墟之下，还可以通过元泰“修复”这栋大楼得救。但如果爆炸产生的冲击力，直接将他们轰出大楼，那除了雷傲之外，大概谁都活不了。

本来，杭一的能力是能够带来希望的，但他的能力被赵又玲限制，无法使用。剩下的雷傲、范宁、穆修杰、元泰，谁都没有遇到过这样严峻的状况，也不明白他们的能力在此刻该如何运用，心急如焚。陆华也只能保持着圆形防御壁，没有别的办法。

突然，穆修杰大叫道：“雷傲，你赶快从窗户飞出去！”

“不……”雷傲摆着头，“我要跟你们在一起！”

“快走！炸药要爆炸了！”穆修杰大喊道，“我没时间跟你解释了！”

雷傲听出穆修杰仿佛话中有话，猜想他也许有什么计划，现在无法明说。他只有照办，发射一道风刃划破巨大的落地窗玻璃，“嗖”地飞了出去。

就在雷傲飞出去的瞬间，熊熊大火点燃了窗帘背后的TNT炸药——“轰”的一声巨响，整栋大楼，发生了惊人的剧烈爆炸。

出人意料的状况发生了，贺静怡所谓的“新型金属玻璃”，在爆炸的巨大冲击力下，被震成了碎片。她和赵又玲，几乎没来得及做出任何反应，就在爆炸中死去了。

死亡的刹那，贺静怡闭上眼睛，眼角溢出一滴眼泪。和惊恐万状的赵又玲相比，她仿佛预见到了这一结局，并不意外。

防御壁内的五个人，紧紧抓着彼此的手，但爆炸的威力太大了。巨大的气浪和炸裂物将他们吹飞。五个人同时撞出落地窗，从87层高楼上坠落下去！

即便有陆华的防御壁保护，但从这么高的地方摔下去，结果也是粉身碎骨。

雷傲看到五个朋友一齐被震飞出来，大叫一声："不——"他立刻俯冲下去想拉住他们，但他一个人，怎么救得了五个人呢？

大厦还在继续爆炸和崩塌，60层以上的楼层，就像倒塌的积木一样从空中垮了下来。杭一他们混杂在垮塌的楼房之中，雷傲完全无法靠近，只能眼睁睁地看着他们随同房子一起坠落下去，发出悲愤的喊叫。

就在雷傲绝望地闭上双眼的时候，奇迹出现了。一艘巨大的，仿佛来自魔法世界的飞空艇出现在空中，杭一等人掉落在飞空艇的甲板上，神奇地获救了。

雷傲刚才急得眼泪都下来了。此刻他破涕为笑，飞到飞空艇上，扶起伙伴们，跟他们拥抱在一起。

"这游戏我玩过，是'最终幻想'，对吧？"雷傲望着这艘巨大的飞空艇，对杭一说，"出现在现实世界中，真是太壮观了。"

杭一说："如果不是赵又玲在爆炸中死去，我的能力及时恢复的话，这次就真的没命了。"

陆华惊魂未定地问道："这到底是怎么回事？贺静怡不是说那种新型金属玻璃，连原子弹爆炸都不会破裂吗？怎么普通的爆炸，就将它震碎了？"

穆修杰说："是我做的。爆炸之前，我暗中使用超能力改变了这块新型金属玻璃的金属属性，把它变成了一块普通玻璃。"

范宁欣喜地拍着穆修杰的肩膀，笑道："贺静怡机关算尽，却忽略了你的能力，真是咎由自取！"

穆修杰没有说话，显得若有所思。范宁问道："怎么了？"

"我在想，我们刚刚上到87层的时候，贺静怡为什么要特意告诉我们，这是一块新型'金属'玻璃呢？"穆修杰说，"她之前不会不知道我的能力是什么，这不像是在故意提醒我吗？"

大家沉默了一刻，杭一说道："也许她也知道自己罪孽深重，有意想在这场爆炸中，跟赵又玲同归于尽吧。”

陆华叹息道：“贺静怡已经死了，她究竟是怎么想的，现在不得而知。我们连续战斗了这么久，也疲惫了，就乘坐这艘飞空艇回大本营吧。”

“嗯，回大本营！”杭一点头。险死还生的他，此刻最想的，就是再次见到辛娜的笑颜。

（女41号，贺静怡，能力“金钱”——死亡）

（女47号，赵又玲，能力“电”——死亡）

（女46号，董曼妮，能力“隐形”——死亡）

（女3号，温笛，能力“冰”——死亡）

三十六、第七个人

SUPER TABOO GAME

在大本营里，杭一把先前的激战讲给辛娜听。惊心动魄之余，辛娜为之扼腕："50个超能力者，现在就只剩下你们六个人了吗？"

杭一、陆华、雷傲、范宁、穆修杰和元泰彼此望了一眼，心中的感受难以言喻。

隔了一会儿，范宁说："如果是这样，我们六个人的等级加在一起，就应该有50级，果真如此吗？"

杭一说："按照米小路说的，我的等级目前应该是20级。"

范宁说："刚才的战斗中，我根本就没有升级，等级还是2级。"

穆修杰说："我也没有升级，还是1级。"

陆华说："我也没有感觉到自己升了级，应该跟之前一样，是3级吧。"

元泰说："我就是之前继承了孙雨辰的等级，现在是6级。"

雷傲说："在你们被炸药震出大楼的时候，我盘旋在87楼附近，贺静怡、赵又玲以及之前留在大楼里的董曼妮和温笛，都在这场爆炸中死去了。我当时感觉一股强大的力量涌向我的身体，我肯定是升级了，但是我无法判断到底升到了多少级。”

“如果用50减去我们五个人加起来的等级的话，你现在应该有18级！”元泰说。

雷傲被吓了一跳，他之前只有2级，难以想象自己一下升了这么多级。但是仔细一想，他觉得不对，说道：“没错，我是继承了不止一个人的等级，但是我敢肯定没有18级这么高。”

“你怎么知道？”穆修杰问。

雷傲说：“虽然我不能确定准确的数字，但还是能大概感知到自己的能力有多强。怎么说呢……这种感觉很微妙，就像一个人可能没法准确说出自己的体重是多少斤，可心里大致还是有数的，这个差别不会太大。一个体重一百斤的人，无论如何都不可能认为自己有两百斤重。我想你们也是如此吧，都能感觉到自己大致的能力强度。”

“嗯。”杭一同意雷傲的说法，“的确如此，超能力已经成为我们身体的一部分了，能被自身所感知。比如我现在，就基本能确定我确实有20级左右的强度。”

陆华问雷傲：“那你觉得，你现在大概是多少级呢？”

雷傲非常认真地感受了一下，说：“我觉得不会超过10级，最多也就八九级吧。”

范宁蹙眉道：“这就怪了，按理说活着的超能力者，就是我们几个了，但是却差了接近10级，这是怎么回事呢？”

穆修杰说：“也许还有某个超能力者活着，只是我们不知道罢了。”

杭一说：“我实在是想不出来，除了我们，还有哪个超能力者活着了。况且就算我们遗漏了某个人，这个人的能力有10级这么强吗？”

众人陷入了沉思，片刻后，陆华说道：“我们是不是忘了一个关键人物？”

杭一当然没忘，立刻说道：“旧神？”

“对。”陆华说，“旧神老奸巨猾，不会这么容易死的。”

辛娜忍不住问道：“距离世界末日还有不到一个月了，你们还不知道旧神是谁吗？”

杭一说：“旧神异常狡猾，完全没有露出任何马脚，我们实在难以分辨。”

辛娜说：“要不要请我爸爸，也就是国安部那边，帮忙调查一下？50个超能力者，除了你们还有没有活着的人——这个人可能就是旧神。”

杭一点头道：“可以。”

辛娜摸出手机，正要打电话给父亲，门铃响了起来。辛娜自语道：“谁呀？”然后站起来，走到门口，通过猫眼窥视外面，看到父亲站在门口。

辛娜赶快打开门，说道：“爸，我正想跟你打电话呢。”

辛娜的父亲走进门，跟随他一起的还有柯永亮和梅娜。坐在客厅沙发上的六个超能力者，都站了起来。

辛娜的父亲拍了一下女儿的肩膀，然后对众人说：“大家都坐吧。我来，是想了解一下之前发生的事情。”

众人落座后，辛娜的父亲问道：“国安部收到报告，本市一栋大楼——SVR公司的产业——发生了爆炸和垮塌，但是现在这栋大楼已经恢复原状了，我想这事肯定跟你们有关，对吧？”

“没错，我们刚才在这栋大楼里，跟一群超能力者——其中一个是SVR公司的现任董事长贺静怡，展开了激烈的战斗。贺静怡大概从一开始就想跟我们同归于尽，安置了很多TNT炸药在楼内。最后的结果是，她和另外几个超能力者都在这场爆炸中丧命了，我们却逃了出来。”杭一顿了一下，难过地说，“但我们这边，也损失了重要的伙伴。”

辛娜的父亲微微颔首，片刻后问道：“那这栋大楼现在怎么恢复原状了呢？”

元泰说：“因为我的能力，可以修复一切被毁坏的事物。”

辛娜介绍道：“爸，这是新加入我们同盟的超能力者，叫元泰。另外，这场战斗之后，活下来的超能力者，似乎就只有杭一他们六个人了。”

“50个超能力者，现在只剩六个了？”柯永亮感到吃惊。

辛娜和杭一对视了一下，望着父亲说道：“关于这事，我刚才正想跟你打电话，你们就来了。事实是，他们六个人的能力等级，加起来只有40级左右。所以我们推断，还有一个等级是10级的超能力者活着，隐藏在某处，而这个人，就是旧神。”

梅娜立刻明白辛娜的意思了：“所以你们希望借助国安部，调查活着的这‘第七个人’是谁？”

“没错，就是这样。”辛娜说。

父亲点头道：“好的，这件事我一会儿就安排。你刚才说，SVR公司的董事长，在这场爆炸中丧命了？”

“不止董事长，还有他们的副董事长巩新宇，都死了。”雷傲说。

辛娜的父亲感叹道：“这件事很快就会成为轰动全世界的大新闻。很多人肯定会关心，‘方舟计划’会不会因此受到影响。”

辛娜问：“爸，你真觉得这个方舟计划，能够拯救世界吗？”

“当然不能，只能让极少数的一部分人活下来罢了。关键是，存活下来的这些人，就算躲过了这场浩劫，但是能承担起重建地球的重任吗？”辛娜的父亲摇了摇头，表示不抱希望。

杭一很清楚辛娜的父亲的想法，也听出来了他的言下之意：“您的意思是，要拯救地球，还是得靠我们当中的某个人——一个等级50级的超级超能力者？”

辛娜的父亲说：“这事得你们自己决定，谁也勉强不了你们。”这个话题是探讨过的，他似乎不愿继续谈论，话锋一转，问道，“娜娜，你不问问我为什么到这儿来吗？”

辛娜说：“你们不是来了解之前发生的爆炸事件的吗？”

父亲笑道：“没错，但还有一件更重要的事情。你忘了今天是什么日子？”

辛娜茫然地望着父亲：“什么日子？”

父亲抚摸了女儿的脑袋一下：“你的22岁生日呀。”

辛娜张开了口，继而哑然失笑：“世界末日都快来了，亏您还记得我的生日，我自己都忘了。”

辛娜的父亲这么一说，杭一才想起，几天前也是他的生日。他的生日跟辛娜只隔5天，只是现在这种情况下，谁还想得起这种小事呢？辛娜父亲这一提醒，他才想起，自己已经在不知不觉中过了22岁了。

“管他什么世界末日，该怎么过，还怎么过。我订了一家高档餐厅，帮你庆祝生日。”辛娜的父亲对杭一他们说，“你们连续战斗之后，也需要补充体力，今天晚上就放开来大吃一顿吧。”

“太好了，我早就饥肠辘辘了！”雷傲兴奋地说。实际上，之前的一战，他们每个人都几乎把体力消耗到极致了。能饱餐一顿，实在是让人期待。

辛娜跟杭一是高中同学，当然知道杭一的生日就在几天前，她拉着杭一的手说：“今天晚上，咱们一起过生日，好吗？”

杭一笑了起来：“好啊，我很久没有跟你一起过生日了。”

柯永亮说：“楼下有两辆我们的商务车，走吧，我们开车送你们去饭店。”

“送我们去？你们不一起吃饭吗？”辛娜问。

辛娜的父亲说：“我们还是不打扰你们聚会吧。另外，我还要马上去国安局，安排下面的人调查还有没有活着的超能力者。”

辛娜说：“爸，你跟我们一起吃饭吧，我不介意。”

父亲笑道："算了，你们年轻人在一起放得开些。"辛娜不好意思地笑了一下。

众人准备下楼，乘坐商务车前往饭店。出门之前，陆华拉了杭一的手臂一下："杭一，我想单独跟你说几句话。"

杭一点了点头，对伙伴们说："你们先下去吧，我和陆华马上就下来。"

其他人离开之后，杭一问道："你想跟我说什么？"

陆华皱着眉头说："不知道你想过没有，我们几个人的等级加起来为什么没有50级——除了还有某个超能力者活着之外，还有另一种可能性。"

"是什么？"

陆华迟疑着说："我们当中，有一个人没说实话。"

杭一愣住了。这种可能性，他刚才真的没有想到。

陆华说："我们知道，旧神一直混在我们当中。而赫连柯之前的某个反常举动，也再次证实了这一点。"

"什么举动？"杭一突然觉得，陆华比自己心细多了。

"赫连柯是旧神那边的人，他可能是因为不得已的原因，才暂时为贺静怡做事，但真正关心的，还是旧神。而且他跟旧神之间，似乎不是从属关系，而是有某种特殊的情感纽带，否则的话，赫连柯不会对旧神如此死心塌地。"陆华分析。

"嗯，有可能。"杭一问，"你刚才说他有什么反常的举动？"

陆华说："狄元亮使用'无'，暂时'封印'了我们的能力的时候，跟他配合的陆晋鹏，本来可以轻而易举地杀死我们所有人。可当时的情形，你想起来了吗？赫连柯突然掏出手枪，对准了陆晋鹏。"

"嗯，那个时候，是他救了我们。"杭一想起来了。

"你想想，赫连柯本来是跟我们为敌的，他为什么突然之间倒戈呢？唯一的解释就是，他清楚旧神就在我们当中，而不管旧神的能力是什么，如何强大，都受到了狄元亮的‘无’的制约。这一点，大概是旧神和赫连柯之前都没有想到的。所以，赫连柯才必须出手制止陆晋鹏，否则的话，旧神就会跟我们一起，被陆晋鹏所杀。”

“没错，你分析得很有道理。”杭一说，“但是这只能再次证明旧神就在我们中间，我们仍然不知道他是谁。”

陆华说：“我有种感觉，旧神不会这么轻易就死了。他现在仍然在我们中间，而且隐瞒了他真正的等级。”

杭一说：“如果真是这样，那他一定会伺机对我们出手的，我们每个人都有危险。”

陆华说：“我也只是提出自己的猜测罢了，未必真是如此。但是既然存在这种可能性，我们就不能掉以轻心，得有所戒备。最好是能想出什么计策，让旧神露出破绽，把他揪出来！杭一，时间不多了。”

“嗯，”杭一若有所思地说，“我明白。”

三十七、生日的惊喜

SUPER TABOO GAME

辛娜父亲安排的这家饭店，是琮州市内一家高档的中餐厅。国安局显然之前打了招呼，所以老板和店员没有对这个包间的超能力者表现出畏惧或特别的关注。服务员们倒茶、上菜，将他们视为普通客人，避免了双方的不自在。

偌大的大理石旋转餐桌上，依次端上美味佳肴——香煎鹅肝、脆皮豆腐、芥蓝牛肉、蒜蓉粉丝蒸鲍鱼、红焖大虾、剁椒鱼头、干烧海参……各种美食令人食指大动。众人大快朵颐。

吃到一半的时候，服务员端上来一个生日蛋糕。大家为辛娜和杭一点上生日蜡烛，他们俩一起许愿，共同吹灭蜡烛，伙伴们欢呼鼓掌。他们很久没有体会这种欢乐温馨的气氛了。

切蛋糕的时候，辛娜和杭一互相推辞，都希望对方来切。陆华笑道："反正你们俩一起过生日，不如一起切吧。"

辛娜和杭一相视一笑，说道："好吧。"辛娜握着餐刀，杭一抓着她的手，将蛋糕切成几等份。这个暖心的画面感染了众人，雷傲不由自主地说道：“你看他们，就像是结婚一样！”

这句玩笑话把大家逗乐了，辛娜和杭一的脸一起红了。切好蛋糕后，杭一挨着把蛋糕分发给朋友们，辛娜却显得若有所思。片刻后，她望向杭一，说道：“杭一，你满22岁了。”

杭一微笑着说：“是啊，你也满22岁了，生日快乐。”

“我不是说生日的事。”

“嗯？”

辛娜低下头，脸涨得比刚才更红了，像一个熟透的番茄。好一会儿之后，她抬起头来，深情地凝视着杭一的眼睛，说道：“杭一，咱们结婚吧。”

所有人为之一怔，须臾，伙伴们爆发出热烈的欢呼。雷傲更是激动地跳了起来：“太棒了，杭一！恭喜你们有情人终成眷属！”

陆华走过去揽住杭一的肩膀，捶了他的胸口两下，对好兄弟表示祝贺。一向冷冰冰的范宁此刻也按捺不住心头的喜悦，兴奋地鼓着掌说：“太好了，我们一起当伴郎伴娘，好吗？”

桌席上的每一个人都喜形于色。然而，辛娜和大家却发现，杭一缄默不语，面色难堪，他紧咬着嘴唇，似乎不甚情愿。

辛娜愀然变色：“怎么，杭一，你不愿意吗？”

“我……”杭一面露难色，欲言又止。

辛娜再次问道：“你不愿意跟我结婚？”

杭一沉默良久，说道：“现在，不是说这些事的时候吧……”

辛娜望着杭一，眼中噙满委屈的泪水，她说道：“好吧，我明白了。”然后转过身，跑出了这个包间。

雷傲急了，说道：“杭一老大，你干吗呀？人家女生主动跟你求婚，你竟然不答应？你让人家的脸往哪儿搁呀！”

范宁也沉下脸来说：“杭一，你这个态度，别说辛娜，连我们都被伤害了。”

杭一的样子看起来纠结和为难到了极点。看得出来，他心中无比矛盾。陆华重重拍了杭一的后背一下，说道：“不管怎么说，先把辛娜追回来呀！她一个人跑出去，别遇到什么危险！”

这话提醒了杭一，他赶紧奔了出去。

辛娜已经跑到饭店的门口了，右手不住地擦着眼泪。杭一快步跑过去，抓住辛娜的手，说道：“辛娜，对不起！”

辛娜把脸扭过去：“有什么好对不起的？这是你的自由。”

杭一焦急而烦闷地叹息道：“唉……辛娜，你叫我怎么说呢？”

辛娜知道杭一心里想的是什么，她说：“世界末日快要来临了，你觉得在这个时候结婚，没有多大的意义，是吗？”

“不！”杭一半秒钟都没有考虑，笃定地说道，“别说距离世界末日还有20多天，就算明天就是世界末日，我也想娶你！能跟你当一天、哪怕一个小时的夫妻，也是我这辈子最幸福的事！”

“那你在顾虑什么？”

杭一垂下头，又露出之前那种无比纠结的表情：“我不想……把话说得这么透。”

辛娜推了杭一的肩膀一下：“别扭扭捏捏的，都到这种时候了，有什么不能说的？”

杭一望着辛娜的眼睛，说道：“辛娜，有件事不知道你意识到没有——我的能力‘游戏’，虽然战斗能力很强，但是没法承担起拯救地球的重任。”

辛娜凝视着杭一，等待他继续往下说。

“你爸爸说得对，到了最后关头，能真正拯救地球的，不是SVR公司的方舟计划，而是我们当中的某一个超能力者。”他缓缓垂下头，“但是这个人，肯定不是我。”

辛娜突然明白了，眼泪一下涌了出来：“你打算牺牲自己吗？”

杭一不想继续这个话题，他说：“不管怎么样，我会让你以及更多的人活下去。所以……”

“所以你才不愿跟我结婚，怕我成为一个22岁的年轻寡妇？”辛娜悲不自胜，“不会的，如果真是这样，我愿意陪你一起……”

“不！”杭一痛苦地说道，“我就是怕你这样，所以才不愿……跟你结婚！”

街道上，各种不同颜色的灯光照耀在他们的脸上，如同他们心中五味杂陈的心绪和情感。许久之后，辛娜慢慢点着头，说道：“杭一，我答应你，假如最后的结局真是如此，我会好好地活……”声音哽咽了，“连同你的份一起。所以，不要再拒绝我了。娶我，好吗？”

巨大的幸福感冲击、包围着杭一，他一把将辛娜揽过来，将她紧紧拥入怀中，大声说道：“辛娜，我爱你！当我老婆吧！我们——结婚吧！”

“耶——”伙伴们一起冲了出来，把杭一和辛娜吓了一跳。原来他们之前一直躲在门口偷听。此刻，雷傲、陆华、元泰、穆修杰和范宁将这对“准新人”团团围住，欢呼雀跃。雷傲说：“先领证，再办酒席！一定要热热闹闹、风风光光的！”

“这种时候，加上我们的特殊身份，还是低调点好吧？”陆华说。

“不，我要给辛娜一个全世界最浪漫的婚礼！”杭一说道。辛娜抱着他，露出甜蜜的笑容。伙伴们都笑了。

三十八、特殊的关照

SUPER TABOO GAME

7月19日（距离世界末日还有25天）上午，伙伴们一起在大本营商量杭一和辛娜结婚的事。首先当然是把这个打算告知双方父母，然后是领证、订婚纱和礼服、通知亲朋好友、联系举行婚礼的场地等一系列繁杂事宜。

陆华大概计算了一下，说："前期的准备怎么也得10天左右，加上我给你们选的黄道吉日，婚礼在8月2号举行，是最合适的。"

"8月2号，距离'那个日子'，就只有11天了。"范宁心情复杂地说。

"没事，足够了，就8月2号吧。"杭一征求未婚妻的意见，"你说呢，辛娜？"

"嗯，我也觉得可以。"辛娜说。

"那你们就得抓紧时间办一系列的事了。征得父母同意后，你们就带上户口本、身份证去民政局办结婚证……"

没等陆华说完，雷傲就打断了他的话："陆华，你是哪个年代的人啊？现在结婚还要征求父母同意？只要他们俩两相情愿不就行了吗？再说结婚证这东西，重要吗？就是一张纸罢了。你们俩感情如此深厚，走不走这过场都是一样。依我看，你们找个风景优美的地方举办一场盛大的婚礼就行了，费那些事干吗？”

辛娜说：“这可不行，我要名正言顺地嫁给杭一，成为他的合法妻子。其实结婚本来就是一个形式，如果照你这么说，那婚礼都可以省了。”

“别，婚礼可不能省。”雷傲赶紧说，“我还等着当伴郎呢。”

“我看你是等着在婚宴上大吃大喝吧。”范宁笑道。

“不应该吗？杭一老大结婚，当然得尽兴呀。再说以后可能也没机会……”说到这里，他立刻打住，轻轻扇了自己的嘴巴一下，“我这嘴真是欠。”

“是挺欠抽了，我帮你。”范宁走过去。两人打闹在一起。

这时，辛娜的手机响了，是她父亲打来的。她一边接起电话，一边说：“巧了，我正说打电话跟我爸说这事呢。雷傲，通知父母不是征求同意，而是对长辈的尊重，你懂吗？”雷傲咧着嘴笑了一下。

“爸，什么事？”

电话那头，辛娜的父亲说道：“你们现在都在大本营吗？”

“是的。”辛娜说。

“那你把手机的免提打开，免得一会儿你跟杭一他们转述了。”

伙伴们对视一下，意识到辛娜父亲接下来所说的事，必定十分重要。他们一起聚拢过来，辛娜打开免提：“爸，你说吧。”

“你们昨天让我安排国安部的人，调查13班还有没有超能力者活着，今天发现了一些线索。”

众人同时一震，神情严峻起来。辛娜赶紧问道：“爸，这么快就有发现了？你们知道还有谁活着？”

“别着急，听我说。国安部的调查人员获悉，SVR公司的方舟计划，没有因为董事长贺静怡的死亡而终止。事实上，全世界范围内，有资格登上

‘方舟’的人，现在已经统计完毕。这是一份绝密名单，SVR公司没有通过任何途径对外透露。但这份名单还是被各国的情报机构获取了，我们也不例外。”

“就是说，国安部现在已经知道全世界哪些人即将登上方舟，是吗？”

“对。这份名单当中，商贾巨富、政界名流占了绝大多数。除此之外，还有一些之前绝对没有资格登上方舟，现在却赫然在名单之上的人。显然，是因为他们支付了10亿美元一张的天价‘船票’，所以成了SVR公司的座上宾。”

辛娜很聪明，一下就猜到了父亲的意思：“您的意思是，这些人是突然之间获得的巨额财富。而发财的途径，就是SVR公司之前推出的那个‘竞猜游戏’。”

“没错，正是如此。好了，既然你们已经明白了我的意思，那么接下来说的便是重点——这份名单中，跟13班的超能力者有关的，有以下一些人：罗素的父亲、巩新宇的家人、赫连柯的母亲、闻佩儿的家人、于蓓蓓的姐姐，以及纪海超（男8号）的双亲。”

“纪海超？”杭一不自觉地念出了这个名字，然后跟陆华等人对视在一起。

“对于名单上涉及的这几个超能力者，你们有什么看法吗？”辛娜的父亲问。

杭一沉吟一刻，说道：“从逻辑上来说，前面几个人的家人能登上方舟，都不奇怪。首先，贺静怡自己的父母都已经死了，所以不难理解名单中没有出现她的家人；其次，巩新宇作为SVR公司的副董事长，其家人当然有资格登上方舟；而赫连柯和闻佩儿，显然是贺静怡当初用方舟的船票收买了他们为自己做事，所以他们的家人出现在这份名单上，也不是什么奇怪的事。

“至于罗素，他是‘竞猜游戏’第一轮的竞争者和获胜者。如果我没猜错的话，他一定把全家的财产都押在了自己身上，豪赌了一把。事实上，他赌赢了。我猜他父母的‘船票’，就是这样赢来的。”

范宁接着杭一的话往下说：“于蓓蓓的情况也跟罗素类似。不同的是，罗素买的是自己赢，而于蓓蓓把宝押在了杭一身上——不管怎样，他们俩都赌对了，为家人赢得了这张昂贵的‘船票’。”

“嗯，那么最后一个人呢？纪海超，你们对他的情况了解吗？”辛娜的父亲问。

“纪海超……他不是早就已经死了吗？”陆华说，“我记得他的能力好像是‘转移’。”

“对，”杭一也想起来了，他问辛娜的父亲，“纪海超的父母是做什么的，他们怎么拿得出20亿美元来买两张‘入场券’？”

“这就是我们感兴趣的地方。”辛娜的父亲说，“也是反常的地方。正如你们所说，前面几个人，都能解释得通，但这个纪海超，实在是扑朔迷离。据我们的了解，他的父母均是年收入10万以内的普通工薪阶层，整个家庭的银行存款从没超过30万。如今他的父母却双双登上了方舟，实在是令人匪夷所思。”

“这件事的确很奇怪，”范宁蹙眉道，“难道他的父母也是通过‘竞猜游戏’获得的大额资金？”

辛娜的父亲说：“我们认为不太可能。首先，要想通过竞猜游戏赢得10亿美元……不，20亿美元的话，除了猜对结果，还需要投入大量的赌本才行。纪海超的家里，根本拿不出这么多赌金。其次，根据我们的调查，他父母都是比较老派的人，平时都很少上网，很难想象会在网上进行‘竞猜游戏’的赌博。”

“会不会是纪海超的父母跟贺静怡有什么特殊的关系？”辛娜猜测。

“不可能，我们已经调查过了。他们跟贺静怡八竿子打不着，一点关系都没有。”

“那就怪了，他们怎么会有两张船票？”辛娜疑惑地说。

“他们不一定是花钱‘买’了两张船票，而有可能是因为什么特殊的原因，获得了登上方舟的资格。”辛娜的父亲说，“如果我们能以此为切入点，顺藤摸瓜，也许能发现一些之前被我们忽略了的事情。”

“嗯，爸爸，那你们现在是怎么打算的呢？”

“我想听听你们的意见。”

杭一思忖片刻，问道：“纪海超的父母，现在还在国内吗？”

“是的，国安局的人已经将他们严密监控起来了。”

“你们肯定能找到什么理由，把他们暂时扣留起来吧？”

“当然，仅巨额资金来源不明这一条，就足够将他们控制起来了。”辛娜的父亲说，“事实上我们也是这么打算的，准备把他们带到国安局，详细询问。”

杭一说：“好的，您先把他们带到国安局，我们随后就到。”

“可以。我现在就叫人去办这件事。”

挂断电话，陆华问杭一：“你认为这是怎么回事？难道纪海超还活着？”

杭一思索着说：“我不知道他是不是还活着，但我猜想他也许跟旧神有什么关系。所以他的父母才获得了‘特殊的关照’。”

辛娜说：“仔细想起来，旧神既然是13班的某个人，那他自然也是有父母的。末日来临之前，他肯定会想办法安置好自己的父母。也许……这个纪海超就是旧神？”

杭一说：“不知道，总之我们一会儿就去国安局，想办法从纪海超的父母口中套出什么来，也许能获得非常重要的信息。”

三十九、暴露

SUPER TABOO GAME

一个小时后，杭一等人来到琮州市国安局，这个地方他们非常熟悉，5楼是曾经的大本营。柯永亮和梅娜两位探员出门迎接，并告诉他们：“纪海超的父母现在已经在4楼的审讯室了，纳兰局长和辛部长在亲自审问他们。”

“他们说了什么吗？”杭一问。

梅娜摇头：“他们俩显然是之前就商量好了，一旦遭遇此种局面，一概沉默以对。他们什么都不说，测谎仪也无法使用。”

辛娜问：“我们可以看看审讯过程吗？”

“可以，走吧，这边。”

柯永亮和梅娜把杭一等人带到监控室，通过屏幕，他们看到了审讯室的画面：纪海超的父母隔着一张长桌坐在纳兰局长和辛宵部长的面前。这对夫妇看上去50岁左右，脸色沉静、面无惧色。纳兰智敏循循善诱地说道：“你们不愿说出方舟船票的来源，起码可以告诉我们你们的儿子纪海超是不是还活着吧？”

夫妻俩还是如同石像般一动不动，没有丝毫要配合的意思。纳兰志敏说：“纪海超虽然是超能力者，但目前没有任何威胁公众安全的行为，所以我们只是想了解一下他的情况罢了，你们又为何如此抗拒呢？”

还是没有回应。纳兰志敏的耐心快要耗光了，说道：“你们什么都不说，反倒证明这里面大有问题。这种情况下，国安局是不可能同意你们前往国外的。如此一来，这两张方舟船票，又有何意义呢？”

纪海超的父亲苦笑了一下，终于出声了：“登不上方舟就算了呗，我们本来就是普通人，又不是什么杰出人才，何必非得在这场浩劫中活下来呢？”

纳兰志敏望向辛宵部长，表示自己对这两个人无能为力了。他们死都不怕，还会怕什么拘禁、限制呢？况且距离世界末日只有20多天了，又能把他们拘禁多久？看来要想从他们口中获知什么，是难上加难了。

辛娜的父亲双手交叠，盯着他们俩看了一阵，对纳兰志敏说道：“其实他们的态度，已经回答我们的问题了。纪海超显然还活着，不然的话，他们有什么好隐瞒的呢？”他顿了一下，对纪海超的双亲说，“而且我敢肯定，你们的沉默以对，也是你们儿子之前告诫你们，让你们这么做的吧？”

夫妻俩又不说话了，对任何问题都不置可否。辛娜的父亲也不需要他们回答什么，继续说道：“不管怎么说，你们的儿子还挺孝顺的，不知道用什么方法为你们弄来了两张价值20亿美元的方舟船票。这么孝顺的儿子，如果发现父母很久都没有跟他联系，也不在家中，甚至没有前往方舟所在的蒙古国乌鲁盖地区，会不会很着急呢？我猜他肯定会打电话跟你们联系吧。只要电话一接通，以我们的信息追踪技术，立刻就能知道他身在何方了。”

听完这话，纪海超的母亲身体颤动了一下，仿佛内心的某个部分被触碰到了，纳兰志敏和辛娜的父亲都以为刚才那番话奏效了，终于能从他们口中套出什么。没想到的是，纪海超的母亲流着眼泪说道：“真是这样的话，那就太好了。世界末日快来了，我不在乎能不能活下来，只想再见我儿子一面……”

说着，她抽泣起来。纳兰志敏和辛宵相对无言。须臾，纪海超的父亲眼眶也红了，说道："实话告诉你们吧，我们也什么都不知道。'船票'是怎么来的、我儿子用他的超能力做过些什么、他现在是不是还活着，我们也很想知道。"

"那你们为什么不配合我们呢？国安局也许能帮你们找到纪海超。"纳兰志敏说。

"因为我儿子曾经告诉我们，不要过问他的行踪，也不要对任何人提起关于他的一切——尽管我们本来就对他的一切知之甚少。"纪海超的父亲悲哀地说道，"我们已经大半年没见到过他了。这两张方舟的船票，是不久前我们通过快递收到的，并且没有寄件人的任何信息。但是，除了我儿子，还有谁会寄价值20亿美元的船票给我们呢？所以我们猜他还活着。但我们想不通的是，如果他活着，为什么不回家，不来见我们一面？他是不是在外面做了什么错事，没法回来了？我们不知道，真的不知道……"

纪海超的母亲再也控制不住情绪，捂着脸呜呜地哭起来。不管是坐在他们面前的纳兰志敏和辛宵，还是监控屏幕前的杭一等人，都能看出他们绝对不是在演戏，说的全是实话。

国安局的会客厅内，辛娜的父亲对杭一等人说："你们也看到了，纪海超的父母确实什么都不知道。把他们继续留在国安局没有意义，我让他们回去了。"

略微顿了一下，他又补充道，"不过我们对他们的手机保持了监听，一旦纪海超打来电话，我们立刻就能获取他的位置。"

陆华说："可能很难，按照他父母所说，纪海超真的是小心谨慎到了极点。要期待他露出马脚，实在不是件容易的事。"

"但是时间不多了，我们不能被动等待。"穆修杰说。

"那又有什么办法？你能想出什么主意吗？"范宁问。穆修杰不说话了。

“其实我们也不算毫无所获，起码得知了纪海超确实还活着的事实，而且他极有可能就是我们一直在寻找的旧神！”辛娜说。

是吗……果真如此？杭一暗暗思忖。纪海超是旧神？但是，他从来没有出现在我们面前，更遑论是守护者同盟中的一员。难道“旧神是伙伴中的一个”只是一个误会，或者是对手刻意为之的误导？抑或者，纪海超只是一个幌子，旧神的真面目，其实是……

辛娜注意到杭一若有所思，问道：“你在想什么，杭一？”

杭一望向辛娜，他脑子里冒出了某个念头，但他不愿当着所有人的面把这个想法说出来，于是岔开话题道：“我在想，纪海超的事扑朔迷离，我们在这儿瞎猜，也没多大意义。还是别误了正事吧。”

“什么正事？”辛娜一时没反应过来。

“我们俩打算干吗，你忘了吗？”杭一提醒道。

辛娜“啊”了一声，脸颊微微泛红。伙伴们知道杭一说的是结婚的事，识趣地站了起来，雷傲说道：“你们‘一家人’慢慢商量吧，我们先回去了。”

朋友们离开国安局会客大厅后，辛娜的父亲问道：“你们想跟我说什么？”

辛娜拉着杭一的手，走到父亲的面前，娇羞地说道：“爸，我和杭一打算结婚。”

“结婚，在这种时候？”父亲感到吃惊。

“对，就是现在，我们不想留下遗憾，你懂我的意思吗，爸爸？”

父亲望着女儿，又望向杭一，他当然懂这两个年轻人的想法，也知道杭一是一个正直、优秀的男生。只是在世界末日前夕结婚，未免蒙上了一层悲剧色彩。辛娜的父亲在心底赞叹这两个敢爱敢为的年轻人，他也没有反对的理由，唯一的担心，是这场特殊的婚礼会过于引人注目，对于目前的形势而言，这显然不是一件好事。

“娜娜，你知道，爸爸从来都是尊重你的选择的。我也知道你们都不会后悔做出这个决定。只是，现在是特殊时期，你们俩结婚的话——除非不对外张扬——否则的话，必然引起全世界的关注，包括旧神。”辛娜的父亲说，“你们想过可能产生的后果吗？”

父亲说得有道理，辛娜担忧地望向杭一。杭一说道：“伯父，我和辛娜彼此相爱，为了不让人生留下遗憾，才决定在这种特殊时期结婚，非常感谢您的开明。同时，我想告诉您的是，我对于这场婚礼的想法。”

“说说看。”

“我想，这场婚礼——包括之前的筹备，都要尽量高调。”

辛娜和父亲一起问道：“为什么？”

杭一说：“辛娜，我知道这样说，可能对你很不公平，因为你渴望的，只是一场浪漫的婚礼……但我，却觉得这是一个机会，也许我们可以用这场婚礼，把旧神给‘钓’出来！”

辛娜愣了半晌，诧异地问道：“我们的婚礼跟旧神有什么关系？”

杭一说：“刚才，我不想当着大家的面说出内心的真正想法。但事实是，我们不能掩耳盗铃。我们知道，旧神早就混进了我们的同盟，就是这些同伴中的一个！但我一直在思考一个问题——旧神为什么非得混进我们中间不可呢？”

“这显然是一个诡计呀，混进敌人内部，他才能寻找机会下手。”辛娜说。

“没错，我一开始也是这样以为的。旧神加入我们，是想借助我们的能力，对付其他的敌对势力——比如三巨头以及贺静怡他们。现在，超能力者所剩无几了，几乎只剩下我们几个人了。按理说，一直隐藏在我们身边的旧神，可以对我们下手了，这样，他便是这场游戏的获胜者。但奇怪的是，他并没有这样做，或者说，暂时没有这样做。这是为什么呢？”

辛娜想了想，问：“你觉得原因是什么？”

杭一说：“我猜，是因为我们的存在，对他有某种价值。”

辛娜说：“可是现在除了我们，已经不存在别的敌对势力了呀。”

“对，但旧神跟我们一样，面临着同样的问题——小行星即将撞击地球。简单地说，他必须做到两点，才算是真正的赢家。那就是，既要成为这场游戏的获胜者，又要对抗即将撞击地球的小行星，否则他赢了也没有意义。”

“假如旧神成为获胜者，得到50级的超强能力，难道不能凭他的力量拯救地球吗？”辛娜问。

“你说到问题的关键所在了。”杭一有些激动地说道，“到目前为止，我们几乎已经知道50种超能力是什么了。有一些能力，显然对于拯救地球，是派不上用场的。比如张贝的‘食物’、彭羽的‘睡眠’、佟佳音的‘基因’、阮俊熙的‘动物’、董曼妮的‘隐形’等。有些能力也许能用来跟竞争者对抗，但绝不适合拯救地球。关于这个问题，我们之前也探讨过。守护者同盟的成员中，也不是每个都能担负此重任的。”

“嗯，说下去。”辛娜的父亲捏着下巴，微微颔首，听得极为认真。

杭一继续道：“我们来做一个假设，旧神为了赢得这场游戏，当初选择了一个非常厉害和阴险的能力。但是这个能力只适合用来对付其他超能力者，却无法用来拯救地球——有这种可能性，对吧？”

“嗯。”

“那么，如果真是这样的话，我们也许可以做出这样的猜测——旧神不敢把仅剩的这几个超能力者全部杀死，否则的话，要是他的能力没法对抗即将撞击地球的小行星，一样是死路一条！”

辛娜和父亲沉寂许久，思考杭一说的话。过了一会儿，辛娜说道：“你的意思是，旧神也许会选择让某个超能力者活下来，和这个超能力者一起对抗这场劫难？”

杭一苦笑道：“如果真是这样，那倒好了。既然我们的目的一致，那让他活下来拯救地球，也未尝不可。但如果他最后选择的方法，只是让自己和少部分人活下来呢？贺静怡不就是这样做的吗？”

“杭一说的没错，不是每个人都会顾全大局。”辛娜的父亲说。

“那你打算怎么做？”辛娜问。

杭一说：“旧神在寻找机会，我们就提供给他机会。我们的婚礼，会提前公布举行的日期，而且那天，仅剩的几个超能力者都会参加。对于旧神而言，这显然是一个绝佳的机会！”

“你觉得旧神会在婚礼现场，展开袭击？”辛娜的父亲脸色一变。

“对，我有很强烈的直觉，他一定会这样做。并且他不会杀死所有的超能力者，而会留一个人下来！”杭一说。

“你觉得旧神会选择谁呢？”辛娜问。

“这就不得而知了。”杭一摇头道。

辛娜的父亲说：“如果真是这样，那你们的婚礼，岂不是无比危险？”

杭一说：“伯父，就算我们不举办这场婚礼，旧神也会寻找机会出手的。而且我们算不准他会在何时出手，更加危险。”

“好吧，就算如此。但最重要的问题是，假如旧神真的在婚礼现场现身并出手，你们该如果应对？”辛娜的父亲问。

“他肯定不会正大光明出现在我们面前的。所以我们要做的，就是在他出手之前，就让他露出狐狸尾巴，把这个隐藏在我们身边这么久的老狐狸给揪出来！”杭一说。

“可是，有什么办法能令他露出破绽呢？”辛娜说，“我们不是一直想不出办法吗？”

“不，”杭一说，“之前，我的确没想出什么好办法。可是刚才谈话的过程中，伯父有一句话提醒了我，让我想到了一个办法。虽然我没法保证百分之百有效，但也只能赌一把了！”

辛娜的父亲为之一愣：“我说的某一句话，启发了你？”

“没错，我想到一个让旧神暴露身份的办法了。”杭一说。

四十、婚礼上的意外

SUPER TABOO GAME

7月21日，杭一回了一次家，告诉父母自己决定跟辛娜结婚的事情。爸妈喜出望外，当即表示支持，杭一备感欣慰。

婚礼的举行地点，杭一和辛娜选在了琮州市南郊的南湖风景区。那里有欧式教堂、优美的天鹅湖和3万余平方米的草坪，可以接纳500人规模的婚礼。杭一、辛娜以及同盟的伙伴们，一起前往南湖主题婚庆广场最豪华的酒店，预定8月2日在此举行草坪婚礼。

酒店方面除了接待各位超能力者，还接到了国安局打来的电话，叮嘱他们务必重视这场婚礼。经理诚惶诚恐，承诺会格外用心。

一个小时后，这个消息便不胫而走，经过媒体的大肆宣扬，在极短的时间内传遍了全国乃至世界。许多媒体的头条新闻采用了“全球最引人注目婚礼”“末日前的超级婚礼”这样的标题，引发了全球民众的关注。

杭一和辛娜——当然主要是杭一——立刻陷入巨大的舆论旋涡之中。很多人认为，“能力越大，责任越大”，杭一作为目前最强的超能力者，在世界末日降临前夕，想的不是如何保护地球，而是沉浸儿女私情，令人沮丧。也有人持不同的看法——超能力者选择在此时结婚，说明他们没有放弃自己的人生，地球和人类还有希望……

杭一和辛娜对所有的议论一概不予理睬。在大本营里，杭一对伙伴们说："这段时间，大家都回家陪陪自己的家人吧。"

的确，守护者同盟的每一个人都离开家很久了。特别是在这末日临近的时候，他们格外思念自己的父母家人。但是陆华有些担心地说道："我们分散开来，回到各自家中，会不会给旧神可乘之机？"

杭一说："回到家后，当然也要注意安全。一旦有什么不对劲，立即联系其他人。"

"行，就这样吧。我还真有点想家了。"范宁说。

"那我们8月2号见。这段时间，你们可得准备好参加婚礼的礼服呀。"辛娜提醒道。

"那当然！"雷傲咧着嘴笑道，"你们别嫌我穿得太帅，抢了新郎的风头就是。"

大家都笑起来，然后互相道别，离开了。大本营里，只剩下杭一和辛娜两个人。

"杭一，你的计划行得通吗？"辛娜担忧地问道。

"到时候就知道了。现在，我们还是做正事吧。"杭一说。

"什么正事？"

"咱们已经领过证了，是合法夫妻，你说呢？"杭一坏坏地笑了起来，一把将辛娜抱起来，朝卫生间走去，"你家的这个大浴缸，我早就想试试能不能坐进去两个人了。"

"讨厌！"辛娜娇嗔地捶着杭一的胸口，羞红了脸。

接下来的几天风平浪静，没有发生任何特殊的事情。杭一每天都跟伙伴们保持电话或微信联系。旧神仿佛消失了似的，没有对任何人造成威胁。

这种情形，正如暴风雨来临前的平静，透露着隐藏的危机。仿佛预示着，他们的婚礼，就是决战的战场。

时间越临近这个日子，杭一的直觉越发强烈。

终于，8月2号到了。

这天风和日丽，没有夏日毒辣的太阳，也没有恼人的细雨，空气中的温度和湿度刚刚好，仿佛上天也知道今天是一个特殊的日子，为这场旷世婚礼行了个方便。对于户外草坪婚礼来说，简直是求之不得的绝佳天气。

南湖风景区的婚庆广场上，从来没有聚集这么多人。这里的人数至少有几千，多数是来亲眼观看这场“末日前的超级婚礼”的。此外，还有全球超过一百家的新闻媒体，进行现场报道。

此刻，天鹅湖边的草坪上，已经布置好了浪漫唯美的婚礼礼台，左右两边摆放着整齐的座椅，中间是洁白的地毯和鲜花装饰的拱门。草坪上，乐队的绅士们演奏着舒缓悠扬的古典曲目。先到场的亲朋好友一边交谈，一边引颈盼望新郎新娘的到来。

伴郎团的成员们：雷傲、陆华、元泰和穆修杰，每个人都穿着定制的修身西服，显得英俊而帅气。而唯一的伴娘范宁，此刻身穿着粉色长裙，跟他们四个站在一起，随众人一起等待着一对新人的来临。

雷傲打量着跟平时截然不同的范宁，感叹道：“认识你这么久了，还是第一次见到你穿裙子呢。”

范宁白了他一眼，说：“我要是穿西服，人家还以为有五个伴郎呢。”

雷傲哈哈笑了起来：“我都没说出口，你自己倒承认自己像个男生了。”

范宁佯怒道：“是不是要我使用‘操控’让你张不开嘴？”

他们说笑的时候，陆华说道：“看，杭一来了。”

大家一起望过去，只见一辆洁净如新的黑色加长型轿车缓缓驶来，在草坪前停下。车门打开，杭一和父母从车里走出来。伙伴们第一次见到杭一如此正式的装扮：一身深灰色的高档西装，白色衬衫搭配蓝色条纹领带，庄重而不失活泼，精心修剪过的头发梳得整整齐齐，显得玉树临风、清新俊逸——这副形象跟他平时休闲随意的打扮比较起来，简直判若两人。雷傲开玩笑地说道："天哪，我们还没看到新娘，先被新郎惊艳到了。"

杭一将父母送到左边宾客席的第一排坐下，然后走到伙伴们身旁，跟他们站在一起。范宁赞叹道："杭一，今天真是帅呆了！"

杭一笑道："你们也很美呀。"

元泰羡慕地说："唉，可惜我没有女朋友，不然我也想结婚了。"

朋友们都笑起来。穆修杰望着周围不断拍照摄影的记者，对杭一说："看今天这阵势，恐怕好莱坞明星的婚礼，也不及你们吧。"

杭一提醒道："别掉以轻心，随时注意周围的情况。"

伙伴们当然明白他的意思。实际上，他们说着玩笑话，只是为了掩饰内心的紧张罢了。陆华不安地说道："四面八方全是人，要是旧神混在其中，我们根本不可能发现得了。他要是暗中发动袭击，我们如何防范？"

"那他就会成为全世界的敌人了。"杭一说，"世界各国的媒体记者都在这里，旧神恐怕也不想成为众矢之的吧。"

"有道理。"范宁说，"事到如今，我们只能跟他打心理战了。"

他们一边聊天，一边观察着周围的动静。11点钟的时候，按流程，新娘及其父母终于登场了。一辆白色的高级轿车停在了草坪前，坐在副驾位置的辛娜的父亲首先下车，他打开后排车门，妻子和女儿先后从车子里走了出来。

辛娜化了清新淡雅的妆容，头戴洁白的头纱，身穿镶嵌闪亮钻片的露肩婚纱，在阳光的照耀下熠熠发光，宛如女神降临。她美得动人心魄，引发周遭一片赞叹和艳羡的低呼。雷傲、陆华等人虽然早就领略过辛娜的美，此刻也完全看呆了。

在西式婚礼中，新娘的来临意味着婚礼入场式开始。现场的演奏者们改换了一首庄严的乐曲，主婚人通过鲜花甬道走上婚礼台，面对宾客站定，示意新郎可以通过甬道走到他的左手边来了，这是西式婚礼标准的入场式。

然而，杭一并没有走上白色地毯。主婚人以为杭一没有看到他的动作和手势，说道："请新郎先走上婚礼台。"

杭一说："对不起，请稍等一下。"

主婚人为之一愣，不知杭一意欲何为。这场婚礼虽然之前并未进行彩排，但是相应的流程和步骤，婚庆方是跟一对新人和他们的父母交代过的。此刻，杭一的父母也不知道这是怎么回事，转过身来望着儿子，宾客们亦然。

杭一看了一下手表，解释道："不好意思，虽然我们举行的是西式婚礼，但家里的长辈为了图个吉祥，特意看了时辰，11点10分举行仪式，是最好的。所以麻烦大家稍等一下。"

杭一的父母疑惑地对视在一起，看来他们对所谓的"时辰"之说毫不知晓，宾朋们也不知道杭一葫芦里卖的什么药，众人望向辛娜，发现竟然连新娘也是一脸迷茫。

辛娜不是假装，她真的不知道杭一为什么要拖延10分钟，意义何在。

穆修杰靠近杭一，小声问道："怎么了，杭一，发现什么情况了吗？"

杭一不置可否地摇了摇头，穆修杰不便多问了。一直站在杭一身旁的陆华问道："你是不是担心旧神会在举行仪式的时候发动袭击？"

杭一略微沉吟，双手拍了一下西服的裤包，低声道："我没法把游戏机放在身上。"

范宁明白杭一的顾虑了，说道："要不然，我们跟你一起走上婚礼台吧，旧神总不敢同时攻击我们这么多人。"

元泰说："伴郎、伴娘跟新郎一起上台，不符合婚礼的规矩呀。"

范宁说："现在哪还顾得上这些？杭一身上没有游戏机，意味着没法使用超能力，万一旧神抓住这个机会出手，后果不堪设想。”

陆华说：“干脆我启动圆形防御壁，我们几个人跟杭一一起上台，这样就万无一失了。”

杭一想了想：“行，就这样吧。”

11点10分的时候，杭一向主婚人示意，仪式可以进行了。陆华启动圆形防御壁，把杭一、雷傲、元泰、范宁、穆修杰和他自己笼罩在防御壁中，六个超能力者一起踏上白色的地毯，朝正前方的婚礼台走去。

这一幕看上去令人惊奇，本该新郎一个人走过甬道，现在变成六个人身处“玻璃球”之中，集体走向婚礼台。宾客们感到诧异，而远处的记者和围观者们都亢奋起来，很多人是第一次亲眼看见超能力，叫道：“看啊，那就是陆华的超能力！”

白色地毯铺成的甬道，大概有20米，这段不长的距离，杭一却走得格外缓慢。

他太紧张了，心脏几乎快要跳出胸腔。

现场的每一个人，都不可能知道他在想什么。只有他自己心里清楚一个事实——

就在10分钟前，他终于知道旧神是谁了。这个隐藏在他们身边许久的无比狡猾的家伙，此刻就在身边，就是圆形防御壁中的六个人之一。

甬道走到一半的时候，杭一突然驻足，另外五个人也跟着停下脚步，穆修杰问道：“怎么了？”

杭一没有理穆修杰，而是望着陆华，说道：“陆华，其实我一直有一个问题，想问一下你。”

“嗯？什么？”陆华诧异地望着他。

“如果身处防御壁里面的人，突然对自己人发动袭击，会是什么结果呢？”

陆华浑身一震，脸色陡变，支支吾吾地说道：“这个……我不知道，从来没有试过。”

“是吗？那就试试吧！”

话音未落，杭一一记重拳挥向陆华，击中他的脸颊。陆华一个趔趄，被打得倒向一边，鼻腔冒出鼻血，鼻梁上的眼镜也歪斜了，圆形防御壁随之解除。

众人大惊。雷傲叫道：“杭一，你疯了？干吗打陆华？！”

杭一望着面前的这个人，一字一顿地说出令所有人如遭雷击的话：“因为，他——就——是——旧——神！”

四十一、复制

SUPER TABOO GAME

这句话，令现场的温度仿佛骤然降低了10度。每个人都惊呆了，而雷傲、范宁、穆修杰和元泰四个人，更如晴天霹雳，他们的血液里仿佛倒进了冰块，整个人都被冻结了。雷傲从来没有露出过如此骇然的表情：“你说……什么？陆华是……旧神？！”

此时，陆华已经再次启动了圆形防御壁，把自己笼罩其中，保证自己的绝对安全。他的神情已经跟之前截然不同，眼神冷漠如石。他取下眼镜，扔到一旁，说道：“杭一，你出手还真重呀。刚才那一拳打得我好疼。”

杭一冷冷地说道：“别得了便宜还卖乖，我出手重？你心里清楚，我本来可以不动声色就把你杀了的。要不是念在你曾经跟我们并肩作战的分上，我已经这样做了。”

“你本来就应该这样做。”陆华带着轻浅的笑意说道，“太过善良，是你致命的弱点，也是你不适合成为‘新世界的神’的重要原因。”

“你这种阴险、卑鄙的人，就适合成为新世界的神吗？恐怕结果更糟吧。”杭一说。

他们对话的时候，周围的宾客、围观者们全都意识到这里发生了意料之外的状况，人们不由自主地退向了远处，只有一些胆大的记者还架着摄像机拍摄这令人震惊的画面。杭一的父母惊愕地注视着这一幕，他们担心儿子的安全，不愿走到远处当一个旁观者。柯永亮和梅娜拖着他们离开了，国安局的其他探员也紧急疏散围观的记者和人群，告诫他们这里非常危险，可能会爆发一场大战。

辛娜捂着嘴，流着泪被母亲强行牵到了车上。虽然她万分不愿离去，但之前杭一跟她约好了，一旦婚礼上发生意外状况，她必须立即撤离，否则会为杭一带来后顾之忧。

现在，婚礼的现场，几乎只剩下六个超能力者了。雷傲是性情中人，此刻控制不住情绪，竟淌下了眼泪，他实在无法接受陆华是旧神的事实，痛心疾首地吼道：“陆华，你是旧神？这怎么可能？你是所有同伴中，我最信任的人呀！”

杭一拍了雷傲的肩膀一下，示意他暂时别说话。然后，他望向陆华，冷冷地说道：“旧神，或者叫你‘前世’的名字吧——普罗米修斯——我既然识破了你的诡计，你就没必要继续装扮下去了吧？不如以真面目示人，也算是在最后的时刻光明磊落了一回，行吗？反正你的真面目，我们也不是没见过。”

“陆华”轻哼了一声，说道：“好吧，那我也看在曾经是‘战友’的分上，满足你的要求。让你们死个明白，也算是对得起你们这些‘伙伴’了。”

说完这番话后，众目睽睽之下，奇妙的一幕出现了——陆华的身体、脸、头发乃至衣服都发生了变化，片刻之后，站在杭一等人面前的，已经是另外一个人了。而这个人，他们也无比熟悉——

宋琪！

雷傲、元泰、穆修杰和范宁瞠目结舌地盯着眼前的人，心中的惊骇、惶惑无以复加。他们先是无法接受陆华是旧神的事实，现在又眼睁睁地看着陆华变成了宋琪，再也没有比这更令人难以置信的事情了。

一向不擅长动脑筋的雷傲此刻完全蒙了，骇然道："宋琪……你不是已经被子弹击中死了吗？怎么会变成陆华的样子，又怎么会是旧神？！"

穆修杰的额头上也渗出了冷汗，他睁大眼睛望着眼前诡异的画面——宋琪使用着陆华的超能力"防御"——思维完全混乱了，甚至对一切都充满了怀疑："现在站在我们面前的，真的是宋琪？她的能力不是'速度'吗？怎么会变成陆华的样子？还能使用陆华的能力！"

"事到如今，你们还没想到我的真正能力是什么？"宋琪冷笑道。

"'复制'。"思维敏捷的范宁已经反应过来了，"你的能力根本就不是'速度'，而是可以复制任何一个超能力者的能力！"

宋琪嫣然一笑："还算有个聪明人。"

"'复制'，原来是这样……"雷傲的后背泛起阵阵凉意，他做梦都没有想到，真相竟然是这样。

杭一说："不得不承认，这招真是高明到了极点。从一开始，她加入我们，并立即使用'速度'这个超能力助我们突围，逃离莫斯科，在换取我们信任的同时，也令我们所有人都深信不疑，她的能力是'速度'。实际上，她只是一直在'复制'速度这个能力而已！

"只要她在我们面前坚持只使用这一种超能力，我们就永远都想不到，她真正能使用的能力远不止这一种！实际上——如果我没猜错的话——50个超能力者中，只要谁被宋琪接触过，其能力就会被她所复制。这就是她为什么要混入我们之中的原因！"

"因为这样才能复制我们每一个人的超能力，为她所用？"元泰悚然道，"真是这样的话，这个能力未免太强了。现在她肯定每个人都接触过了，岂不是可以使用50种超能力？"

"不，这个能力也有局限性，最大的限制就是——只能复制还活着的人的超能力。”杭一望着宋琪，“我没说错吧，不然的话，你只需要使用侯波的‘时间暂停’，就能轻松解决我们了。也用不着煞费苦心地变成陆华的样子，伺机在婚礼上展开袭击了。”

宋琪牵动嘴角笑了一下，未置可否。

说起陆华，雷傲焦急地问道：“那真正的陆华呢，在哪儿？”

“放心吧，既然他能使出陆华的防御壁，证明陆华肯定还活着。而且，他已经被国安局的人解救出来了。”说到这里，杭一扭头望向草坪左侧，看到一个人朝他们走了过来。他笑了起来，“真是说曹操，曹操就到。”

“陆华！”大家看到真正的陆华朝他们走来，欣喜地叫了出来。陆华怒视着身处防御壁中的宋琪，自己也启动了超能力，在跟杭一他们会合的同时，将伙伴们也笼罩在了防御壁中。

“宋琪，你这个卑鄙的家伙。”陆华愤然道，“你早上偷袭我，将我关在一间地下室内，然后把自己复制成我的样子，来参加杭一和辛娜的婚礼。你这招可真狠呀，当着所有人的面杀死杭一他们，既能立刻成为最强的超能力者，更能嫁祸于我，让全世界以为我是罪魁祸首，一箭双雕！”

宋琪一只手摩挲着下巴，说道：“我们现在都处于防御壁之中，谁也奈何不了谁，不如趁此机会，打开天窗说亮话吧。相信你们也有很多问题想问我。在此之前，先回答我一个问题——杭一，我很好奇，你之前这么久都没有识破我，为什么最后关头，能识破我的计谋呢？”

杭一说：“你真的想知道吗？那我就老实告诉你吧。我很早以前就知道，旧神混进了我们的同盟，是这些伙伴中的一个。但我在没有证据的情况下，不愿无端猜测任何人。加上你行事十分谨慎，即便是在国安局的大本营内，也没有露出任何破绽，所以我之前，真的无法判断出旧神是谁。”

宋琪说道：“那是当然，我通过复制孙雨辰的读心术，知道国安局的房间里安装了微型摄像头。之后跟你们在一起，我也没有露出过任何破绽。特别是在大厦里，我被子弹击中‘身亡’的时候，我相信你们谁都没有引起怀疑。”

“不得不说，你的计谋和演技都很高明。我当时真的以为你已经死了。当然现在想起来，你只是复制了我的超能力，让自己具备‘游戏属性’，假死罢了。这样一来，大家都以为你已经死了，自然不会想到旧神是你。”杭一说。

“是啊，事情进行到这里，我的计划都实施得十分完美。那你怎么会怀疑已经‘死去’的我呢？”宋琪问道。

杭一说道：“我对你的怀疑，是从得知纪海超还活着开始的。宋琪，当初你加入我们的时候，告诉过我们，纪海超杀了夏丽欣和聂思雨，然后袭击了你。你在自卫的同时令他丧命，继承了他的能力，对吧？这个谎言在当时看来无懈可击，我的确没有怀疑过。

“但是，当我从纪海超的父母口中得知，纪海超可能还活着的时候，我开始意识到你当初所说的，可能是一派胡言。当时你欺骗我们，说纪海超的能力是‘转移’，但实际上，他的真正能力，正是一直被你复制的‘速度’！”

“等一下，你通过纪海超分析出我当初说的是假话，这不难理解。但你不可能立即就能想到，我的能力是‘复制’。毕竟我从来没有在你们面前展露过别的超能力，你怎么会想到这一点？”宋琪问。

杭一哼了一下，说道：“你真的从来没有展露过‘复制’这个超能力吗？‘碧鲁先生’，你该不会是贵人多忘事吧？”

宋琪的脸部肌肉抽搐了一下，她有些后悔地说道：“我就知道，当初贸然出手袭击你们，是一个重大的失误。不但没有将你们杀死，反而露出了唯一一次破绽。唉，我也是百密一疏，竟然栽在了这件事上。”

雷傲茫然地问道：“她说的是哪一次？宋琪什么时候暗中袭击过我们？”

“不，”杭一摇头道，“那是很早以前的事，当时你还没加入我们呢。现在能想起这件事的，除了我之外，就只有陆华了。”

陆华一时没想起杭一说的是哪件事，毕竟他们在一起经历过的险情太多了。他问道：“哪一次？”

杭一提醒道：“你忘了吗？孙雨辰刚刚加入我们不久，我们一起来到韩枫的家，在他家院子里的一间小木屋内……”

没等杭一说完，陆华“啊”地叫了出来，他想起来了，说道：“对！当时发生了一起诡异的事件，那间木屋内的所有工具，全部飞到空中，朝我们砸来。后来木屋的所有门窗紧闭，缝隙被碎渣堵住，我们差点在屋内窒息而亡……”

“没错。你还记得我们当时的第一反应是什么吗？我们怀疑是孙雨辰用他的‘意念’袭击了我们！但这又不合逻辑，除非他想自杀。”杭一说道，“现在你知道是怎么回事了吧？”

陆华后背发麻，望着宋琪说道：“天哪……当初袭击我们的人，其实是你？你当时就在附近，复制了孙雨辰的能力，打算将我们全部杀死！”

宋琪说道：“我承认，这件事的确是我冒失了。所以后来，我就相当谨慎，几乎没有亲自出手过，而是利用赫连柯和闻佩儿，让他们威逼利诱超能力者，为我做事。”

“说到赫连柯和闻佩儿，我也感到好奇。”杭一问道，“他们为什么会愿意死心塌地地为你办事，这对他们有什么好处？”

“驱使人类遵从和付出的原因，大抵只有两个：一是利益；二是情感。而以情感为纽带的关系，是最牢不可破的。”宋琪说，“获得超能力之前，赫连柯就一直倾心于我。而闻佩儿又迷恋着他。这段怪异的感情链，将他们跟我束缚在一起。”

“真是可悲的两个人。”陆华说道。

“你觉得可悲？也许他们倒觉得很荣幸呢。”宋琪说，“告诉你们一件事吧——当然这可能也是赫连柯对我忠心耿耿的另一个重要原因——13班的50个超能力者中，只有赫连柯和闻佩儿跟我一样，之前就知道自己将成为超能力者！”

“什么？”元泰惊讶地说，“你的意思是，赫连柯和闻佩儿跟我们不一样，他们俩之前就选定了自己的超能力？”

宋琪说："没错。你们其他的人，都是在10秒钟的限制时间内，凭着潜意识选择的超能力。但他们俩，当然还有我，是早就计划好了的。我选择'复制'；赫连柯负责'强化'；闻佩儿进行'探测'——我们三个人配合，就能知己知彼，掌控全局。

"实际上，这套战术在前期十分奏效，控制了不少的超能力者。但是，我们派出的两个'最强刺客'——冯亚茹（女25号，能力"规律"）和向北（男13号，能力"死亡"）——接连失败之后，我开始意识到，你们的同盟已经强大到了不可小觑的地步。而这时又冒出了更棘手的'三巨头'势力。

"所以，我权衡之后，认为只有亲自出马，才能真正地控制局势。所以才会前往莫斯科找到你们，帮助你们逃离俄罗斯军方的围追堵截，赢得你们的信任，并利用你们的强大能力对付'三巨头'以及后面出现的贺静怡那边的势力。好了，我如此诚恳地告诉了你们一切，现在回到之前的问题吧——杭一，就算你通过各种迹象怀疑到了我，但我还是想不通，你怎么可能连我是'冒牌陆华'这一点都猜得到？"

杭一摇头道："宋琪，你过于依赖超能力，却忽视了现代信息技术。那天辛娜的父亲说，国安局监控了纪海超的手机，令我获得启发。我想，既然旧神在我们当中，为什么不让国安局监控守护者同盟每一个超能力者的手机呢？老实说，这个计划我针对的并不是你，因为那个时候，我真的以为你已经死了。"

宋琪说："就算我还在同盟之中，这招对我也没用。国安局介入此事之后，我就没有用手机进行过任何可能泄露身份的对话了。"

杭一说："这就叫'无心插柳柳成荫'。本来想监控的是同盟里的其他成员，却阴差阳错地令你露出了破绽。你没有想到，陆华的手机受到了国安局的监控，不管陆华走到何处，国安局都能立刻通过手机自带的GPS获取他所在的位置。今天早上你袭击并绑架他后，将陆华带到了某处……"

"等等，我不会大意到将他关在某处，连他的手机都不搜出来的程度。他裤包里的手机，已经被我毁坏并扔掉……"说到一半，宋琪戛然而止，知道问题出在哪里了，“我明白了，国安局监控到陆华的位置突然发生了不可思议的‘瞬移’，而且信号在之后中段了，这意味着……”

“没错，陆华本人，是无论如何都办不到这一点的！而能做到‘瞬移’的，只有拥有超级速度的你！这也再次证明了我的判断——你就是能力为‘复制’的超能力者，旧神！”杭一厉声说道，“婚礼快要举行的时候，辛娜的父亲通过蓝牙耳塞告诉我，国安局的探员已经找到了被囚禁在地下室的陆华，并火速开车将他送到这里来。那么，当时待在我们身边的‘陆华’是谁，不就不言而喻了吗？”

雷傲恍然大悟：“这就是你在婚礼举行前，让司仪稍等一下的原因——你在等真正的陆华到来！”

杭一点了点头。

宋琪叹道：“人类的科技和智慧，的确进步了，我机关算尽，却还是百密一疏，在最后关头被你们揪了出来。”她略微停顿，脸色一沉，“不过，这并不代表我输了，不是吗？”

杭一说：“宋琪，如果我没猜错的话，洛星尘、侯波和倪亚楠，都是被你杀死的吧，方丽芙的等级大概也继承到了你的身上，加上你之前就获得的罗素和张贝的等级，现在最多只有7级。即便能复制我们每个人的能力，你心里也很清楚，不可能是我们六个超能力者的对手。”

宋琪哈哈大笑道：“从你们所谓的‘神话时代’起，若论战斗能力，我从来都不是最强的那个人。阿波罗、雅典娜、宙斯、波塞冬……每一个人都比我厉害，但最后的结果呢，他们仍然不是我的对手。从古至今，胜利者靠的就不是蛮力，而是——智慧。”

她指了指自己的脑袋，阴险地笑了一下，说道：“我们现在都在防御壁内，谁也奈何不了谁。所以我压根儿就没想过要跟你们战斗，这是毫无意义的。不过，奈何不了你们，我还奈何不了其他人吗？”

杭一心中一凛，突然有种不祥的预感。

四十二、旧神的能力

SUPER TABOO GAME

“你想干什么？”杭一问道。

宋琪淡然一笑：“杭一，接下来的话题，你肯定感兴趣——所有游戏当中，哪一款是破坏力、杀伤力最大的呢？我虽然不像你那样精通游戏，但多少还是知道几款的。而你们对我的能力的了解，大概就只停留在表面了。你们不知道吧，我的‘复制’最强大的一点就在于——能使用跟复制对象相同等级的力量。也就是说，杭一，你的等级现在是20级，那我也就能使出20级强度的‘游戏’这个能力。”

杭一和伙伴们迅速对视了一下，这一点，他们之前确实没有想到。而宋琪说的这番话意味着什么，他们也多少能猜到了。

宋琪继续道：“由于我也能使出20级的‘游戏’这个能力，所以我非常清楚，你刚才说的‘没法把游戏机揣在口袋里’，只是麻痹对手罢了。实际上，你的等级都达到20级了，还需要随身揣一个游戏机才能使出超能力吗？恐怕全世界所有的游戏，都能轻易实体化吧，比如这样——”

宋琪摊开双手，使出杭一的超能力“游戏”。一瞬间，天空中出现数架轰炸机和歼击机，地面上滚滚开来10多辆重型坦克和军事装甲车。和平的世界顷刻间变成一触即发的战场。宋琪望着自己召唤出来的这些游戏中的超级武器，笑道：“杭一，你的能力实在是太强大了，毁掉一座城市，简直易如反掌呀。”

杭一惊恐万状地看着被实体化的游戏场景，心中非常清楚，如果这些飞机坦克同时发动进攻，会是怎样的后果。固然，他们几个身处防御壁内的人，是不会受到影响的，但这座城市，将面临生灵涂炭。杭一怒吼道：“宋琪！你要当屠杀千万人的刽子手吗？如果你做出这样的事情，就算最后你赢了，全世界的人都不会放过你的！”

宋琪冷笑道：“杭一，别忘了，我现在使用的，可是你的能力呀。我用你当初选择的能力毁掉这座城市，你认为人们会怪罪于谁呢？”

“你这个浑蛋！”雷傲痛骂道，“你到底想怎样？”

宋琪说：“我想要什么，难道你们不知道吗？而你们想要什么，我也很清楚。你们不是想当拯救世界的英雄吗？不用等到世界末日那天了，现在就可以，机会摆在你们面前，就看你们怎么选择了。”

范宁冷哼一声，说：“宋琪，你用毁掉整座城市来要挟我们，不就是希望我们死，让你成为最后的获胜者吗？但是，如果我们几个人全都死了，你又复制谁的能力呢？哦，对了，还有纪海超的‘速度’，可以让你利用。但他的等级最多只有3级吧。你们俩加在一起，仍然无法阻止小行星撞击地球，最后的结果，还不是世界毁灭，跟现在又有什么区别呢？”

宋琪说：“所以，你们要按照我说的去做。我也可以向你们保证，绝对不会让你们白死。我会通过我的方式拯救世界。毕竟地球毁灭了，对我也没有好处，对吧？”

杭一问：“你要我们怎么做？”

宋琪将游戏中的一把军用匕首实体化，扔到杭一他们面前，说道：“陆华，你捡起这把匕首，然后挨着将杭一、雷傲、范宁、穆修杰和元泰全部杀死。这样，你的等级就会变成40级！40级的强度，虽然离最强的50级还有一定的差距，但已经足够拯救大半个地球了。也就是说，这场游戏最后活下来的，并非只有一个获胜者，而是我、你和纪海超三个人。我们三个，可以共同成为'新世界的神'，甚至统治这个世界，怎么样，这提议不坏吧？”

陆华脸色苍白，恐惧地摇着头："你说什么？让我杀死杭一他们，这不可能，绝对不可能！”

“你不同意的话，我也没法强迫你。但是，既然我已经扮演了坏人的角色，不如就彻底一点吧。”

话音刚落，宋琪指向天空中的一架战斗机。这架盘旋在空中的飞机，朝东南方向一栋大楼发射出两枚导弹。杭一大声喊道："不要！”已经迟了，导弹不偏不倚地击中了大楼的中间层，发生了巨大的爆炸，上面部分的楼层轰然倒塌，令人触目惊心。

宋琪望着这一幕说："现代战争兵器的威力的确惊人，仅仅一架飞机发射的导弹，就能造成如此大的破坏。不知道这些飞机、坦克同时轰炸这座城市，会何等壮观呢？”

“宋琪，你这个浑蛋！”雷傲破口大骂。

“雷傲，你只管逞口舌之快吧，这是要付出代价的。”说着，宋琪指向天空中的另一架战斗机。杭一赶紧喝道："住手！我们照你说的做！”

说着，杭一俯下身去，捡起地上的匕首，把它递给陆华，悲哀地说道："陆华，只能如此了……”

陆华浑身颤抖："杭一，你怎么能逼我做这种事情？”

“那你说怎么办？眼睁睁看着她对城市发动进攻吗？”杭一神情悲恻地说，“当然我也可以使用超能力跟她对抗，或者等待军方出动。但结果只会是造成更大的伤亡。陆华，这座城市里有我们的亲人、朋友。不阻止宋琪，我们也算半个刽子手！”

“说得没错，还是杭一明事理。”宋琪软硬兼皆施，巧舌如簧，“陆华，我知道这对你来说有多么为难。但仔细想想，你们若想拯救地球，总会走到这一步的，不是吗？虽然看起来，我是在强人所难，但实际上，我也算是间接地完成了你们的心愿，对吧？”

见陆华还是没有动作，宋琪又“循循善诱”地说道：“你杀了杭一，我就无法复制他的能力了。这些飞机、坦克立刻就会消失，到时候，所有人都会感谢你这个救世主的。”

陆华斜视着宋琪，冷冷地说：“我杀了杭一，你就不能用这招威胁我们了吗？你使用雷傲的龙卷风，一样可以毁掉这座城市。宋琪，你的伎俩令我厌倦，你的嘴脸令我恶心！”

宋琪的脸色阴沉下来，她说道：“陆华，你说的话惹我生气了，也许我应该考虑跟别人合作。并非只有依靠你的能力，才能达到目的。范宁，你的‘操控’如果达到40级的强度，或许能操控小行星偏离轨道。怎么样？你愿意成为最后获胜的三个人之一吗？”

范宁对宋琪竖起中指，说道：“去死吧，贱人。”

宋琪怒道：“看来你们都是不见棺材不落泪呀，或者是我刚才发动的攻击，太过温柔了。好吧，就让你看看更壮观的场面！”

说着她就要举起双手，调动天空的所有战斗机。陆华大喝一声：“够了！”

宋琪暂停动作，定睛望着陆华。陆华从杭一的手中接过匕首，流着泪说道：“对不起，杭一……”

杭一心如刀绞，他知道陆华也是如此。他强忍着没有让在眼眶滚动的眼泪落下来，说道：“动手吧陆华，好兄弟，我不会怪你的。”

泪水模糊了陆华的双眼：“对不起，杭一，我再也没法保护你们了。”

说完这句话，他在任何人都反应不及的情况下，将匕首猛地刺进了自己的心脏。杭一狂叫一声：“不——”已经迟了，匕首的刀刃全部插进了陆华的胸腔，他喷出一口鲜血，倒在地上，死去了。

与此同时，笼罩在杭一他们周围的防御壁，以及宋琪制造的防御壁，全都随着陆华的死亡而消失了。

宋琪被陆华突如其来的举动惊呆了，她惊呼一声：“你！”心知不妙，赶紧打算使用瞬移逃离现场。然而，范宁的反应比她快了半拍，用木偶线操控了宋琪，令她动弹不得。

“你这个……杀千刀的贱人！”雷傲发出撕心裂肺的狂喊，眼泪奔涌而出，愤怒彻底淹没了他的理智。他双手一挥，朝站在他们面前的宋琪挥出一道半圆形的风刃。

杭一试图阻止雷傲，范宁也赶紧操控隐形木偶线将宋琪朝旁边一扯。然而，升级后的雷傲发射的风刃伴随着他的愤怒，力道和速度都是以往的数倍。范宁拉扯的这一下，仅仅是避免了宋琪当场身首异处，却无法保住她的性命了。

宋琪脖子一半的部分，被雷傲锋利的风刃切割开了。她惨叫一声，一只手捂住伤口，瘫倒在地。她似乎想垂死挣扎地使用元泰的“修复”来治疗伤口。但颈部大动脉被割断，导致她的生命体征和体力急剧消失。她已经无法再使用任何一种超能力来救自己的命了。临死之前，她瞪着一双惊骇而空洞的眼睛说道：“不……这不可能，我竟然……再一次……”

没有把这句话说完的机会，旧神宋琪——仰面倒了下去，死了。比起数千年前在高加索山脉上所受的折磨，这已经是最仁慈的结局了。

（女35号，宋琪，能力“复制”——死亡）

（男9号，陆华，能力“防御”——死亡）

四十三、最高等级

SUPER TABOO GAME

最终BOSS旧神，终于当着杭一他们的面死去了。她的阴谋诡计和野心私欲，包括数千年不变的肮脏灵魂，都跟生命和肉体一起消散了。

但是，杭一他们，也付出了迄今为止最为惨痛的代价——陆华永远地离开了他们。

范宁、穆修杰和雷傲失声痛哭。杭一泪流满面地抱起陆华的尸体。五个悲痛欲绝的超能力者，迈着沉重的步伐走向回家的路。

这时，国安局和军方的人都赶来了。柯永亮和梅娜得知了事情的经过，感到无比悲伤。元泰使用“修复”将刚才被宋琪炸毁的大楼恢复原状。所幸这栋办公大楼因末日临近，并没有多少人在内，只造成了很少的伤亡。

在跟宋琪交锋的时候，杭一等人并未注意到，一个不怕死的摄影师躲在南湖婚庆广场的教堂旁边，偷偷拍摄下了事情的全过程，甚至包括他们的对话。当天晚上7点，这个摄影师把完全没有经过技术处理的视频影像放在互联网上。通过这段惊人的视频，全世界的人除了感受到旧神的阴险和暴行之外，得知了另一个更为重要的事实——以杭一为首的几个超能力者，是正义的代表。他们关注的并非个人生死，而是全世界所有人类的存亡，具有高尚的品格和人性。无数民众被他们所感动，人们相信，只要有他们在，地球绝不会走向末日。

8月3日，是陆华的葬礼，杭一等人身穿黑色西服，跟陆华的亲友一起，沉痛悼念他们生命中最重要的家人、朋友。陆华的父母都是大学教授，他们用无声的眼泪和最克制的方式祭奠儿子，仿佛不愿过度渲染这无尽的悲伤。但这份坚强和隐忍，却更令人心痛。谁都明白陆华自我牺牲的意义，然而在他的父亲诵读的悼词中，却没有刻意强调这一点，只是从父亲的角度去怀念自己的儿子，并告诉天堂里的儿子，他们（父母）为他感到骄傲。在场的每一个人，无不肝肠寸断、潸然泪下。

辛娜扑在杭一怀中，泣不可抑。她的悲伤是双重的：在她一生中最重要的时刻，失去了最重要的朋友。

悲伤的情绪延续了三天之后，守护者同盟的伙伴们才渐渐从阴霾中走出来。他们再次聚集在一起——距离世界末日还有最后一个星期了，他们必须面对最重要、也是最残酷的一个问题：

谁成为最后活下来的人，拯救世界。

除开下落不明的纪海超之外，超能力者只剩五个人了。而且能力最适合的陆华，如今已不在世上。所以谁来担此重任，成为一个棘手的问题。

穆修杰首先说："我的能力'金属'，是显然不可能拯救地球的，所以，这个人选只能从你们当中产生。"

雷傲苦笑道："我倒是想当拯救世界的英雄，但是'气流'这个能力，就算升到50级，也不可能把小行星像风筝一样刮跑吧。所以我也不行。"他问元泰："你的能力要是升到接近50级，是不是连整个地球都可以修复了？"

元泰说："也许吧，但那又有什么意义呢？我只能让被毁坏的城市和建筑物恢复原状，无法拯救数亿人的性命，而这才是最重要的。”

穆修杰问杭一：“如果你的‘游戏’升到47级，能想到什么办法吗？”

杭一沉吟良久，说道：“这段时间我仔细想了一下，其实，有些游戏当中，的确是存在‘防护罩’这种事物的，跟陆华的防御壁类似。”

穆修杰说：“那不就成了？”

杭一摇头：“不，游戏世界中的防护罩，主要功能是抵御外敌入侵。简单地说，挡挡子弹、炸弹什么的还可以，但是小行星撞击地球的威力太过巨大，防护罩也许根本不起作用，没法跟陆华的防御壁相提并论。”

说完这番话，杭一望向范宁，说道：“范宁，现在你是我们，不，是全世界唯一的希望了。旧神也这么说过，除了陆华之外，你的能力是最有可能阻止这场浩劫的。”

范宁心里当然也清楚这一点，她说：“虽然我的等级现在只有2级，但是以我对自己能力的了解，如果升到几十级的话，也许真能在小行星撞击地球之前，操控它的行驶轨道，让它跟地球擦身而过。但这只是一种假设。”

“对，可我们想不出更好的办法了，只能一试。”杭一说。

范宁没有说话，紧皱着眉头，看起来若有所思。许久之后，她突然问道：“这颗叫阿波菲斯的小行星，直径有12公里，对吗？”

辛娜说：“是的，NASA给出的数据是这样的。”

“那它的重量是多少，知道吗？”范宁又问。

辛娜和杭一对视了一下，然后说道：“重量关系到这颗小行星的组成元素和密度，没法仅仅根据直径就计算出来，各种报道中也没有提到这个问题——你问这个干吗？”

范宁没有说话，她掏出手机，打开计算器，快速地按着键。众人疑惑地望着她，不知道她在计算什么。

10分钟后，范宁深吸一口气，说道：“果然是这样……我猜得没错。”

穆修杰问：“你在说什么？”

范宁望着众人，严肃地说：“我现在明白旧神当初说的那句话是什么意思了——‘要想拯救地球，必须让某个超能力者升到50级的最高等级。’虽然我们跟旧神立场不同，但这句话，她说的是对的。”

“为什么？”元泰问。

“以我为例子。我的‘操控’，在1级的时候，大概能够操控两个体重是150斤的人，升级之后，能力强度翻倍了。我刚才大概计算了一下——如果按几何级数递增的话，当我升到50级的时候，应该可以操控一个重量非常惊人的事物。虽然我们现在并不清楚‘阿波菲斯’的重量是多少。但我猜，只要我升到50级，就肯定能驾驭这颗小行星，令它偏离轨道！”

“必须升到50级吗？差3级都不行？”杭一问。

“对，必须升到50级。”范宁说，“不然的话，我就无法‘操控’这颗小行星。”

众人面面相觑，每个人的心都像被扔进湖水的石头一样，在急速下沉。片刻后，杭一说道：“也就是说，就算陆华还活着，但只要他没有升到50级，也无法拯救地球？”

“我想是的。也许他的防御壁，会被小行星直接砸穿。或者稍微幸运一点，就是陆华能保护大半个地球，但他照顾不到的部分，仍然会面临浩劫。”范宁说。

雷傲的眼珠转动了几下，说道：“那我们还等什么？距离世界末日还有7天了！我们得赶紧找到纪海超那家伙！”

范宁望着雷傲，说道：“纪海超的能力是‘速度’，你通过宋琪就能知道，这个能力非常厉害。他恐怕是所有超能力者中，最不容易被‘抓到’的一个了。起码我们几个的能力，根本就不具备抓到他的可能性。”

杭一说：“还有另一个问题是，就算我们抓住了他，然后呢？”

雷傲叫道：“这还有什么好说的，当然是……”

“把他杀了？”杭一说，“如果我们这样做，跟旧神又有什么区别？”

“当然有区别了！我们可不是为了自己呀，我们是为了全世界的人！”雷傲说。

“但是，强制剥夺某个人的生命，去拯救其他人的生命，这种做法，对吗？”杭一怀疑地说。

“那你也不能指望他自愿呀。”范宁说，“假如他没这觉悟，宁愿全世界的人陪他一起死，也不愿牺牲自己一个人，那又怎么办？”

“我们说这些都没用。关键是纪海超现在躲着不出来，我们连他人都见不到。”穆修杰叹息道。

杭一思索了足足10分钟，抬起头来说道：“我想到一个办法了，或许能让纪海超露面，也能达到拯救地球的目的。”

“什么办法？”众人一起问。

杭一拿起放在阳台上的、平时锻炼用的哑铃，走到客厅的玻璃茶几旁。他举起几十斤重的哑铃，将它重重地砸向玻璃茶几。“哐当”一声，钢化玻璃的茶几被砸成碎小颗粒。大家吃了一惊，辛娜问道：“杭一，你干吗？”

杭一对元泰说：“麻烦你把茶几修复一下，好吗？”

这种小事对元泰来说太容易了，他轻松地将茶几恢复原状。杭一再次举起哑铃，这一次，他将哑铃缓慢地放在茶几上，然后转过身来，说道：“你们明白我的意思了吧？”

雷傲一向不爱动脑筋，刚才的比喻对他来说过于晦涩了，他挠着脑袋问道：“什么意思呀，杭一老大？我糊涂了。”

杭一说：“不管这颗小行星有多大，或者多重。但是只要它轻轻地降落在地球上，就不会造成什么危害。换句话说，纪海超的‘速度’，只要升到最高级，也可以拯救地球！”

大家都呆住了。的确，从理论上来说，是成立的。但他们也很快就意识到这意味着什么。

众人沉默良久，穆修杰艰难地说道：“杭一，你的意思是，让纪海超杀了我们……成为最后的获胜者。然后由他来担此重任吗？”

杭一的心情也很沉重，说道：“我知道，这让人难以接受，但是，实在不行的情况下，也只能如此了。”

辛娜虽然早有心理准备，但此刻还是无法控制情绪，泪水夺眶而出。她扭过头去，默默地落泪，没有哭出声来。

接下来，是一段长久的沉默。10多分钟后，范宁心酸地一笑：“是啊，我也想不出来更好的办法了。只是……真不甘心啊，拼搏了这么久，最后还是让纪海超——这个旧神的合作者捡了便宜，呵呵。”

雷傲实在是不愿如此，他说：“我们能不能用这个办法把纪海超先骗出来，然后……还是让范宁来当这个拯救世界的女英雄吧。”

范宁苦笑道：“谢谢你的好意了，雷傲。但如果我们用卑劣的手段来达到拯救世界的目的，扪心自问，这算哪门子的英雄？当然，我们图的本来也不是这个虚名，但这种卑鄙的做法，等于彻底扭转了我们的立场。如果到最后关头，我们还是跟旧神一样丢掉了人性，那我们之前付出的所有努力，以及那些为了正义而死去的同伴们，算是怎么回事呢？”

范宁的话触动了大家的心，每个人的眼圈都有些红了。是啊，之前那些死去的同伴——井小冉、韩枫、季凯瑞、孙雨辰、舒菲、陆华……假如守护者同盟的成员们在最后摒弃了道德和人性，那这些已经变成天上的星星的伙伴，会不会因此而感到悲哀呢？

“呼……”雷傲长嘘一口气，说道，“好吧，我想通了。只是，纪海超那小子可不是什么善茬儿，他真的会按我们设想的那样去做吗？”

“会的，他也不希望地球毁灭。”杭一说。他望向辛娜，说道，“你能联系一下你爸爸吗？哦，不，现在是‘咱爸’了，让他通知新闻媒体，就说我们有重要事情要向全世界发布。”

辛娜擦干眼泪，跟杭一拥抱在一起，柔声说道：“我听你的，你的所有决定，我都支持。我爱你。”

四十四、似曾相识的感觉

SUPER TABOO GAME

8月8日（距离小行星撞击地球还有5天）上午10点，琮州市最大的会议中心聚集了全球数百家媒体，这场新闻发布会由国安部安排，发言人是全球最受关注的超能力者代表——杭一。他将在全世界的镜头面前，发表重要讲话。

“全球同胞们，正如你们所知道的，小行星阿波菲斯正以极快的速度朝地球飞来，预计在5天后，也就是8月14日撞击地球。但是大家不用惊慌，因为这一天不会是世界末日。我们这些超能力者，将竭尽全力阻止这场浩劫。

“然而要办到这一点，有一个必要条件，就是让其中一个超能力者，继承另外49个人的等级，用50级的最强能力，对抗这颗来势汹汹的小行星。那么，这个人是谁呢？经过我们的慎重考虑，做出了一个决定——他就是直到现在都没在我们面前露过面的，隐藏在某处的——纪海超。

“我今天代表仅存的五个超能力者——雷傲、范宁、穆修杰、元泰，还有我自己，当着全世界人们的面，郑重承诺：只要纪海超现身，我们将兑现承诺，让他成为这场游戏的获胜者，由他来拯救地球。

“纪海超，我不知道你此刻是否在电视机面前，或者电脑、收音机的面前。但我知道，几个小时之内，全世界都会传遍这则消息。而以你的能力‘速度’，不管此刻在全球任何一个地方，相信都能很快来到我们面前，跟我们会面。

“我可以以性命和人格担保，这绝对不是一个圈套或骗局。我甚至可以实言相告——选择由你来成为获胜者，我们的确心有不甘，但我们需要你的能力，全世界的人都需要。所以，请你无须怀疑，尽快来找到我们，然后承担起拯救地球的重任吧。我们在琮州市的中心广场等你。”

跟杭一预想的一样，这番讲话发表之后，迅速轰动全球。全世界的媒体每天24小时轮番播出杭一的讲话。民众们感动之余，也在呼唤和寻找纪海超，希望他能赶快出现在杭一等人面前，时间已经不多了。

然而，一天过去了，又一天过去了……杭一他们每天都在中心广场等候纪海超的出现。数万民众也跟他们一起翘首以盼。但是，纪海超就像是在人间蒸发了一样，迟迟没有现身。

直到8月13日，世界末日的前一天，纪海超还是不见踪影。连他的父母都来到了中心广场，祈求、呼唤儿子能以大局为重，赶快出现……

这个时候，美国宇航局、英国航天局、俄罗斯联邦航天局、中国国家航天局等世界重要机构，都通过天文望远镜清楚地看到了小行星“阿波菲斯”的真实面貌。它就像一个巨大而凶狠的恶徒，揣着尖刀准备刺进地球的心脏。地球目前的科技水平，完全无法阻止这场浩劫，能够依靠的，只有几个20岁出头的年轻人。但是，其中一个关键人物，却像是消失在了遥远的外太空。

人们沉不住气了，很多人开始怀疑纪海超是否还活着。但杭一他们心里清楚，纪海超肯定没死，因为他们五个人当中，没有任何一个人继承到了他的等级。

8月13日傍晚，美国宇航局发布了小行星撞击地球的准确时间和地点——8月14日上午11点20分左右，“阿波菲斯”将如同炮弹一般击中地球，大概位置在伊朗和印度之间。撞击引发的后果，是亚洲、欧洲和非洲的绝大多数地区，将在10至15分钟内彻底毁灭。远在地球另一端的美洲大陆也无法幸免，区别只是他们能多活大约20分钟。

杭一他们意识到，不能再被动等待下去了，他们紧急启动了备选方案，即便这个方案可能并不奏效。但他们必须做些什么，不能坐以待毙。

8月14日上午9点钟。杭一、陆华、雷傲、范宁和穆修杰五个人，穿戴整齐来到了中心广场。广场上还有数万人，包括辛娜和她的父母，杭一的父母以及柯永亮、梅娜等人。

五个超能力者神情庄重地走到一起，杭一说：“我们还是去另一个地方实施这个方案吧，别当着大家的面，这太残酷了。”

“没错，走吧，去一个清静的地方。”雷傲说。

就在他们准备跟家人告别，集体离开中心广场的时候，元泰站立不动了，他双眼发直，盯着某个方向，身体颤抖起来。他举起一只手，指着人群中的一个人说道：“纪海超……他来了！”

杭一等人倏然转身，一齐朝那个方向望去。然而他们还没从人群中分辨出谁是纪海超，这个让全世界等候多时的超能力者，已经使用瞬移站在了他们面前，语气平静地说道：“对不起，我来迟了。”

杭一松了一口气，说：“你只要在世界末日前出现，都不算迟。”

纪海超的母亲远远地看到了这一幕，激动得想立马冲上前来。丈夫拦住了她，示意妻子不要在这关键时刻添乱，让他们几个超能力者解决目前最紧要的问题。

纪海超挨个儿扫视雷傲、范宁等人，然后说道：“我并不是故意在最后一刻才现身的，也并非不相信你们的诚意，只是……说来惭愧，我有点没脸出现在你们面前。”

"因为你之前用超能力杀了夏丽欣和聂思雨吗？"范宁说。

"我知道现在说这些意义已经不大了，但我还是希望你们明白，我并没有你们想象中那么坏。夏丽欣和聂思雨，她们先对我出手了，所以我才……之后我被宋琪威逼利诱，成了她的合作者，间接地成为你们最大的敌人，这些事情……"

"这些事情都不必再说了，你也用不着跟我们解释。"杭一打断纪海超的话，"就凭你现在肯站在我们面前，我就相信你不是一个完全的坏人。"

"谢谢你们的信任，我知道你们想让我做什么——最大限度地降低'阿波菲斯'冲击地球的速度，对吗？"

"没错，你能做到吗？"杭一问。

"我没试过，但我想，如果我真的升到50级，应该能办到这一点。"

杭一说："那就好，别让我们白死，更别辜负全世界的人，他们的命运，都掌握在你的手里了。"

纪海超微微颔首："我会的，我向你们保证。杭一、雷傲、范宁、穆修杰，还有元泰，你们才是真正的英雄。全世界的人都应该铭记，拯救地球的不是我，而是你们。"

"谁是英雄，一点都不重要。重要的是，这颗星球上的森林、大海、山川、湖泊以及人类和动物，都能够继续在美丽的地球家园上生生不息。没有比这更重要的事情了。"

说完这番话，杭一他们五个人，抬头望着湛蓝的天空，呼吸着以前他们从未珍惜过的空气，在心中跟这一切默默地告别。他们的家人分别走过来，跟他们最亲爱的儿子或女儿紧紧拥抱。离得近的人看到这一幕，全都潸然泪下。

辛娜是最后一个走过来的，她的眼泪像断线的珍珠般一颗一颗往下掉，杭一摸着她的头说："说好了不哭的。"

辛娜擦干眼泪，说道："我为你们感到骄傲。"

他们没有再说更多的话了，长久而深情的吻代替了一切语言。

雷傲深吸一口气，揉了揉发红的鼻子，把眼泪强行憋了回去：“好了，做正事吧，时间不多了。”

杭一放开了辛娜的手，他们即将诀别。本来之前说好不谈论这个话题的，但辛娜还是控制不住自己，内心充满煎熬地问道：“你们打算……怎样结束自己的生命？”

杭一心头一颤，说：“别问这个，好吗？”

辛娜泪眼婆娑地说：“我只是不希望你们遭受痛苦，或者……”她哽咽着说不下去了。

杭一说：“我们是超能力者，有一百种方式可以办到这一点。不会痛苦的，只是一瞬间的事。”

纪海超迟疑着说：“不如让我来吧，我可以直接让你们的心跳和血液流通慢到近乎停止。我想，这是最没有痛苦，也无伤大雅的……死法吧。”

杭一不愿当着辛娜的面探讨这个问题，他说：“怎样都行，总之我们六个人先到别的地方去吧。”

“杭一……”辛娜捂着嘴，泣不成声，她想冲过来，跟杭一他们待在一起，哪怕是一起死亡。但身边的父母拉住了她。杭一看了下时间，已经9点半了，距离“毁灭之日”还有不到两个小时，不能再缱绻下去了。他毅然转身，对伙伴们说道：“走吧。”

纪海超说：“你们抓着我的手，一起移动，我瞬间就能把你们带到千里之外。”

杭一他们抓住了纪海超的手，谁都没有再回首。纪海超说：“准备好了吧，那我们……”

这句话还没说完，身后响起一个声音：“等一下。”

六个超能力者同时转身，望向说话的人——辛娜。

然而，令他们和周围的所有人惊奇的是，辛娜此刻仿佛变了一个人。她的神态、表情，甚至说话的语气，都跟半分钟前判若两人，隐隐透露出一种不怒自威的庄严，充满震慑感。周围的人诧异无比，但杭一他们六个人，却同时打了个寒战，全身僵硬，目瞪口呆地望着仿佛变成陌生人的辛娜。

辛娜脸上的神情以及浑身散发出的感觉，令他们产生一种莫名的熟悉感。他们经历过这种事情的，就在一年前的今天。

四十五、代价

SUPER TABOO GAME

果不其然，辛娜再次开口的时候，所有人都惊呆了：“超能力者们，‘新世纪的神’仅存的六个竞争者，请望向我。我现在所代表的，不是辛娜，而是另一种超出你们想象的存在。”

“你……难道是旧神？！”杭一惊骇地问道。

“不。”“辛娜”摇头道，“旧神当初‘附身’在你们的英语老师身上，的确跟现在是同一种情形。但那并不是她的能力，而是我安排她这样做的，目的是交代规则，并唤醒你们每个人的超能力。”

杭一和雷傲面面相觑，突然间想到了一件非常关键的事——旧版《荷马史诗》中提到过的重要人物——真正的“神”！

杭一浑身颤抖，说道：“请问，您是‘神’吗？”

“辛娜”淡然一笑，说道：“从远古时代开始，你们地球人就习惯于给‘我们’安上各种你们认为能代表威严和尊敬的称谓。‘神’这个名字，是用得最多的。当然我并不叫这个名字，不过你们要是习惯了，也可以这样称呼我。但毕竟，你们人类已不是蒙昧之初，我更愿意告诉你们真相。”

广场上鸦雀无声，没有一个人敢发出声音。发生在他们眼前的事，似乎比小行星撞击地球更令人吃惊。

“辛娜”继续道：“首先你们要知道，不管是‘神’也好，还是‘安拉’‘上帝’也好，从来就不是一个人。我和我的同类，对于你们来说，是地球之外的‘神秘存在’。我们从这个星球诞生人类那天开始，就对你们的世界充满了兴趣，并且对你们保持着长久的关注和研究。这种情形，大概就跟你们人类用显微镜观测微观世界，是一样的吧。

“需要指出的是，我们的科技和文明程度，是地球的1864.43倍。以你们目前的理解能力，大概很难想象这意味着什么。简单地说，我们能办到很多你们连想都不敢想的事情。所以，这就是你们把我们尊称为‘神’的原因吧。

“几千年来，我们并非没有以真实面貌现身过，但人类中的一部分，总是对我们欠缺友好，或者企图用各种方式把我们留在身边，打算对我们进行长期的依赖和索取。这是不利于推动你们自身发展的。所以我们总是采取一些特殊的方式跟你们进行接触。

“比如这个叫‘辛娜’的姑娘，想必她的父亲以及所有知道内情的人都非常清楚，她根本不是你们星球的人。只是这么多年来，出于各种原因，这个秘密一直被他们保守下来，没有告知任何人，包括辛娜本人。但现在，既然我把所有真相告诉了你们，这件事自然也无须讳言了。”

杭一缓缓扭过头，目瞪口呆地望着辛娜的父亲，说道：“这是真的吗？辛娜……不是您的女儿，甚至不是地球人？”

辛娜的父亲面色沉重地点了点头，承认道：“的确，我们身边的所有人，包括辛娜在内，都不知道她的身世。这本来是国家机密，不能泄露。但现在……似乎没必要隐瞒了。”

父亲望向“辛娜”，似乎仍然把她当作女儿：“22年前，国安部监测到华中某地，出现了发出绿光的不明飞行物。我当时只是国安部的一个普通情报人员，跟随同事一起前往有人目睹到UFO的地点。在当地的一片丛林中，我们没有见到UFO，却看到了飞碟降临的痕迹以及更为震惊的事——一个存放在外星容器中的婴儿。

“这件事自然引起了国安部、国防部以及当局的高度重视。这个不满一个月的女婴，看起来就跟普通的地球婴儿一样，但各种迹象和证据表明，她不是普通地球人，而是被外星人‘寄放’在地球的一个特殊的婴孩。

“当时，我们完全不清楚外星人意欲何为。多番商议之后，决定由我来领养这个孩子，充当她的父亲，长期观察她的成长和动向，以便随时向国安部汇报。”

说到这里，辛娜的父亲望着杭一他们：“一年前的今天，发生‘旧神降临事件’之后，我们隐约猜到了其中的联系，现在看来果然如此。杭一，你现在明白了吗？这件事之所以发生在你们身上，就是因为——你们是距离‘辛娜’最近的一群人！”

杭一张口结舌，许久没有说出话来。“辛娜”说道：“没错，你们是被我选中的50个人。便于让我通过这个叫‘辛娜’的女孩，观察你们在此次事件中的表现。”

杭一望着“辛娜”，怔怔地说：“那么，你跟我们在一起，就是出于这个目的？为了观察我们？”

“当然不是。你好像还没明白，跟你们朝夕相处的人是辛娜，不是我。我存在于她的潜意识中，如同另一种人格。她根本不知道这件事。决定跟你们一起冒险，包括参与到这件事情中来，都是她自己的意愿。我只有在现在这种特殊时刻，才从她的潜意识中跳出来，暂时操控她的心智和身体，懂了吗？”

杭一神思惘然，感到难以接受。

“辛娜”说：“我从来没有刻意操纵辛娜做任何事情，但是通过她的眼睛，我观察到了这次的50个竞争者，在此次事件中的各种表现。普罗米修斯……不，是宋琪，她再次令我失望了。还有一些人也是。但是杭一，你们几个人，却改变了我对地球人的固有印象。你们让我看到了人性中的闪光点以及几千年后的人类在思想境界上的进步。”

“辛娜”感叹道：“公元12世纪的时候，地球也跟现在一样，面临灭顶之灾。‘我们’为了拯救这个星球，打算选择50个人，分别赐予他们不同的超能力。但最后的结果你们已经知道了。这些自私而贪婪的人，并未齐心协力，而是热衷于互相争斗、满足私欲。

“这件事让‘我们’对地球人的人性产生了思考和质疑。所以在这一次大灾难来临之前，‘我们’索性满足地球人喜欢争斗和厮杀的本性，决定在50个超能力者中，决出唯一的一个。这就是这场游戏产生的原因。

“但是，一年之后的今天，以你们为代表的新一代的地球人，却令我们对地球人的印象产生了改观。你们表现出来的团结、勇敢、无畏和牺牲精神，令我感动。所以，这场测试结束了。就让我破一次例吧，帮你们解决这次危机。换句话说，你们几个人，不用死了。”

雷傲、范宁、元泰和穆修杰欣喜地对视在一起。雷傲好奇地问道：“你打算用什么方法来阻止小行星撞击地球呢？”

“辛娜”微微一笑：“我刚才已经在你们不知晓的情况下，通知我的同类了。以我们的科学技术，要解决这样的危机易如反掌。”

这时，辛娜的父亲手机响了，他赶紧接起电话。听对方说了几句话后，他激动得喊叫了出来：“航天局打来的电话！几分钟前，‘阿波菲斯’被一股神秘的力量改变了运行轨道，小行星将跟地球擦肩而过，不会撞击地球了！”

广场上的人都听到了国安部副部长说的话，人们一起欢呼雀跃，陌生人也像亲人那样拥抱在一起。之前死气沉沉的广场，顷刻间变成欢乐的海洋。

杭一兴奋和喜悦得难以言喻，他不住地向“辛娜”道谢。雷傲挠着头说道："'神'，呃……就让我这样叫你好吗？反正你都适应了。我想说，既然'你们'这么容易就能拯救这场危机，为什么不一开始就这样做呢？"

"辛娜"神情严峻地说："雷傲，正是由于你们地球人有这样的依赖思想，'我们'才不愿事事都出手相帮。赋予你们超能力，已是莫大的帮助了。如果每一次危机都由我们代劳，你们就会像永远长不大的婴孩一样，无法得到锻炼和成长。对于地球来说，绝不是一件好事！"

范宁敲了雷傲的脑袋一下。雷傲吐了下舌头，不敢开腔了。范宁说道："那么，您能告诉我，当初是怎么让我们50个人拥有超能力的吗？对于这件事，我一直非常好奇。"

"辛娜"说道："我无法从科技层面来向你进行解释，你们目前的知识系统，是不可能听懂的。但我可以告诉你，我们只是唤醒了你们大脑中的潜能而已。你们人类的潜力，其实大得可怕，只是你们——我指的是人类——还太年轻，所以不懂得如何运用罢了。但我相信总有一天，你们会找到方法的。到时候，所谓的'超能力'就不是什么稀奇的事了，而是像现在你们已经掌握的游泳、骑车一样，是每个人都会的基本技能罢了。"

雷傲想象着有一天，全世界的人都掌握了某种超能力的场景。他感叹道："哇，真有那一天的话，真是太酷了！"

元泰想到一个问题，问道："那么，现在危机解除了，我们的超能力，您要收回去吗？"

"辛娜"反问道："你们是否希望继续拥有超能力呢？"

杭一他们彼此对视，良久，杭一开口道："说实话，拥有超能力的确是一件挺酷的事情。但它就像一把双刃剑，变得强大的同时，也让人容易失去节制。'三巨头'、贺静怡……当他们没有获得超能力的时候，恐怕做梦都想不到自己会做出如此惊世骇俗的事情来吧。再说我们几个人，虽然目前没有用超能力做过什么坏事，但时间长了，谁能保证我们当中的某一个，不会有私欲膨胀、迷失心智的一天呢？如果可能的话，我还是希望我们能回归成普通人吧。”

范宁、穆修杰等人沉默了一阵，纷纷点头。只有雷傲显得有些惋惜，不过也没有表示出异议。“辛娜”凝视着他们，说道：“地球人能有如此觉悟，的确是进步了。但超能力不是一件事物，可以随时给予和收回。你们一旦拥有，就不可能失去了。它将一直伴随你们终生，除非……”

“除非什么？”几个人一齐问道。

“辛娜”说：“除非我再破一次例。”

杭一没听懂这句话的意思。而“辛娜”接下来说的话，更是令人茫然：“在我破例之前，要告诉你们两件事。第一，宋琪只是一个普通人，甚至可以说是无辜的地球人，她并非生来就是‘旧神’，普罗米修斯只是在这场游戏开始的时候，用我赐予他的特殊能力，附身在宋琪身上而已；第二，这件事是需要单独提醒杭一的——我很清楚你的心愿是什么，但实现这一愿望，你将付出一定的代价，你是否愿意？”

杭一为之一振，颤抖着问道：“你知道我在想什么吗？”

“当然。”

杭一甚至没有问自己将付出的代价是什么，就毫不犹豫地回答道：“我愿意。”

“辛娜”笑了：“你真是这么多个世纪以来，我最喜欢的一个地球人。”她顿了一下，换了一种温婉的语气说道：

“再见，杭一。”

“神”说完这番话，杭一突然感觉意识模糊起来，仿佛好几天没有睡觉，疲倦得眼睛都睁不开。他无法抵抗这股倦意，失去了知觉……

……

……

……

恢复意识的时候，杭一发现自己趴在明德外语培训中心的桌子上，口水竟然打湿了衣袖。坐在他旁边的，是他的发小米小路，此刻正望着他笑，说道：“你呀，上课睡觉都能睡得这么香，我太佩服了。”

杭一惊讶地望着米小路，然后低下头，看到了抽屉里还打开着的PSV游戏机，游戏画面是《大蛇无双2》，再放眼望去，教室里坐满了同学，头发花白的英语老师在讲台上讲着课……所有的一切，都跟“那天”一模一样。

杭一心中的感受难以形容，他因激动而浑身颤抖起来，全身的毛孔一阵阵地收缩，令他打了好几个冷噤。他从座位上缓缓站起来，旁边的米小路惊呆了，问道：“杭一哥，你干吗？”

“小米……我回来了！所有一切都回来了！”杭一兴奋地大叫起来。

他这一声大喊，把班上的同学全部吓了一跳。所有人都转过头来，莫名其妙地望着杭一。一瞬间，杭一看到了太多熟悉的面孔：陆华、韩枫、孙雨辰、季凯瑞、雷傲、井小冉、舒菲、范宁、穆修杰、倪亚楠、元泰、刘雨嘉……当然还有贺静怡、赫连柯、闻佩儿、陆晋鹏、侯波、阮俊熙、伊芳、连恩、洛星尘、巩新宇……包括宋琪。一时之间，杭一心头百感交集，难以言喻。他仿佛做了一场梦，一场无比漫长而真实的梦。现在梦醒了，一切又复归于正常。

杭一实在难以控制自己的情绪，眼泪像决堤的洪水一样倾泻出来。英语老师不明白发生了什么事，问道：“这位同学怎么了？”

杭一不知道该怎么解释，也没法解释。他知道他接下来的举动对挚友们来说，肯定荒诞而可笑，甚至是无厘头到了极点。但他管不了这么多了。

杭一先跟身边的米小路紧紧地拥抱了一下，米小路立刻羞红了脸。他本来准备好的，今天一定要问的那个问题，突然觉得不必问了。珍惜眼前，才是最重要的吧。

杭一走到陆华的面前，流着泪跟他拥抱，说道：“陆华，我又见到你了。”陆华惊讶得张着嘴一句话都说不出来。接着，杭一又拥抱了韩枫，对他说：“我好想你，兄弟。”

韩枫涨红了脸，愕然道：“你在说什么呀，我们这段时间不是天天都在一起补习吗？”

这时，讲台上的英语老师全身痉挛般地抽搐了一下。坐在第二排的宋琪问道：“聂老师，您怎么了？”

杭一的心猛然收紧了，难道……

须臾，年近六旬的英语老师推了一下鼻梁上的老花镜，说道：“这位同学到底什么毛病？上着课挨着拥抱同学，说的话把我都肉麻到了。”

杭一哑然失笑，对英语老师说了一声“对不起”，然后，他想起了一个重要的人，顾不上现在是在上课了，从后门冲出了教室。

杭一直奔明德外语培训中心的19班，推开教室的大门，这个班的老师和学生一齐望向他。

杭一气喘吁吁地说：“我找一下……辛娜。”

这个班的年轻女教师皱着眉头说：“你是哪位？这个班没有叫辛娜的人。”

杭一一愣，然后迅速扫视了教室一遍，确实没有看到辛娜。他心里突然冒出一个惊人的念头，转身离开了这个班，然后摸出手机，打给某个高中同学。

“喂，李楠，你最近见过辛娜吗？”杭一急促地问。

这个叫李楠的女生，是杭一他们高中班上跟辛娜关系最好的一个女生。但是，她说出的话令杭一后背一凉：“辛娜？谁是辛娜？喂，喂……杭一？”

杭一缓缓放下手机，神思惘然。现在，他可以肯定，之前的经历绝不是一场梦了。而“神”最后说的那句“你将付出一定的代价”是什么意思，他也明白了。

辛娜，你完成了自己的使命，回到同伴身边了吗？你甚至连自己存在于这个世界上的一切痕迹都消除了吗？那为什么不连我的记忆也一起删除呢？

我娶了你，你是我的妻子。你还记得吗，辛娜？

此生，我还能再见到你吗？

杭一虚脱般地靠在墙壁上，双眼无神地望着天空，泪水悄然无声地滑落下来。

尾　声

SUPER TABOO GAME

8月底，明德外语培训中心的暑假集训班结束了。每个班都组织了小型的毕业party。13班选择的地点，是美丽的南湖风景区。

这一天，风和日丽，气温适宜，正是户外烧烤的好时候。13班的50个同学在草坪上尽情享受BBQ，四处洋溢着欢声笑语。

杭一烤了几串秋刀鱼，对季凯瑞说："季凯瑞，你最喜欢吃的秋刀鱼好了。"

季凯瑞走过来，挑起一边眉毛问道："怪了，我好像从来没跟你一起吃过饭吧，你怎么知道我喜欢吃秋刀鱼？"

杭一笑了一下，说："没什么，我猜的。"

孙雨辰一边吃着肉串，一边走过来说："我也觉得纳闷，我以前跟杭一根本就没多少接触嘛，但他好像跟我无比熟悉一样，我的什么情况他都知道。"

韩枫放下手里的罐装啤酒，瞪着眼睛说："这小子真有点怪怪的，这段时间跟我们几个就像亲兄弟一样，完全不分彼此啊。”

舒菲感慨地说：“你们知道吗，最神奇的是，杭一带我到地铁站，帮我找到了失散多年的亲妹妹，我真不知道他是怎么知道这件事的，也不知道该怎么感谢他。”

杭一端起酒杯，说道：“能帮你找到妹妹我非常高兴，来，咱们一起干一杯，庆祝舒菲跟她的妹妹重逢！”

大伙儿一起举起酒杯，井小冉和范宁放下手中的烤串，跑过来端起啤酒杯说：“等等，还有我，还有我！”

“干杯！”

烧烤结束后，几个好朋友一起躺在草坪上，温煦的阳光洒在他们年轻的脸上，如同铺上了一层金色的彩妆。陆华望着身边的杭一，说道：“杭一，你就实话跟我们说了吧，这到底是怎么回事呀？”

“对呀，你小子肯定有什么秘密瞒着我们！”韩枫也嚷道。

杭一双手反枕在脑后，笑着说：“你们真的想知道吗？但是我说了，你们也不会相信的。”

“你没说怎么知道我们不相信？”雷傲催促道，“别磨叽了，快说！”

“那好吧，这个故事有点长，你们可要有耐心啊。”杭一深吸一口气，说道，“那天，我做了一个很长的梦，梦到我们班所有的人，都变成了超能力者……”

《超禁忌游戏》全剧终